NE LA QUITTE PAS
DU REGARD

CLAIRE ALLAN

NE LA QUITTE PAS DU REGARD

traduit de l'anglais
par Nicolas Porret-Blanc

ARCHIPOCHE

Ce livre a été publié sous le titre
Apple of My Eye
par Avon, filiale de HarperCollins, Londres, 2019.

Une première édition de ce roman a paru chez France Loisirs en 2019 sous le titre *Une mère idéale*.

Notre catalogue est consultable à l'adresse suivante : www.archipoche.com

Éditions Archipoche
92, avenue de France
75013 Paris

ISBN 979-10-392-0155-1

En souvenir de ma grand-mère,
Mary McGuiness, qui éleva ses dix enfants
avec énormément d'amour et de fierté,
et qui offrit ensuite tout son temps
et toute son affection à chacun
de ses petits-enfants et arrière-petits-enfants.
Surtout aux petits rats de bibliothèque.

Le roi dit : « Apportez-moi une épée. »
On apporta une épée devant le roi.
Et le roi dit : « Coupez en deux l'enfant qui vit,
et donnez-en la moitié à l'une et la moitié à l'autre. »

Jugement de Salomon
(II Rois 3 : 24-25)

Louise

Dès que je la vis, je sus qu'elle ne méritait pas d'être mère. Coincée derrière cette table de café, elle avait le teint pâle et les traits tirés. Elle se frotta le ventre un très court instant, comme si elle s'était soudain souvenue que c'était le geste opportun à avoir. Joue ton rôle de future maman ; frotte ton gros ventre, mets-le en avant, exhibe ta fécondité à la face du monde.

Chacun de ses gestes indiquait que son bébé n'était ni aimé, ni désiré. Cette femme ne mesurait pas sa chance. Elle ne se rendait pas compte du cadeau qui lui était fait.

Cette femme semblait considérer sa grossesse comme un supplice. Une épreuve à endurer. Si seulement elle avait su.

Moi, j'avais accueilli avec joie tous les symptômes de ma grossesse, sans exception. Les nausées. Les seins douloureux et gonflés. Les saignements de gencives. Les chevilles gonflées. Le mal de dos. Et même les reflux gastriques. Ils étaient la preuve qu'en moi se produisait un miracle. J'allais mettre au monde une vie nouvelle, une âme de plus sur cette terre.

Chaque soir je m'endormais les mains posées sur mon ventre arrondi et chuchotais histoires, espoirs et rêves à l'intention de mon bébé. Je lui parlais de la vie qui l'attendait, de tout l'amour dont il serait abreuvé. Seigneur, jamais je n'étais aussi heureuse que lorsque je sentais mon bébé gigoter et cogner du pied. À chacun de ses mouvements, je me sentais encore plus vivante. J'étais en symbiose avec mon enfant, et nous partagions chaque souffle.

Je le méritais, moi, d'être mère.

Pas cette femme à l'air éreinté et malheureux. Elle ne le méritait pas autant que moi, en tout cas.

Retenant mon souffle, je l'observais, à l'autre bout du café. Elle se passa une mèche de cheveux derrière l'oreille, et je l'entendis pousser un profond soupir.

En réalité, ce n'est pas d'une mère dont a besoin un bébé. Une fois mis au monde, tout ce qu'il lui faut, c'est quelqu'un qui subvienne à ses moindres besoins. Quelqu'un qui le nourrisse, qui le change, qui lui tapote délicatement le dos après le biberon pour lui faire faire son rot. Quelqu'un qui lui donne le bain, l'habille, le berce tout doucement pour le faire s'endormir.

D'autres pouvaient très bien s'en charger.

Comme moi.

Eli

L'enveloppe d'un blanc immaculé dépasse de mon casier, où elle a été glissée. Je la prends, ainsi que le reste de mon courrier, puis me dirige vers la salle de garde.

Il s'agit probablement d'un mot rédigé par l'une de « mes » familles. Ces missives, elles me font plaisir autant que je les déteste. Si un mot ou une carte de remerciements signifient certes que j'ai bien fait mon travail, ils font généralement suite à un décès. Un de mes patients a dû mourir, et une carte de remerciements s'inscrit alors dans le lot de paperasse que la famille endeuillée doit régler, alors même qu'elle est encore sous le coup du chagrin.

Mon nom a été écrit avec soin sur l'enveloppe. On dirait presque qu'il a été dactylographié, mais une petite bavure d'encre trahit son origine manuscrite.

ELI HUGHES
INFIRMIÈRE-CADRE DE SANTÉ
CENTRE DE SOINS PALLIATIFS CHERRYGREEN

Dans un premier temps je n'y prête guère attention, cherchant surtout à m'octroyer quinze minutes pour reprendre des forces. Essayer d'avaler quelque chose avant que la fringale ne se transforme en nausée. Boire un café avant que la fatigue ne me submerge. Lever les pieds pour éviter que mes chevilles n'enflent. Oui, j'en suis au stade « rétention d'eau » de la grossesse – sept mois et demi – et j'attends toujours que les nausées passent. L'hyperemesis est bien pire que les nausées matinales. On ferait mieux de parler d'intoxication gravidique. Si je tiens, c'est uniquement grâce aux anti-nauséeux, et encore…

Il y a dans le frigo un sandwich au jambon sans garniture – pain de mie et vrai beurre – enveloppé dans du papier d'aluminium. Rien que d'y penser me soulève le cœur. Je vais tenter un café, même si je devrais m'abstenir. La simple odeur me donne le tournis et j'ai déjà pris ma tasse quotidienne, mais j'ai besoin de caféine.

Je me prépare un café et m'assois, un biscuit *digestif* posé devant moi. Pause déjeuner. Après la naissance du bébé, plus jamais je ne mangerai de tels *digestifs*.

Je porte alors mon attention sur l'enveloppe à l'écriture soignée. Elle renferme une unique feuille : papier bleu ligné, petit format – du même style que celui sur lequel je noircissais des pages et des pages de lettres adressées à mes correspondants au cours de mon adolescence. Je la déplie et découvre deux simples lignes, rédigées de la même écriture soignée :

NE CROIS PAS
TOUT CE QU'IL TE RACONTE

Je scrute les mots et les lis à nouveau. Je retourne la feuille, pour m'assurer de ne rien avoir manqué qui pourrait redonner un contexte à cette phrase. Je vais même jusqu'à inspecter l'intérieur de l'enveloppe, je la secoue. Un sentiment étrange m'envahit. Est-ce une mauvaise blague, adressée au mauvais destinataire ? S'agit-il d'un subtil stratagème marketing ? Pour quel produit, je n'en ai cependant pas la moindre idée. Mais n'est-ce pas justement l'idée de ces subtils stratagèmes marketing de nos jours ? Faire un maximum de buzz. Et *bam !* Tout révéler au grand jour…

De qui devrais-je me méfier ? De quoi ? Je repose le mot et grignote le biscuit, qui se désagrège dans ma bouche. Je sais déjà que je ne le finirai pas.

J'ai beau n'avoir aucune patience pour ce genre de jeux ou d'énigmes stupides, je dois avouer que ma curiosité est piquée.

Sur quoi, Rachel arrive et se dirige vers le frigo en ronchonnant. « La journée s'annonce longue », lance-t-elle. Elle contemple la salade flétrie qu'elle a apportée et referme la porte du frigo avec un air de dégoût.

— Je pense que je vais aller me chercher un sandwich ou autre à la cafétéria. Tu veux quelque chose ?

C'est tout Rachel. Elle se prépare un déjeuner léger et, le moment venu, le délaisse au profit d'un truc baignant dans la mayonnaise. Ce qui ne l'empêche pas de conserver une silhouette tout à fait enviable – et que je lui envie d'autant plus, aujourd'hui que je commence à grossir à vue d'œil.

— Il y a un sandwich au jambon dans le frigo. Tu peux le prendre, c'est du bon jambon. Je n'y toucherai pas. Ça t'évitera d'avoir à sortir.

— Que je prenne la nourriture d'une femme enceinte ? Tu penses que je suis ce genre de monstre ? me demande-t-elle en riant.

Ce qui ne l'empêche pas d'ouvrir le frigo et d'en sortir mon sandwich sous alu. Elle le tend dans ma direction.

— Tu es certaine de ne pas en vouloir ?

Sa question provoque chez moi un haut-le-cœur, et la mine renfrognée que je prends involontairement suffit à lui répondre.

— Ma pauvre… Tu sais, Eli, il faudrait peut-être que tu songes à avancer le début de ton congé maternité.

— Hors de question, dis-je en secouant la tête.

Désireuse de changer de sujet, je lui tends le mot que l'on m'a envoyé.

— Regarde ce que j'ai reçu. Est-ce que tu as eu la même chose ? As-tu une idée de ce que ça cache ?

Rachel s'assoit et prend le bout de papier pour l'étudier. Je scrute son visage pour déceler sa réaction. Elle hausse insensiblement les sourcils puis secoue la tête.

— Pas la moindre idée, répond-elle. Et non, je n'ai rien reçu. Oh ! Eliana Hughes, auriez-vous un désaxé à vos trousses ?

Elle éclate de rire. Pas moi. J'esquisse un sourire mais je sens ma poitrine qui se contracte. Rachel a dû remarquer que mon visage changeait d'expression.

— Eli, je plaisante. Je suis sûre que ce n'est rien. Ça doit être un genre de blague. Ou bien une erreur de destinataire. Ça ne peut pas être autre chose. De qui devrais-tu te méfier ? Martin et toi formez un couple on ne peut plus solide. Il est impossible que ton mari te trompe.

Martin.

Jusqu'ici, qu'il puisse s'agir de Martin ne m'avait même pas effleuré l'esprit. Je voudrais acquiescer et dire que, oui, nous sommes le couple le plus solide qui soit. C'est en effet ce que nous *étions*... Mais depuis quelque temps, il y a entre nous une espèce de flottement que je n'arrive pas vraiment à cerner.

Le café que je viens de boire me laisse un goût amer. Un goût de bile. Celui de tout ce que j'ai eu à avaler durant ces sept derniers mois. Le goût de toute ma vie.

On a eu tant de mal à l'avoir, ce bébé. Des mois d'espoirs déçus, d'examens médicaux... Des « On ne voit rien d'anormal, donnez-vous simplement un peu de temps », suivis d'encore plus de déception. Et, enfin, deux lignes.

Ce devrait être le meilleur moment de la vie. Le meilleur moment de *ma* vie, en tout cas. Je suis en train de donner vie à un nouvel être humain, au plus profond de moi, et de m'attacher à cette petite personne qui gigote et me donne des coups de pied. Le fruit de notre amour, notre futur bébé.

Moi qui croyais que j'allais aimer chaque instant de ma grossesse, je réalise aujourd'hui que j'étais bien naïve. Ce petit être qui gigote et me donne des coups de pied ne semble fait que d'angles droits, toujours prêt à cogner mon estomac, déjà endolori par mes haut-le-cœur quotidiens. Ça me désole. Je suis privée de la joie d'être enceinte qu'éprouvent la plupart des femmes et ça me met en colère. Et je me sens coupable de regretter que cette grossesse ne se révèle pas telle que je l'avais souhaitée. Cela dit, le résultat final ne sera-t-il pas le même ? N'est-ce pas là ce qui compte ?

Quant à Martin, malgré tous ses efforts, il ne parvient pas à comprendre ce que je ressens. Il faut dire aussi que je lui ai probablement parfois fait payer ma colère et ma frustration.

Je sens les larmes me monter aux yeux, et peste contre moi-même. Hors de question que je me remette à pleurer aujourd'hui.

– Eli.

La voix de Rachel interrompt mes pensées.

Je lève les yeux. L'inquiétude se lit sur son visage. Elle me prend la main.

– Eli, tu sais très bien que Martin serait incapable de te tromper… Ça n'a aucun rapport avec lui. Quelqu'un a dû vouloir te faire une blague débile. Ou alors c'est quelque chose qui nous échappe. Mais on finira par découvrir ce que c'est.

Tandis que j'acquiesce d'un signe de tête, deux grosses larmes roulent sur mes joues. Mon nez coule, je renifle bruyamment, je prends un Kleenex dans la boîte posée sur la table, puis je me frotte les yeux.

– Tu as raison, dis-je. Bien sûr.

Je relis le mot. N'y décelant aucun indice, je le réduis en boule et le jette dans la poubelle, à côté du frigo.

Rachel sourit et déclare que c'est la meilleure chose à faire. Au moment où elle me tapote la main affectueusement, son bipeur la rappelle auprès d'un de ses patients.

Après son départ, je récupère le mot dans la poubelle et le fourre au fond de mon sac à main.

Eli

Je finis ma garde épuisée, mes chevilles ont dû doubler de volume. J'ai hâte de rentrer chez moi et de balancer mes chaussures pour sentir sous mes pieds fourbus le marbre frais de notre séjour.

Mais puisque ma voiture est au garage, je dois attendre que Martin passe me prendre. Comme d'habitude, il est en retard. Probablement coincé au téléphone, pour son travail.

Après avoir enfilé mon manteau, je reste là, à regarder la pluie tomber sur le parking du centre. Rachel propose de me déposer.

— Ce n'est pas sur ton chemin, lui dis-je. Je ne vais pas te demander ça.

— Tu ne m'as rien demandé. C'est moi qui te le propose, répond-elle avec un sourire. Ça évitera à ton mari de sortir par ce temps, en plus ça ne me fera pas un si gros détour. Les enfants sont chez leur père, on ne peut pas dire que je sois pressée de rentrer, de toute manière. Tu as eu une grosse journée, ajoute-t-elle.

J'ai envie de la prendre dans mes bras.

— Tu es sûre ? Je vais quand même vérifier que Martin n'est pas encore parti.

— Sûre et certaine !

Je compose le numéro de mon mari, qui décroche au bout de deux sonneries. Il s'excuse, me promettant qu'il sera bientôt là. Aux bruits de fond qui l'entourent, je comprends qu'il est toujours à la maison.

— Rachel va me déposer. Tu n'as pas besoin de venir me chercher.

Il a l'air soulagé.

— Génial, je vais pouvoir continuer à bosser un peu en attendant que le dîner finisse de cuire. J'ai eu une journée de dingue. Je te raconterai quand tu seras là.

Voilà des mois qu'il a un boulot « de dingue ». Avec des horaires à rallonge, davantage de déplacements. Un gros projet qui pourrait déboucher sur de nouveaux contrats. Et quand il souhaite m'en parler, c'est généralement pour m'annoncer un nouveau déplacement « crucial ». Encore heureux que je ne sois pas du genre suspicieux.

Du moins ne l'étais-je pas jusque-là.

Je mets fin à l'appel et annonce à Rachel que j'accepte sa proposition.

— Ça va ? me demande-t-elle en m'accompagnant à sa voiture. Ne me dis pas que cette fichue lettre est encore en train de te faire ruminer… Si ?

J'esquisse un sourire et secoue la tête. Je lui mens en disant que tout va bien et que je suis juste fatiguée. Puis je décide de passer à un sujet moins stressant, et on échange nos pronostics sur *Danse avec les stars* jusqu'à ce que la voiture se gare devant chez moi.

Il serait opportun que je l'invite à entrer, mais je suis beaucoup trop fatiguée pour jouer les maîtresses de maison modèles.

— Il faut absolument que nous t'invitions à dîner un de ces jours, lui dis-je. Histoire de prendre le temps de se voir en dehors du travail, à un moment où on ne sera pas toutes les deux aussi fatiguées…

J'espère que cette remarque rendra moins brutale le fait que je ne l'invite pas ce soir.

— Très volontiers, répond-elle avec un enthousiasme non feint.

Après une brève embrassade, je sors de la voiture pour me diriger vers l'entrée de mon idyllique maison. J'appréhende d'entendre ce que mon mari aura à m'annoncer.

Lors de notre emménagement ici, il y a tout juste dix-huit mois, après plusieurs années à devoir subir trois heures de transport quotidien entre Belfast et Derry, je m'étais crue la plus heureuse des femmes. Épouser un architecte comportait certains avantages. Non pas que le travail de Martin ait eu grande importance : j'étais tombée follement amoureuse de lui en quelques semaines après notre rencontre. Mais Martin avait lui-même supervisé la rénovation de l'ancien corps de ferme, posé sur la rive du lac Enagh Lough, en périphérie de Derry. Les travaux avaient duré un an – au prix de beaucoup de sueur et de larmes –, mais il avait fait de notre demeure un bijou.

L'arrière de la maison, donnant sur le lac et les bois avoisinant, était en grande partie vitrée, avec de larges ouvertures encadrées de bois naturel. Des portes pliantes ouvraient sur la terrasse au sol revêtu de bois qui menait à notre ponton privé – l'endroit était sublime, quelle que soit la saison.

Nous nous étions sentis chez nous dès l'instant où nous avions franchi le seuil de cette vieille ferme délabrée. C'était, bien sûr, encore plus le cas aujourd'hui. Nous avions trouvé notre bulle dans un monde trépidant où tout fonçait à toute allure.

C'est moins vrai ces derniers temps. La grossesse m'a rendue plus vulnérable. Et dépendante. Non pas de Martin en tant que personne mais de Martin et moi en tant qu'équipe. Et couple. Prêts à aborder ensemble ce prochain chapitre qui me terrifie. J'ai vu le mal qu'a eu ma mère à m'élever seule. Pour rien au monde je ne voudrais vivre la même chose. Je ne voudrais pas que ma fille grandisse sans connaître son père. Le message, ce foutu bout de papier, me revient à l'esprit et un frisson me parcourt l'échine.

Je laisse tomber mon sac sur le marbre de l'entrée, accroche mon manteau à un cintre et appelle Martin pour lui signaler mon retour.

Je le vois sortir de la cuisine, tablier à la taille, un verre de vin à la main. Il me salue d'un sourire. Celui qui a conservé le pouvoir de me faire fondre, encore aujourd'hui, dix ans après notre première rencontre. Je lui souris en retour, réconfortée par sa présence.

Mais même à plusieurs mètres de distance, le parfum du vin me donne la nausée. J'inspire fort pour contenir mon haut-le-cœur. Si je prends quelques minutes pour me ressaisir, avec l'aide d'un autre comprimé anti-nauséeux, j'arriverai peut-être à dîner avec lui.

— Tu n'as pas invité Rachel à se joindre nous ? demande-t-il dans mon dos.

— Heu, non. Je croyais que tu voulais me parler, et puis je suis vraiment crevée. Je me suis dit…

— C'est dommage, continue-t-il. Elle est d'une compagnie agréable.

Je me fige. Et moi, je ne suis pas d'une compagnie agréable ?

— Justement, je lui ai dit qu'on l'inviterait bientôt à dîner.

— Super, répond Martin en s'approchant pour me serrer dans ses bras.

— Je file prendre un bain, dis-je avec petit mouvement de recul, l'odeur d'ail agressant mes narines. On a le temps ?

— Si tu fais vite. Disons vingt minutes. Ne ferais-tu pas mieux d'attendre d'avoir mangé pour prendre ton bain ?

— J'ai vraiment besoin de me rafraîchir. En plus, j'ai l'estomac en vrac. Je ne suis pas certaine de pouvoir avaler grand-chose.

— J'ai préparé un gratin de pâtes. Super léger. Sans crème ni fromage. Tu devrais au moins y goûter, Eli, ajoute-t-il l'air inquiet.

Lui aussi semble avoir décelé ma nouvelle fragilité, et ne plus me voir comme une équipière égale à lui.

— Tu es gentil.

— N'est-ce pas ? répond-il en souriant. J'ai même enlevé les champignons de la recette, je sais que leur simple vue t'insupporte en ce moment.

Je lui souris.

— Je fais aussi vite que possible, dis-je avant de monter à l'étage, où je me fais couler un bain.

Je m'allonge dans l'eau, et devine mon bébé qui se tortille sous ma peau, jouant de ses coudes et de ses pieds.

Comment un petit être aussi innocent peut-il nuit et jour me rendre à ce point malade ? Je me masse le ventre et murmure un « Je t'aime », en espérant qu'à force de répéter ces mots, je finirai par réellement ressentir cet amour.

Une fois sortie du bain, je m'enveloppe dans mon peignoir molletonné, et au moment où je m'apprête à enfiler mon pyjama, la sonnerie de mon téléphone retentit. « Maman » s'affiche sur l'écran. Je suis si heureuse de voir son nom, et regrette une fois encore que nous ne vivions pas plus près l'une de l'autre.

— Coucou, maman !

— Que se passe-t-il, trésor ? s'enquiert-elle sans préambule.

Elle a un don pour lire dans mes pensées, deviner mes émotions en un clin d'œil.

— Ah, la journée a été rude, dis-je en m'efforçant de ne pas pleurer.

Comment se fait-il que le simple fait de parler à ma mère fasse remonter toutes mes émotions à la surface ? Je suis à deux doigts de lui parler de la lettre, puis je me ravise. Ça ne ferait que l'inquiéter, je suis déjà bien assez inquiète moi-même.

— Et le bébé ? Tout va bien de ce côté ? demande-t-elle d'une voix douce mais préoccupée.

— Il continue de me faire vomir à intervalles réguliers, dis-je, ponctuant ma réponse d'un hoquet surgi à point nommé.

— Mon pauvre petit trésor…, tente-t-elle pour me réconforter. Le jeu en vaut la chandelle. Et d'ailleurs, ne dit-on pas que les nausées sont le signe d'un bébé en bonne santé ?

— Alors il faut croire que je suis en train de faire un petit Superman, dis-je en m'efforçant de sourire.

— Et avec Martin, tout se passe bien ?

Je hoche la tête en marmonnant un vague son affirmatif. Je ne tiens pas à m'engager sur ce terrain-là.

— Écoute, maman, il faut que je sorte du bain. Je dois me sécher et enfiler mon pyjama. Martin m'a préparé à dîner. Je vais tenter de manger quelque chose avant de me mettre au lit. J'ai eu une grosse journée au boulot.

— Tu travailles trop.

Sa remarque m'agace. Voilà bien un point sur lequel elle et Martin sont d'accord. Ils n'ont pas l'air de comprendre qu'en ce moment, le travail est le seul endroit où je me sens en pleine possession de mes moyens.

— Ça va, je gère, maman. J'ai juste eu une grosse journée.

— Eh bien je n'aime pas du tout le son de ta voix, réplique-t-elle. Je viendrai te rendre visite samedi prochain, un point c'est tout.

Il serait vain de protester. D'ailleurs, un peu de réconfort maternel ne sera pas de refus.

— D'accord, maman, à samedi ! Je t'aime.

Après avoir raccroché, je m'allonge sur le lit, me promettant de ne m'octroyer que cinq petites minutes de repos avant le dîner.

Évidemment, il est beaucoup plus tard quand je me réveille. Martin est monté me rejoindre au lit. Je cligne des yeux et m'étire, prise d'un léger frisson, puis je lui demande quelle heure il est.

— 11 heures. Tu devrais te rendormir.

— Je suis désolée, je ne pensais pas sombrer comme ça. J'allais descendre dîner.

Mon estomac gronde pour confirmer mes dires.

— Ne t'inquiète pas pour ça, dit-il en déboutonnant sa chemise avant de la jeter dans la panière à linge sale. Et je t'ai mis une assiette de côté au frigo.

Est-ce le fruit de mon imagination ou bien le ton de sa voix est-il moins bienveillant que tout à l'heure ? Il s'assied au bord du lit et regarde par la fenêtre, en direction du lac plongé dans l'obscurité. J'ai besoin de le sentir proche de moi.

— Viens là, dis-je en lui tendant les bras.

Il se retourne, m'adresse un sourire plein de douceur, puis se glisse sous les couvertures pour se lover contre moi. Je sens ses doigts passer sous mon peignoir, effleurer ma peau nue, et je frissonne à nouveau. De plaisir, cette fois. Mais ses mains filent directement vers mon ventre protubérant.

— Le jeu en vaut la chandelle, dit-il. Je sais que tu es exténuée, mais cet enfant va nous apporter énormément de bonheur, et je suis convaincu que tu seras la meilleure maman du monde.

Avec ces mots, notre maison redevient aussitôt une bulle. Je pose ma main sur la sienne, rassérénée. Il m'embrasse sur le front.

J'ai beau être tentée de m'endormir auprès de lui sans tarder, je sais qu'il me faut manger quelque chose, sinon la nausée n'en sera que pire lorsqu'elle sera de retour.

Je me redresse et lui promets de faire vite.

— Je vais juste me faire un petit sandwich.

— Vas-tu snober mon gratin de pâtes une deuxième fois dans la même soirée ? me demande-t-il avec un sourire en coin.

À quoi je réponds en lui tirant la langue.

— Vu l'heure, ça risquerait d'être un peu trop lourd. Mais ce sera parfait pour demain soir.

— Ah, justement, ça tombe plutôt bien, dit-il en se redressant lui aussi. Je ne t'ai pas encore dit…

J'enfile mon pantalon de pyjama et me tourne vers lui tout en passant le haut surdimensionné, taille « future maman ».

— Oui ?

— Il faut que je retourne à Londres.

J'ai le cœur qui se serre. Il y a à peine une semaine qu'il est rentré de son dernier déplacement. J'ai beau le savoir sur un gros projet, je n'avais pas imaginé qu'il devrait voyager autant.

Le mot chiffonné au fond de mon sac se rappelle à mon souvenir.

— On a un pépin avec le terrain de jeux partagé, explique-t-il. Et le paysagiste veut revoir les plans du jardin avec moi. C'est chiant, mais il faut que je sois sur place. J'ai besoin de visualiser l'espace pour imaginer comment ça peut fonctionner. Ils veulent déplacer les portes prévues initialement – ce qui implique de changer de place l'espace de rangement et de revoir légèrement le plan de la mezzanine.

Il serait inutile de protester. De quoi aurais-je l'air, de toute façon ? Je passerais immanquablement pour une harpie si je lui demandais de refiler le travail à un collègue à ce stade du dossier. Ce projet est son bébé à lui, et il date de bien avant que nous ayons mis le nôtre en route.

— Tu vas t'absenter combien de temps ?

La dernière fois, ça n'avait été que deux nuits, c'était encore gérable. Et pourtant, le deuxième soir, ne pas l'avoir à mes côtés avait fini par me rendre nerveuse.

— Voilà le hic, me dit-il. Comme je dois de toute façon être là-bas mardi pour une réunion, il faut se rendre à l'évidence : le temps que je finisse les plans… ça n'a guère de sens que je revienne avant mardi soir.

De vendredi à mardi – quatre nuits, week-end compris.

— J'ai bien conscience que ça inclut le week-end, ajoute-t-il, comme s'il avait lu dans mes pensées. Je me disais… peut-être que tu pourrais faire un saut chez ta mère ?

— Samedi prochain, je travaille, dis-je en marmonnant. Mais de toute façon, elle avait prévu de venir. Pour prendre de mes nouvelles.

— Alors c'est parfait, conclut-il avec un grand sourire. Elle prendra bien soin de toi, et moi, je me ferai moins de souci.

— Tu n'as pas besoin de t'inquiéter pour moi, dis-je sur un ton que j'aurais voulu moins cassant.

Je m'en veux aussitôt de lui avoir parlé aussi sèchement.

— Je m'inquiète pour toi parce que je t'aime, poursuit-il en prononçant ces mots lentement, histoire de bien se faire comprendre.

— Si tu m'aimais…

Les mots ont devancé ma pensée.

— « Si je t'aimais… » ? Tu es sérieuse ? Et quoi, alors ? Je démissionnerais ? Je n'ai pas la force de revenir là-dessus, Eli. Tu es enceinte, je sais que c'est très dur. Je sais que tu as les hormones en vrac, mais… (Il secoue la tête.) Non, je ne le ferai pas. Pas maintenant. Bonne nuit, Eli.

Encore une conversation qui tourne au vinaigre.

Et maintenant, tout ce que je me dis, c'est que malgré le bon dîner, les câlins et les sourires, les choses sont loin d'aller bien entre nous.

Eli

Je le laisse dormir. Deux tranches de pain de mie et une tasse de déca plus tard, mon cerveau n'est toujours pas prêt à se mettre en stand-by. Assise dans le salon, j'essaie de me changer les idées en regardant une émission américaine dans laquelle une future mariée doit choisir entre une robe toute neuve ou la robe de mariée de sa mère, reprise pour la mettre au goût du jour.

Mais bien sûr, mes pensées ne cessent de revenir à mon propre mariage. Et à mon mari qui dort à l'étage pour prendre des forces avant son nouveau déplacement professionnel. Je sais que je devrais lui faire confiance. D'ailleurs je pense que c'est le cas, pour l'essentiel. Mais ne devrais-je pas aussi, peut-être, me poser davantage de questions ?

Et si je jetais un œil à ses mails ? dans son téléphone ? son portefeuille ? Y trouverais-je quoi que ce soit pour confirmer mes pires craintes ? Ne rien trouver me rassurerait-il ?

Je n'ai jamais fouillé dans les affaires de Martin. Je n'en ai jamais ressenti le besoin. Là, je me sens vraiment coupable. Au moment où je me dirige vers la table de la salle à manger, j'ai l'impression d'être une actrice de série télé à l'eau de rose. Sa veste trône sur le dossier d'une chaise. Je fouille dans ses poches, et j'en extrais ceci : un reçu correspondant à un café – un seul – accompagné d'un sandwich poulet-crudités ; un paquet de chewing-gums à moitié vide ; de la petite monnaie pour un montant total de 78 *pence*.

Même Columbo n'y trouverait rien à redire. Fulminant contre moi-même, je remets tout en place, avec le sentiment d'être celle qui l'a trahi. Après tout, j'ai douté de lui.

C'est probablement encore le cas, un peu.

Je prends une grande respiration et commence un exercice de pleine conscience. Je dois me concentrer sur le moment présent. C'est une méthode que nous utilisons avec nos patients pour atténuer leur anxiété. Des patients qui ont de vrais problèmes, à côté desquels les miens sont insignifiants.

Je concentre mon attention sur le tic-tac de l'horloge. Sur l'infime bourdonnement du freezer. Sur le bruit de la pluie contre les vitres. Je ferme les yeux, je m'allonge sur le sofa, et pense à tout ce qui s'offre à mes sensations tactiles et olfactives, écartant toute autre pensée jusqu'à ce que mes paupières deviennent lourdes et que le sommeil s'empare de moi.

Lorsque je me réveille, la maison est plongée dans le silence et j'ai une couverture sur moi. Je plisse les yeux et regarde autour de moi. La veste a disparu de la chaise de la salle à manger. Sur la table basse, j'aperçois un mot adossé à un verre d'eau, qui m'informe que mon mari est parti pour l'aéroport, qu'il ne voulait pas me réveiller car je dormais profondément. Il m'a commandé un taxi car il devait prendre sa voiture et la mienne est toujours immobilisée. Il m'aime, ajoute-t-il. Je vais lui manquer. Le bébé aussi. Pas un mot sur notre conversation de la veille.

Je saisis mon portable et vois qu'il ne me reste que trente minutes avant l'arrivée du taxi, court laps de temps qu'il me faudra mettre à profit pour reprendre pleine possession de mes moyens avant ma journée au centre. Mais le travail va me changer les idées, du moins jusqu'à ce soir. Me vient une idée : serait-ce pathétique de ma part d'envoyer un texto à ma mère pour lui demander de venir dès aujourd'hui plutôt que demain ? Je sais qu'elle n'y verrait aucun inconvénient. Au contraire, elle sautera sur l'occasion pour venir jouer la mouche du coche à mes côtés. Je lui envoie donc un SMS et c'est avec un soupir de soulagement que je reçois sa réponse, quelques minutes tard, m'annonçant son arrivée à la fin de ma journée.

*

Avant de prendre mon poste au centre de soins palliatifs, je ne croyais jamais vraiment ceux qui me disaient « ne pas avoir une minute pour eux ».

Aujourd'hui, et ce n'est pas rare, plusieurs heures peuvent s'être écoulées avant que je réalise que je n'ai toujours pas trouvé cinq minutes pour aller aux toilettes. Notre salle de repos est pleine de tasses de café à moitié bues, et le frigo, de repas à moitié mangés. On fait de notre mieux au moment où on a besoin de nous, telle est la mission de ceux qui prennent soin des personnes en fin de vie.

Impensable de partir en pause déjeuner alors qu'un patient se tord de douleur ou pleure. Ou au moment où il a besoin de se confier. Ça ne marche pas comme ça.

En milieu de matinée, j'arrive enfin à m'octroyer cette pause pipi trop longtemps reportée, incapable d'ignorer davantage les coups de pied du bébé sur ma vessie. Je prends conscience que j'ai été si occupée que je n'ai pas eu le loisir de penser à autre chose qu'au travail. Tant mieux.

Mais ma curiosité est toujours intacte. Je voudrais savoir d'où vient cette lettre. Si quelqu'un a des infos à ce sujet, ça ne peut être que Lorraine, notre responsable administrative. Rien ne lui échappe. Après m'être lavé les mains et avoir ajusté ma blouse, je rejoins donc la réception, où je la trouve entourée de sa cour.

— Un mot à ton attention, écrit à la main ? demande-t-elle en me lorgnant par-dessus ses lunettes à monture violette tout en triant le courrier du jour. J'ai bien mis deux ou trois courriers dans ton casier hier, mais je ne me rappelle pas avoir vu quoi que ce soit d'inhabituel.

— Quelqu'un l'aurait-il déposé en personne ?

— Pas sur mon bureau, en tout cas. Cela dit il y avait du courrier dans la boîte aux lettres extérieure à mon arrivée hier matin. Ta lettre devait s'y trouver.

— OK, dis-je, dépitée d'avoir fait fausse route.

Combien d'impasses me faudra-t-il emprunter avant de me résoudre à ce qu'il n'y ait pas anguille sous roche ?

— C'est important ? demande Lorraine. As-tu conservé l'enveloppe ? En la voyant, peut-être que ça me reviendra.

— Non, ça n'est pas important. C'était juste par curiosité, dis-je en mentant.

— En tout cas, j'espère que c'était un mot sympa, du genre lettre de remerciements ?

— En quelque sorte, dis-je avec un sourire avant de prendre congé pour retourner au travail.

Rachel aussi est de service aujourd'hui. On se retrouve pour la pause déjeuner. Tandis qu'elle mange mon sandwich, je me fais une tartine. C'est toujours mieux que des biscuits secs.

— Eli, il faut que je te dise, ce sandwich n'est pas digne des talents habituels de Martin. Il faudra que tu lui en touches un mot, plaisante-t-elle.

— Tout s'explique : c'est moi qui l'ai préparé. Martin s'est absenté quelques jours pour son boulot.

— Encore ? s'exclame-t-elle, haussant les sourcils un très court instant avant de se ressaisir. J'imagine que son projet sera bientôt terminé. En tout cas, c'est mieux qu'il ait à s'absenter maintenant, avant la naissance du petit.

— Oui, il a des pépins de dernière minute à régler, dis-je, ma tartine perdant soudain tout son attrait.

Un silence gêné s'installe entre nous.

— En disant « Encore ? », reprend-elle, je ne sous-entendais rien du tout. Tu me connais : moi et ma grande gueule.

— Pas de souci, tout va bien. Mais c'est vrai qu'il s'absente beaucoup, ces temps-ci.

Je sais bien que Rachel ne cherche pas à m'alarmer. Elle est elle-même encore sous le coup de l'échec de son mariage, qui a pris fin après une infidélité de son mari. Ou, pour être plus précis, après ses nombreuses infidélités.

Je décide de changer de sujet, ne tenant pas à retourner en terrain miné.

— Il faut que je file, je dois aller chercher ma bagnole au garage.

— Je peux t'y conduire, propose-t-elle. J'en profiterai pour nous prendre un petit quelque chose pour le goûter.

Je remarque qu'elle n'a quasiment pas touché à mon sandwich. Considérant qu'il serait grossier de ma part de refuser son offre, je souris et la remercie. Sur quoi nous prenons nos affaires et grimpons dans sa voiture.

— Ne fais pas attention au désordre, dit-elle en balançant un sachet McDo vide sur le siège arrière, où traînent déjà des canettes vides, une laisse et une paire de chaussures de foot malodorantes.

— Ce n'est pas pire qu'hier soir, ne t'en fais pas, dis-je.

— Au moins, hier soir, dans l'obscurité, on n'en voyait pas la moitié ! s'esclaffe-t-elle.

Sur la route qui nous mène au garage, je sens bien que je reste trop silencieuse. Ma tête bourdonne de questions, mais je ne sais pas comment les formuler sans avoir l'air totalement parano. Je déteste cette sensation. En temps normal, Rachel et moi n'avons aucun problème pour communiquer. On a l'habitude de se confier l'une à l'autre.

— Il t'aime beaucoup, tu sais, dit Rachel tandis que nous traversons Foyle Bridge pour rejoindre le garage. C'est cette fichue lettre qui te tracasse, hein ? Tu ne devrais vraiment pas t'en faire. Je crois que je n'ai jamais vu un homme aussi amoureux de sa femme. Désolée si j'ai dit quelque chose de travers hier. Lui, c'est vraiment un mec bien.

Je le sais. Ça ne fait pas l'ombre d'un doute. Il faut que j'arrête d'imaginer des problèmes où il n'y en a pas.

*

À 15h43, nous sommes au côté d'un homme de soixante-trois ans qui recueille le dernier souffle de son épouse, cinquante-neuf ans. Il lui tient la main. Le râle qui accompagnait chacune de ses respirations ces douze dernières heures ralentit, puis s'interrompt, et la pression qu'elle maintenait sur la main de son mari se relâche. Cet homme toujours plein de vie sur un plan strictement physique, je le vois mourir un peu devant moi tandis qu'il embrasse, avant qu'elles ne refroidissent, les lèvres de celle qui a partagé trente années de sa vie.

Alors, avec beaucoup de douceur, Rachel et moi nous occupons de son épouse, sur qui nous avons veillé toute cette semaine. Nous enlevons tubes et électrodes. Nous remettons en ordre les draps de son lit. Nous ouvrons les fenêtres – une vieille tradition au centre, censée libérer l'esprit du défunt. Puis nous nous mettons en retrait et laissons la famille commencer son deuil.

— Parfois c'est vraiment dur, dit Rachel tandis que nous sortons.

— Oui…

J'acquiesce sans pouvoir en dire davantage, de crainte de m'effondrer.

Une pause.

— Bientôt l'heure de rentrer à la maison…

— Dire qu'on doit remettre ça demain, dis-je, trop secouée pour ajouter quoi que ce soit.

Louise

Si je la voyais à nouveau avant la fin de la semaine, m'étais-je dit, ce serait un message de la Providence m'indiquant que j'avais raison. Que ce bébé était celui que j'attendais.

Depuis le moment où je l'avais vue pour la première fois, j'avais les nerfs à fleur de peau. Les yeux rivés sur l'entrée du café, je passais mes journées à guetter l'arrivée des clients, désespérant de la voir à nouveau franchir la porte.

Et alors que je ne m'y attendais plus, au cours d'une visite au supermarché, je remplissais sans enthousiasme mon panier de plats préparés pour célibataire – que j'accompagnerais d'une bouteille de vin – quand je la vis qui faisait ses courses au rayon fruits et légumes.

Elle avait l'air encore plus fatiguée que la dernière fois, ses cernes accentuant sa pâleur. Elle avait sûrement une carence en fer, pensai-je. Elle avait mis des pommes et du raisin dans son panier, mais c'est plutôt de légumes verts ou de viande rouge dont elle aurait eu besoin. J'étais à deux doigts d'aller lui parler, mais pour lui dire quoi ?

De quoi aurais-je eu l'air ? D'une folle la harcelant au supermarché pour lui dire qu'elle devait renforcer en fer son alimentation.

Je la suivis à distance. Elle ajouta du pain frais à son panier. Farine complète. Ça au moins, c'était sain. De même que le jus d'orange frais qu'elle avait choisi. À ma grande satisfaction, je voyais qu'elle était capable de faire de bons choix pour son bébé. Quant aux biscuits au chocolat et à la soupe en conserve, aucun des deux n'était guère nourrissant. Notamment pour une femme enceinte. Je secouai la tête en signe de désapprobation.

Son bébé devait être en bonne santé. Il m'importait, à moi, que ce bébé se porte bien. Certes je n'étais pas de ces ayatollahs qui pensent qu'une femme, dès lors qu'elle tombe enceinte, n'est plus rien d'autre qu'un incubateur, mais le bébé doit toujours passer en premier. Agir autrement n'est qu'égoïsme. Une mère ne peut se contenter de manger, ou de faire ce qui lui fait plaisir, sans prendre en compte le petit être qui croît dans son ventre.

Chaque bébé mérite le meilleur départ dans la vie.

Il en avait été ainsi pour moi. Même si, au final, le résultat n'a pas été probant.

Et après tout, qu'est-ce que j'en savais ? Avec sa soupe en conserve et son paquet de biscuits, peut-être que cette femme était dans le vrai. D'ici quelques mois, ça n'aurait plus aucune importance de toute manière. Je pourrais donner à mon bébé toute la nourriture saine dont il aurait besoin.

Eli

La voiture de maman est garée devant la maison. À sa vue, je ne peux m'empêcher de sourire, même si je sais qu'une heure ne se sera pas écoulée avant qu'elle ne me tape sur les nerfs.

Tout en sortant les sacs de courses posés sur le siège passager, je regarde la pluie rebondir sur le sol. Me revient alors en mémoire ce que me racontait ma mère autrefois, quand elle m'assurait que les éclaboussures d'eau étaient en réalité des farandoles de fées dansantes. Je l'ai longtemps cru. Pour être tout à fait honnête, une partie de moi le croit toujours, ou, du moins, s'efforce d'y croire. Je masse mon ventre. Moi aussi je raconterai cette histoire à mon enfant. Je lui apporterai un peu de magie, comme ma mère l'a fait. Même quand nous n'avions pas grand-chose, il nous restait toujours un peu de magie pour rêver.

J'admire les fées qui virevoltent, lorsque je vois la porte d'entrée s'ouvrir et la lumière du porche s'allumer. Debout dans l'embrasure, emmitouflée dans son gilet dont elle tient les pans serrés contre elle, ma mère scrute la pluie en plissant les yeux pour me voir. Elle me fait un signe de la main. Je fais de même.

Aussitôt, je me revois à l'école primaire, à la fin d'une longue journée de coloriages et d'exercices d'écriture, et je suis à nouveau cette écolière surexcitée à la vue de sa mère qui vient d'arriver dans la cour de récréation. Il me tarde de la serrer dans mes bras. J'ouvre la portière de la voiture, je me mêle aux farandoles de fées et je me jette au cou de ma mère sans songer à lâcher mes sacs de courses.

— Ma chérie, je me faisais du souci. Où étais-tu ? Voilà une heure que je t'attends.

L'inquiétude sincère que je perçois dans sa voix me met du baume au cœur.

— J'ai fait un détour en ville pour acheter deux, trois bricoles. Étant donné que je n'ai pas eu le temps de faire de gros ravitaillement depuis longtemps, les placards sont vides. Je me suis contentée de faire l'emplette de quelques produits de base.

Elle m'accompagne à l'intérieur, me prend les sacs des mains avant de les poser dans un coin. Puis elle m'aide à enlever mon manteau.

— Tu n'aurais pas dû. Tu dois être épuisée, après ta journée de travail, ce n'était vraiment pas la peine d'aller courir les magasins. De plus, depuis le temps, tu devrais te souvenir que je n'arrive jamais les mains vides.

Accueillie par les effluves de sa fameuse soupe de poulet, je me surprends à avoir faim.

— Tu m'as fait ta soupe ? Oh, maman, ça sent tellement bon ! J'ai pris du pain frais, ça sera délicieux avec.

— On forme vraiment une bonne équipe, dit-elle. Si seulement tu revenais à Belfast, il en serait toujours ainsi.

— Maman, arrête, dis-je d'un ton taquin. Tu sais bien qu'on est bel et bien installés ici. Le cabinet de Martin est ici. Notre magnifique maison est ici. La famille de Martin est ici. Tu pourrais toujours déménager dans le coin, cela dit…

Je la vois se braquer. C'est une discussion que nous avons déjà eue.

— Ma vie est à Belfast, tu le sais, objecte-t-elle. Je suis trop vieille pour tout recommencer à zéro. En revanche, Martin et toi êtes jeunes, vous pourriez tenter votre chance n'importe où.

— Si on mettait un terme à cette conversation avant qu'elle ne s'envenime ? Et profitons-en pour nous servir un peu de cette soupe… J'ai faim.

— J'étais sûre que ça te tenterait, dit-elle, la mine radieuse. Quand tu étais petite, mon potage de poulet parvenait toujours à te requinquer lorsque tu étais patraque. Tu pourrais toujours compter sur moi si…

— Maman !

Après mon coup de semonce, elle hausse les épaules et ajoute :

— Je dis ça, je ne dis rien.

Puis elle prend deux bols dans le placard et nous sert.

Je tranche le pain et l'apporte à table, ainsi que le beurre. En m'asseyant, j'observe le lac, plongé dans la pénombre, qu'on aperçoit derrière les portes-fenêtres. Des rafales de pluie fouettent les vitres, sur lesquelles ruissellent une myriade de gouttelettes. La nuit promet d'être agitée. Je surprends mon reflet dans le verre obscurci. Maman a raison, j'ai vraiment l'air vannée.

Elle apporte les bols de soupe et deux verres d'eau sur un plateau. Au moment où elle s'assoit, elle me regarde droit dans les yeux.

— Alors, et si tu me disais ce qui te stresse autant ?

— Je ne suis pas stressée, dis-je sans y croire.

— Eliana Johnston, je te connais mieux que personne. Tu m'as appelée pour me demander de venir un jour plus tôt. Malgré tout l'amour que tu me portes, je sais que si tu me demandes d'avancer ma visite, c'est que quelque chose te chagrine.

— Hughes… Je m'appelle Eliana Hughes, désormais.

Je prends une cuillère de soupe, souffle doucement dessus pour la refroidir et l'approche de ma bouche. Délicieux. Je tente de faire diversion en complimentant ma mère.

— Je sais bien que ma soupe est délicieuse, répond-elle avec un sourire. Je sais aussi qu'à mes yeux, tu resteras toujours Eliana Johnston. Mais ça n'est pas le sujet, si ?

— J'ai juste envie de déguster ma soupe tranquillement, maman. Je suis trop fatiguée pour réfléchir correctement, tu comprends ?

— OK, concède-t-elle.

Je sens néanmoins qu'elle ne me quitte pas des yeux tandis que je savoure ma soupe.

Elle s'agite autour de moi, aux petits soins pour que je puisse me détendre.

Elle attend que je me sois pelotonnée sur le canapé, blottie sous un plaid devant la flambée, pour me redemander ce qui ne va pas.

— Tu peux tout me dire, tu sais, fait-elle en me fixant de ses grands yeux bleus.

Ma mère a les plus beaux yeux bleus du monde. D'un bleu-vert vibrant d'intensité. Fort contrariée de ne pas en avoir hérité, je nourris le secret espoir que ce sera le cas pour mon bébé.

J'opine, tout en ressentant un mélange de gêne et d'embarras. Comment pourrais-je lui avouer que sa fille-qui-gère-et-contrôle-tout vit mal sa grossesse et redoute de voir sa vie adorée lui filer entre les doigts ?

— Est-ce que tout va bien du côté du bébé ?

Le bébé – c'est toujours à lui qu'elle pense en premier. Je ressens un pincement au cœur. Une pointe de jalousie, peut-être. Immédiatement suivie d'un sentiment de culpabilité pour ces pensées négatives vis-à-vis de mon enfant.

— Le bébé va bien. Il gigote et donne des coups de pied. Tout ce qu'il y a de plus normal. J'ai toujours autant de nausées. Donc j'imagine que mes hormones font leur travail correctement.

— Tu me le dirais, n'est-ce pas, si tu avais des craintes au sujet du bébé ?

— Bien sûr, maman.

C'est la vérité. Mon inquiétude porte moins sur le bébé que sur mon aptitude à être mère. Surtout si je me retrouve toute seule. Tout le monde n'est pas comme ma mère, à qui la solitude va comme un gant.

— As-tu dit à Martin que tu sais que c'est une fille ?

Je m'empourpre. Je ne suis pas du tout à l'aise avec le fait que je connaisse le sexe du bébé, et pas lui. Mais il préférait garder la surprise. Moi aussi d'ailleurs, jusqu'à ce que mes nausées deviennent si insupportables que j'ai ressenti moins d'attachement pour mon bébé. Je m'étais alors dit qu'en connaissant son sexe je lui donnerais un début d'identité. Et que ça m'aiderait à créer un lien.

Pourtant, je n'étais pas du genre à faire des cachotteries à mon mari. Mais les choses avaient changé, ces temps-ci. Du moins tentais-je de me persuader que cela pouvait justifier ce que j'avais fait. Et que cela ne prêtait pas à conséquence. Certes sa surprise resterait entière à la naissance de notre fille mais, je le savais, j'avais rompu sa confiance. Peut-être était-ce pour cette raison que je me suis mis en tête qu'il pourrait, lui aussi, avoir rompu la mienne. J'étais bien placée pour savoir que la dissimulation et les mensonges par omission sont à la portée du premier venu. J'avais bien réussi à cacher trois grenouillères roses dans un tiroir à l'étage.

— Non, maman. Et je ne pense pas le lui dire. On approche du terme, de toute façon. Je ne crois pas que ce soit le moment de le stresser inutilement.

— Eh bien, j'ai hâte que ce ne soit plus un secret pour personne. Je pourrai alors faire la tournée des magasins en toute légitimité pour acheter tout le rose du monde.

— Rien ne t'oblige à faire les magasins, maman, dis-je. Garde ton argent pour toi.

— Ne dis pas n'importe quoi ! Je sais parfaitement que rien ne m'y oblige, mais si j'en ai envie, je le ferai. J'ai des économies.

— Maman, tu as besoin de cet argent. Fais des économies si tu veux mais garde-les pour toi. Le bébé n'a besoin de rien. Je t'assure.

— J'ai travaillé dur toute ma vie, Eli, et si j'ai envie de dépenser de l'argent pour ma petite-fille, je le ferai. Un point c'est tout. Et d'ailleurs, à quoi dépenserais-je bien mon argent ? J'ai de quoi me réjouir ! Je vais être grand-mère pour la première fois !

— Ce sera probablement la dernière, dis-je en grimaçant. Je n'envisage pas de revivre ça une deuxième fois.

— C'est ce que tout le monde ressent à ce stade de ta grossesse, réplique ma mère pour me consoler. Tu ne sais pas encore ce que tu ressentiras après la naissance, mais je peux t'assurer que même si tu n'as que cette enfant, elle te comblera de bonheur.

— As-tu toujours pensé cela, maman ? Que je suffirais à faire ton bonheur ?

Elle penche légèrement la tête sur le côté, et me fixe à nouveau de ses yeux d'un bleu éclatant.

— Dès l'instant où je t'ai tenue dans mes bras, ma chérie, j'ai su que je n'aurais besoin de personne d'autre dans mon existence. Bien sûr, si la vie m'avait offert d'autres enfants, je les aurais aimés tout autant que toi. Mais avec toi, j'ai toujours été parfaitement comblée.

C'est trop d'émotion pour la femme enceinte que je suis. Je sens mon cœur se serrer et la prends dans mes bras.

— Je t'aime, maman, dis-je dans un murmure en me collant aux boucles douces qui encadrent ses joues, rassurée par les effluves familiers de son Chanel N° 5.

— Tu seras une mère formidable, Eliana. Je n'en doute pas une seconde. Et tu pourras compter sur moi si tu as besoin d'aide. Je serai toujours là.

— Je sais…

— Et tu peux tout me dire.

— Ça aussi je le sais.

— Par exemple, pour quelle raison tu m'as fait venir un jour plus tôt que prévu, ajoute-t-elle en haussant les sourcils.

Elle n'est pas du genre à lâcher l'affaire facilement.

— Je te l'ai déjà dit, maman, il n'y a rien de particulier. C'est juste que Martin s'est absenté pour le travail, et la naissance du bébé approche, et tout et tout…

— Tu es sûre qu'il n'y a rien d'autre ?

Je fais oui de la tête. Décidément, il est facile de mentir ou de ne pas dire toute la vérité. Beaucoup trop facile.

Eli

Il est à peine 21 h 30 quand ma mère, me voyant lutter à grand-peine pour me retenir de bâiller, m'ordonne d'aller me coucher. Je ne lui oppose aucune résistance. Je suis éreintée, mais également soulagée par la conversation que nous avons eue.

Après avoir branché mon portable, je le pose sur la table de nuit et me glisse sous les draps. Je suis sur le point de fermer les yeux quand la sonnerie se met à retentir.

Voyant le nom de Martin s'afficher sur l'écran, j'ai soudain un besoin impérieux de lui parler. D'entendre sa voix. Et si ma mère avait raison, tout compte fait ? Devrais-je lui dire que je connais le sexe du bébé ?

Je ne suis pas obligée de lui révéler que c'est une fille. Je pourrais très bien lui laisser la surprise pour le jour J, sans pour autant lui cacher le fait que moi, je sais. Surtout maintenant, alors que je suis dans les affres d'avoir à m'imaginer qu'il pourrait me cacher quelque chose.

Je prends l'appel et m'efforce d'avoir l'air joyeuse, de redevenir l'Eli dont il est tombé amoureux, et pas l'épouse bougonne avec qui il s'est pris le bec la veille.

— Coucou mon chéri, comment s'est passée ta journée ?

Il soupire – à moins que ce ne soit un bâillement.

— Longue et bien remplie, mais je voulais prendre de tes nouvelles avant d'aller me coucher. Je n'ai pas aimé la façon dont on s'est quittés hier soir.

— On était tous les deux fatigués. On n'a qu'à se dire que c'était juste un mauvais jour, et basta, dis-je.

— Comment ça va, de ton côté ?

— Tout va bien, chéri. Maman est venue un jour plus tôt et m'a préparé une marmite de sa fameuse soupe de poulet. Après avoir insisté pour faire la vaisselle, elle m'a mise au lit. J'allais m'endormir. Je suis déjà couchée.

— J'ai tellement envie d'être à tes côtés, dit-il d'une voix douce.

Je suis aussitôt prise d'un frisson, qui me fait penser que j'aurai toujours besoin de cet homme. Je voudrais l'avoir devant moi, sentir son souffle sur mon visage, sa peau contre ma peau…

— Moi aussi, dis-je. Tu me manques.

— Je serai à la maison dans quelques jours. On rattrapera le temps perdu ! C'est bien que ta mère soit avec toi pendant mon absence.

— Certes, mais elle n'est pas aussi bonne que toi pour m'aider à m'endormir.

— Il est vrai que je peux être particulièrement câlin, répond-il d'une voix empreinte de tendresse.

À ces mots, je me sens aimée, et vibrante d'amour pour lui. C'est à se demander comment j'ai pu douter de lui.

Il bâille et je comprends qu'il est trop fatigué pour se lancer dans une conversation plus approfondie.

Je lui dis « je t'aime », lui promettant de l'appeler demain. Peut-être lui dirai-je alors, pour le sexe du bébé.

Je me promets également d'ôter cette foutue lettre de mon sac à main dès mon réveil, et de la jeter à la poubelle. Pour de bon.

Louise

Ce ne devait pas être si difficile de filer quelqu'un, me disais-je. Surtout la nuit, quand les rues sont plus calmes. Je la suivis tandis qu'elle sortait du supermarché, abandonnant mon panier dans une allée. Je me contenterais d'un sandwich pour le dîner.

Le hasard fait parfois bien les choses. La femme avait garé sa voiture près de la sortie du supermarché, si bien que je n'ai eu aucun mal à en noter la marque et le modèle. La mienne étant garée à deux minutes sur la rue principale, si je me dépêchais, je pourrais la prendre en filature.

Je regagnai mon véhicule aussi vite que possible et mis le contact, fulminant que les vitres de ce tas de rouille soient à ce point embuées. Pas de temps à perdre. Je n'allais quand même pas la laisser s'enfuir. Je pris la vieille chamoisine dans la boîte à gants et commençai à frotter furieusement l'intérieur du pare-brise. Alors que je relevais la tête, j'aperçus l'éclat de phares à la sortie du parking. Sa voiture en surgissait déjà, avant de tourner à gauche en direction de Foyle Bridge.

Je laissai échapper un juron à voix basse. Je me retrouvais quasiment à découvert, qui plus est dans le mauvais sens. Je devais faire demi-tour, mais avec mes vitres arrière toujours embuées, je n'avais guère de visibilité pour manœuvrer en toute sécurité.

C'était quand même jouable. Je baissai ma vitre avant pour y glisser la tête et essayer d'y voir plus clair. Elle était en train de filer. Alors j'enclenchai la première sans plus tarder et tournai le volant. La voie était libre, je pouvais tenter ma chance.

Mais juste après avoir déboîté, je sentis ma voiture trépider, puis caler. La route n'était plus libre, et j'avais beau mettre le contact, le moteur ne voulait plus partir. Les phares arrière de sa voiture s'éloignèrent, de plus en plus flous sous l'effet conjugué de la distance, de la condensation, mais aussi de mes larmes.

Je donnai un violent coup de poing au volant et fis hurler le klaxon.

Puis je me massai les tempes, histoire de reprendre mes esprits. C'était certes un contretemps, mais pas une défaite. J'arriverais malgré tout à mes fins. Dans ce bas monde, on n'avait rien sans rien. Après tout, j'avais imploré Dieu pour qu'Il m'envoie un signe, et Il l'avait fait. Il l'avait mise sur mon chemin. Il me fallait garder foi en Lui et attendre qu'Il la remette sur mon chemin ainsi que son bébé – *mon* bébé.

Eli

Les hurlements stridents de l'alarme me réveillent. Ai-je entendu des bris de verre ? Le cœur battant, je me redresse dans le lit, trop effrayée pour allumer la lumière. J'essaie de comprendre ce qui se passe, mon corps s'ajustant tant bien que mal à ce réveil brutal.

Je porte la main à mon ventre – peut-être un réflexe protecteur. Un geste de mère. Je pense à maman. Sa chambre se trouve deux portes plus loin dans le couloir. Est-elle réveillée ? En sécurité ? Je voudrais l'appeler pour m'en assurer, mais si un intrus se trouve dans la maison, n'y a-t-il pas un risque que j'attire son attention sur nous ? La porte de ma chambre est fermée, sans être verrouillée. Pourquoi le serait-elle ?

Je maudis notre alarme. Elle est si bruyante qu'il m'est impossible de déterminer si quelqu'un approche, monte l'escalier ou encore tente d'ouvrir des portes.

Je me souviens alors que l'entreprise de sécurité va appeler. Si je ne réponds pas, ils enverront la police. C'est du moins ce que je suppose. Je n'ai jamais vraiment vérifié, n'ayant guère été réellement convaincue de l'utilité de cette installation. Bref…

J'essaie de localiser l'origine des bris de verre. À moins que j'aie rêvé ? Tout ça ne peut pourtant pas être le fruit de mon imagination. L'alarme ne se déclenche qu'en cas d'intrusion.

M'extirpant du lit, je saisis mon téléphone et le mets en mode silencieux, puis je rejoins le cabinet de toilette sans un bruit et m'y enferme, lumières éteintes. Je tremble. Sûrement l'adrénaline. Une hormone parmi d'autres. Ça ne va pas me tuer, tout ira bien. J'espère que tout va bien pour maman aussi. Il le faut. J'ai besoin d'elle à mes côtés. Mon Dieu, si seulement Martin était là lui aussi. Et que fait la police ? Et *quid* de l'appel de l'entreprise de sécurité ? Je jette un coup d'œil à mon téléphone. Mince, c'est lui qu'ils appelleront en premier, si personne ne tape le code de sécurité…

Je commence à prendre conscience de mon isolement. Enfermée dans cette magnifique maison, elle-même bâtie, et c'est précisément pour cela que nous l'avons choisie, au milieu de nulle part. Personne ne passe, par ici. La plupart des gens n'iraient même pas imaginer qu'une habitation se trouve dissimulée derrière les arbres, à l'écart de tout. Personne n'entendra l'alarme en dehors de ces quatre murs. Personne n'accourra pour nous porter secours.

Je cherche dans mes contacts, mes doigts enflés appuyant sur les mauvaises touches tandis que je tente de voir si j'ai enregistré le numéro de l'entreprise de sécurité. Je ferais mieux d'appeler la police. Je n'arrive pas à réfléchir. Le boucan de cette foutue alarme va finir par me percer les tympans, et j'ai des crampes d'estomac, autant dues à la peur qu'aux symptômes de grossesse. Signe que je vais bientôt vomir. Je me dirige à tâtons vers les toilettes, essayant de rester aussi calme que possible.

Ma mère est toujours deux chambres plus loin. Du moins c'est ce que j'espère. A-t-elle été blessée ? J'attrape une serviette et m'essuie la bouche, puis essaie de reprendre mes esprits, les nausées m'ayant donné le vertige. L'écran de mon portable s'allume, signalant un appel provenant d'un numéro inconnu. Je réponds en essayant de parler à voix basse, ce qui n'a aucun sens vu le vacarme de l'alarme.

Une voix calme me demande mon mot de passe et cherche à savoir si je suis en sécurité.

— Je suis enfermée dans ma salle de bains, parviens-je à murmurer. Avec le bruit de l'alarme, je n'entends plus rien. Mais j'ai l'impression qu'il y a eu des bruits de verre brisé.

— D'accord. On a notifié à la police une possible effraction. On peut désactiver l'alarme si vous le souhaitez, continue la voix calme.

— Oui, oui, faisons cela, dis-je dans l'espoir de me ressaisir.

— D'accord, madame Hughes. On fait comme ça. La police va bientôt arriver. Si vous êtes en sécurité, je vous recommande de rester où vous vous trouvez.

— OK, dis-je dans un souffle en essayant de ne pas penser à maman.

Qu'est-elle en train de se dire ? A-t-elle peur ?

L'alarme s'arrête enfin. Un sifflement persiste dans mes oreilles. Je sursaute en entendant du bruit derrière la porte de la salle de bains.

— Eli, c'est moi.

C'est la voix de maman. Je l'entends autant qu'elle résonne en moi.

Les larmes me montent aux yeux. Je déverrouille la porte et me jette dans ses bras.

— Maman, Dieu soit loué tu vas bien. La police est en route.

Elle me serre contre elle et je me blottis contre la douce étoffe de sa robe de chambre.

— Ça va aller, dit-elle en m'embrassant le sommet du crâne. Ceux qui ont fait ça sont repartis aussi vite qu'ils étaient arrivés. J'étais en bas, dans la cuisine, car je n'arrivais pas à dormir. J'ai entendu le bris de verre – c'est la fenêtre près de la porte d'entrée qui a été cassée. J'ai couru voir ce qu'il se passait mais ils avaient déjà déguerpi. Je suis désolée, je n'ai pas pu voir leur voiture. Je n'avais pas mes lunettes.

Je la sens toute tremblante.

— Oh, mon Dieu, non, heureusement que tu n'as pu t'approcher d'eux… et qu'ils ne t'ont pas vue. Maman, tu aurais pu être blessée !

— Je ne pense pas. Bon, disons que je ne savais pas quoi faire. Ils ont balancé quelque chose. Je ne sais pas exactement ce que c'est, mais ça m'a tout l'air d'avoir été emballé dans du papier.

Je me lève et me dirige vers l'escalier.

— Ne penses-tu pas que nous devrions attendre la police ? Va savoir ce que ça pourrait être.

J'allume la lumière du palier et jette un œil dans le couloir. Maman a raison, il convient de rester prudente. Après tout, on est en Irlande du Nord. Les alertes de sécurité sont toujours d'actualité. On peut toujours être la cible de quelqu'un sans savoir d'où ça vient.

Pourtant, loin de ressembler à un explosif, l'objet en question paraît tout à fait rudimentaire. Et plein.

Je devine la surface rugueuse d'une pierre, emballée dans ce qui a l'apparence du papier. Le tout maintenu par une bande élastique marron.

— Je crois que c'est juste une pierre, dis-je à haute voix.

— Sois quand même prudente, répond ma mère.

La lumière la fait apparaître très pâle. L'air visiblement ébranlé. Elle a dû avoir une sacrée frayeur.

Un frisson me parcourt l'échine. On a évité le pire. S'ils l'avaient vue, s'en seraient-ils pris à elle ? Ou alors ont-ils pris la fuite parce qu'ils l'ont vue ? Je descends les marches pour examiner le projectile de plus près. Aucune trace de câble ou de fil électrique. Je sais que je devrais attendre que la police s'en occupe, mais je veux en savoir plus. Je ne comprends pas ce qui a pu pousser quelqu'un à faire ça.

— Attends là-haut, dis-je à ma mère.

J'ouvre la porte du placard de l'entrée et fouille dans le cabas où je stocke mes sacs en plastique. J'en prends deux, dont j'enveloppe mes mains avant de retourner à l'endroit où se trouve la pierre.

— Eliana, ne me dis pas que tu vas y toucher !

Maman a l'air horrifiée.

— C'est juste une pierre. Je vais faire attention. Regarde, j'ai recouvert mes mains pour ne pas laisser d'empreintes sur une pièce à conviction.

Je trouve surréaliste d'avoir cette conversation. Pièce à conviction ? Depuis quand ma vie ressemble-t-elle à un épisode des *Experts* ? Je ne suis pas très fière d'agir avec autant de désinvolture. Je soulève la pierre avec précaution et enlève d'abord l'élastique, puis le papier. Je saisis ce dernier, y découvrant alors la même écriture soignée que celle du mot qui se trouve toujours au fond de mon sac à main.

L'estomac noué, je sens mes jambes flageoler. Inutile de me leurrer. C'est bien un avertissement en bonne et due forme. Une accusation.

IL Y A TANT À FAIRE À LONDRES
À CETTE PÉRIODE DE L'ANNÉE
DES PROMENADES ROMANTIQUES, PAR EXEMPLE ?
UNE SORTIE AU THÉÂTRE EN AMOUREUX ?
À TA PLACE, JE SURVEILLERAIS MIEUX MON MARI…

La pierre me tombe des mains. J'entends confusément la voix de ma mère dans le lointain, tandis que hurle la sirène d'une voiture de police.

Eli

Une policière attentionnée a préparé deux tasses de thé. Maman boit la sienne lentement. Le cliquetis de la tasse contre la soucoupe indique qu'elle est toujours nerveuse. J'ai reposé la mienne, incapable de boire quoi que ce soit. J'ai mal au cœur et un début de migraine, et puis je suis encore sous l'effet de l'adrénaline. Je voudrais appeler Martin sans plus tarder pour le questionner. Le soumettre à un interrogatoire ?

Après m'être excusée, je me lève et vais jusqu'à l'évier me verser un verre d'eau avec lequel je prends un anti-vomitif. Même si je doute qu'il sera d'une grande efficacité, à cet instant précis.

La policière, Debbie, ou Denise, à moins que ce ne soit Dotty, ou quelque chose dans le genre – je n'ai pas bien entendu –, m'adresse un regard compatissant.

— C'est un comprimé contre les nausées, dis-je. Je fais de l'hyperemesis – en gros c'est comme des nausées matinales, mais qui ne partent jamais. Ces petites pilules me sont d'une grande aide.

— Ça doit être dur…

— Ah, je confirme. Néanmoins tout le monde me dit que le jeu en vaut la chandelle.

Mais ça, bien sûr, c'était avant que quelqu'un ne pointe du doigt mon mari pour me dire qu'il ne méritait pas ma confiance. Des promenades romantiques ? des sorties au théâtre en amoureux ? du sexe ? de l'intimité ? de l'amour ? Les haut-le-cœur me reprennent, alors je ferme les yeux et inspire profondément pour que ça passe. Elle doit vraiment me prendre pour une cruche.

— C'est pour bientôt ? me demande-t-elle.

— J'en suis à trente-deux semaines. On y est presque.

— Un bébé, c'est ce qu'il y a de mieux pour souder un couple, dit-elle.

Je me demande si c'est vrai. Notamment quand les futurs parents sont en froid. Ou alors quand l'un des deux semble s'éloigner.

Je hausse les épaules et retourne vers le canapé, où je m'assois à côté de ma mère. Dotty ou Daisy – en fait je crois qu'il s'agit de Deirdre – s'installe en face de moi. Et adopte un air « Je suis à votre écoute », tandis que son collègue, grand, cheveux roux coupés court, les yeux las, ne cesse de prendre des notes.

— Et donc, vous n'avez aucune idée de celui qui aurait pu faire ça ? demande-t-il.

William. Lui, je me souviens de son nom.

Je fais non de la tête.

— Qui pourrait bien vouloir s'en prendre à Eliana ? intervient maman. Elle est infirmière dans un centre de soins palliatifs, bon sang ! Et enceinte, qui plus est.

— Donc, votre mari se trouve actuellement à Londres, comme le dit la lettre ?

Je sens mon visage s'empourprer. D'embarras ou de honte, je ne saurais dire. Je m'appelle Eliana et je ne sais pas tenir mon homme. Mon alliance me serre le doigt. Elle commence à devenir trop petite, mais je n'ai pas envie de l'enlever pour autant.

— Naturellement, nous allons devoir nous entretenir avec lui, annonce William.

— Bien sûr, dis-je en hochant la tête.

— Quand doit-il revenir de Londres ?

— Mardi. Il y est pour son travail.

William hoche la tête, ainsi que Deirdre. Je me demande ce qu'ont été leurs précédentes interventions de la soirée. Me prennent-ils simplement pour une pauvre folle trompée par son mari ? Je dois leur faire perdre leur temps.

— Si vous voulez bien me donner son numéro, je l'appellerai pour lui poser quelques questions.

— Bien sûr. Il doit s'inquiéter. Je suppose que l'entreprise de sécurité l'a appelé en premier.

Je récite son numéro. C'est l'un des deux seuls numéros de portable que je connaisse par cœur – le sien et le mien. Deirdre le note, se lève, sort son portable de sa poche et compose le numéro. Elle est déjà hors de portée de voix quand j'entends mon mari lui répondre. Je meurs d'envie de la suivre… Je voudrais entendre la réaction de Martin. Sa réaction à chaud.

William reprend la parole.

— Nous ne négligerons aucune piste, dit-il. La police scientifique sera là demain matin dès que possible pour analyser la scène.

— Est-ce qu'ils ne pourraient pas venir maintenant ? coupe ma mère, qui montre des signes d'impatience.

Il secoue la tête.

— Non, je suis désolé. Ils seront plus efficaces quand il fera jour. Ainsi ils pourront repérer tout élément utile, comme des traces de pneus inhabituelles. Nous allons vous demander de ne rien toucher avant leur arrivée.

Nouvelle gêne. J'ai déjà manipulé la pierre, et lu le mot. Certes, j'avais protégé mes mains, mais j'aurais sûrement dû tout laisser en place.

— Il se peut que M. Hughes soit en mesure de faire la lumière sur tout ça, dit William en hochant la tête en direction de sa collègue.

— Eh bien, ça peut difficilement être lui, puisqu'il est en déplacement. Je vous l'ai déjà dit, s'agace ma mère.

Je reste silencieuse. Je devine ce que pense l'officier. Il doit s'agir d'une scène de ménage. Un mari trompé, par exemple, qui tient à partager son humiliation avec moi et, par ricochet, avec Martin. Je repense au mot enfoui au fond de mon sac. Ce mot qu'il y a seulement quelques heures de cela j'avais été à deux doigts de jeter à la poubelle.

— Il faut que je vous fasse part d'autre chose, dis-je au policier.

Ma mère écarquille les yeux. Je rougis à nouveau et me lève pour aller chercher mon sac à main dans l'entrée. Elle sera contrariée d'apprendre que je ne lui ai rien dit. Mais sur le moment, ces accusations semblaient si vagues que je m'étais refusée à y croire. C'est toujours le cas maintenant.

Le papier est encore plus chiffonné, mais il est bien là. Je le retire de mon sac, le défroisse et le tends à William. Avant de s'en saisir, il prend la peine d'enfiler des gants en latex. J'en déduis que ce fichu papier est maintenant devenu une pièce à conviction. Je suis obligée de lui redemander son nom. Ainsi que son grade.

— Désolée, mais je suis toute chamboulée. Pouvez-vous me rappeler votre nom ?

— Brigadier William Dawson, répond-il sans lever les yeux du papier. Et où avez-vous trouvé ça ?

— Qu'est-ce que c'est ? demande maman d'une voix impatiente.

— Je l'ai reçu à mon travail. L'enveloppe n'était pas timbrée, donc j'en ai déduit que ce mot avait été déposé directement par son auteur. Mais personne ne l'a vu. J'ai vérifié auprès de notre responsable administrative.

— Et quand était-ce ?

Je suis obligée de réfléchir… Il y a deux jours, c'est ça ?

— Avant-hier.

J'entends ma mère inspirer profondément à mes côtés.

— Et de quoi s'agit-il exactement, Eliana ? demande-t-elle sur un ton qui attire l'attention de l'agent Dawson.

Il faut dire que les semonces maternelles peuvent se faire virulentes.

— C'est un mot que j'ai reçu.

— Oui, j'ai compris, réplique-t-elle. Mais que dit-il ?

Dawson le lui tend.

— Prenez soin de ne pas le toucher. Nous l'emporterons pour le faire analyser par la scientifique.

Après avoir acquiescé d'un signe de tête, maman se penche sur la lettre manuscrite. Je la vois écarquiller les yeux puis porter les mains au crucifix doré qu'elle porte toujours autour du cou. Elle prend une grande respiration et se tourne vers moi, en posant la main sur mon genou.

— Ce papier n'a aucun sens, Eli. Aucun. Tu ne dois surtout pas te tourmenter à cause de ça.

Je me retiens de rire. Elle est en train de me dire qu'il n'y a rien de grave, alors qu'on est entré par effraction dans ma maison et que nous répondons aux questions de deux officiers de police.

— Cet élément donne à l'affaire une tournure nouvelle, note Dawson. Nous avons affaire à de multiples lettres.

— Deux, ce n'est pas tout à fait « de multiples lettres », corrige maman.

J'ignore sa remarque et hoche la tête à l'attention de Dawson.

— Je ne comprends pas pourquoi quelqu'un aurait envie de faire une chose pareille.

— Par pure méchanceté, dit maman. Il y a des gens qui n'ont rien de mieux à faire que de mettre une femme enceinte au supplice.

— Nous verrons ce que nous pouvons trouver. Il y a peut-être des caméras de surveillance que nous pourrons exploiter. Avec un peu de chance, on identifiera le véhicule. Il y a plusieurs pistes à explorer, ajoute Dawson avec un air compatissant.

Sur ces entrefaites, Deirdre réapparaît.

— J'ai parlé à votre mari. À l'évidence, il est très inquiet pour vous.

— Je vais l'appeler, dis-je.

J'ai en effet une ou deux questions à lui poser.

La policière se tourne vers son collègue.

— M. Hughes n'a pas la moindre idée de qui pourrait leur en vouloir et il affirme qu'il n'y a pas une once de vérité dans les allégations contenues dans ce mot. Je lui ai demandé de passer nous voir mardi, à son retour.

— Il y a un deuxième mot, dit Dawson. Du même genre. Je vais le mettre sous scellés.

Il extrait alors un petit sac en plastique de sa poche et y glisse le papier, avant de le refermer hermétiquement pour le donner à Deirdre. Cette dernière le lit à travers la pochette transparente et me lance un regard plein d'empathie. J'imagine qu'elle aussi pense que je me voile la face.

— Voici votre numéro de dossier d'effraction, me dit Dawson. Vous en aurez besoin lorsque vous contacterez votre assurance. Et vous trouverez mon numéro de téléphone ici. Mais comme vous pouvez le constater, je suis de nuit en ce moment, donc vous ne pourrez pas me joindre en journée. Je vais demander à un collègue de vous appeler demain matin, à moins qu'il ne vienne directement en même temps que les gars de la scientifique.

Je hoche la tête.

— Vous êtes libres de rester ici ce soir, ajoute-t-il. Mais nous vous conseillons, bien évidemment, de veiller à sécuriser au mieux la maison.

Je baisse les yeux sur mon ventre arrondi, puis me tourne vers ma mère, qui a l'air totalement dépassée. Je me demande bien comment nous sommes censées « sécuriser au mieux la maison ».

— Peut-être que nous ferions mieux d'aller à l'hôtel, dis-je à ma mère.

— Pour permettre à n'importe qui d'entrer dans la maison ? proteste-t-elle. Non, Eliana. Nous resterons ici. Hors de question de laisser gagner ce sinistre individu.

— Nous pouvons vous aider à sécuriser les lieux, propose Dawson. Du provisoire, en attendant demain matin.

— Ce serait formidable, approuve maman.

— Bien. Auriez-vous des sacs-poubelle, ou de vieux draps, ainsi que du ruban adhésif, genre chatterton ? demande-t-il.

Maman acquiesce et part chercher ce qu'il demande. La scène me paraît de plus en plus surréaliste.

— S'il vous revient quoi que ce soit qui puisse nous aider, ou si vous pensez à quelqu'un que nous devrions interroger, n'hésitez pas à nous appeler, ajoute-t-il en attendant. Je suis vraiment désolé de ce qui vous arrive. Et il va sans dire que si jamais vous recevez de nouvelles lettres anonymes, ou si vous vous sentez en danger, vous devez aussitôt nous contacter. Au besoin, appelez Police-Secours. Nous allons signaler votre adresse au centre des premiers secours, de sorte que tout appel provenant de chez vous sera traité en priorité.

J'acquiesce de la tête. Je commence vraiment à être épuisée. Je voudrais qu'ils partent. Je veux m'asseoir, fermer les yeux, faire comme si rien de tout cela n'était jamais arrivé. Je voudrais parler à Martin, mais pour lui dire quoi ? Lui demander de but en blanc s'il a une maîtresse ? Sortir l'artillerie lourde ? Commencer illico à faire ses valises, et les laisser dans l'allée du garage, sous la pluie, jusqu'à son retour ? Ou alors c'est moi qui pars ? Ou bien je reste, et je décide de le croire, et je vis avec la hantise de recevoir une nouvelle lettre anonyme, ou qu'on nous balance une nouvelle pierre à travers la vitre, ou que sais-je encore ? Martin – *mon* Martin – se promènerait en amoureux, il aurait des rendez-vous secrets ? avec une autre ? J'ai envie de hurler.

Ma mère revient avec un rouleau de sacs-poubelle, du ruban adhésif et une balayette pour enlever le verre brisé. Je propose mon aide mais les deux agents insistent pour que nous restions assises, maman et moi, nous assurant qu'ils vont s'en charger tout seuls. Notre duo doit très certainement leur faire pitié : moi enceinte jusqu'au cou, ma mère qui déambule en chemise de nuit et peignoir.

C'est avec soulagement que je les vois partir, une fois qu'ils en ont terminé, me gratifiant de leurs sourires compatissants. Je donne enfin libre cours aux larmes retenues depuis une heure.

— Eliana, pourquoi ne m'as-tu pas parlé de cette lettre anonyme ?

La voix de ma mère interrompt mes pensées, me replongeant dans le moment présent.

— Je savais bien que tu me cachais quelque chose, continue-t-elle. Sinon, tu ne m'aurais pas fait venir un jour plus tôt.

— Il n'y avait pas grand-chose à en dire. J'ignorais que ce mot pouvait avoir un rapport avec Martin. Ça me semblait parfaitement inconcevable. Oh, maman, qu'est-ce que je dois faire ?

— Il faut que tu lui parles. Tu vas lui dire de rentrer à la maison et vous aurez une discussion en tête-à-tête sur ce sujet.

Je hoche le menton. Tandis que mes larmes recommencent à couler, maman reste près de moi et me prend dans ses bras.

— Ça ira mieux quand tu lui auras parlé, Eli, ajoute-t-elle pour m'apaiser. C'est un type bien. Bon, et si on essayait de dormir un peu ? Les choses paraîtront beaucoup moins insurmontables demain matin. Va te coucher, ma chérie. Appelle Martin, histoire d'entendre sa voix et qu'il entende la tienne, et dis-lui bien que tu as besoin qu'il rentre. Que vous avez besoin de parler. Je suis certaine qu'il viendra.

— Mais il a son travail... dis-je, même si à ce moment précis, je me moque éperdument de son boulot.

— Il pourra toujours y retourner dans deux jours, répond maman en déposant un baiser sur mon front. Maintenant, jeune fille, il est temps de filer au lit.

Louise

La fois suivante où je la revis, elle n'était plus que l'ombre d'elle-même. D'une extrême pâleur. Les cheveux filasse. J'étais sûre qu'elle avait perdu du poids. D'ailleurs, elle semblait avoir perdu l'appétit et faisait peu de cas de la tasse de thé posée sur sa table.

Rétrospectivement, je me souviens de cette sensation.

J'avais l'impression d'être transparente. Comme si je flottais, invisible. Car, si les gens m'avaient vraiment vue, ils auraient aussitôt cessé de rire et de plaisanter entre eux, mis fin à leurs messes basses. Ils ne m'auraient pas souri en me disant bonjour.

Et l'autre type ? Eh bien, jamais il ne m'aurait dit : « Courage, mon petit. Ça n'arrivera peut-être jamais. »

Je n'étais pas du genre violent, et pourtant j'avais adoré la sensation de ma main nue qui frappait son visage, sa barbe griffant ma peau. J'avais savouré la stupéfaction qui se lisait dans son regard. Je ne l'oublierai jamais, et je sais aussi que lui non plus n'oubliera jamais la colère qui se lisait dans mes yeux.

« Qu'est-ce que vous en savez ? », lui avais-je lancé en sortant.

Bien sûr, il aurait pu me courir après. Ou me frapper à son tour. Ou alors appeler la police. À dire vrai, ça m'était égal. Plus rien ne me semblait juste ni moral et je me contrefichais d'avoir ou non blessé quelqu'un.

Eux s'en fichaient bien, de ma souffrance.

Et cette femme qui tirait une tête de cent pieds de long devant son thé froid, elle aussi s'en fichait bien que je souffre. Elle n'avait aucune envie de savoir ce qui m'était arrivé. Même si je m'étais assise à côté d'elle pour me confier, elle se serait dérobée et aurait fait la sourde oreille.

J'avais envie de lui hurler dessus, de lui demander pourquoi elle n'était pas heureuse. Comment pouvait-elle ne pas mesurer sa chance ? Elle allait être mère. Avait-elle seulement envisagé qu'on ait pu lui annoncer qu'elle ne le serait jamais, et imaginé ce qu'elle aurait alors ressenti ?

— Tout va bien ? lui demandai-je cependant avec un sourire forcé.

Elle leva les yeux vers moi en souriant faiblement.

— Oui, merci.

Puis elle plongea à nouveau le regard dans sa tasse de thé. Qu'y trouvait-elle de si intéressant à regarder ? Quelle vérité espérait-elle y déchiffrer ?

— C'est votre premier ? m'enquis-je.

Elle parut surprise par ma question. Je désignai son ventre d'un signe de tête.

— Oui, c'est mon premier.

— J'imagine que ça doit être un peu stressant, suggérai-je, histoire d'engager la conversation, dans l'espoir qu'elle se confie un peu.

— Un peu, répondit-elle avant de scruter à nouveau sa tasse magique.

À l'évidence, elle n'était pas du genre bavarde.

Je lui souhaitai alors bonne continuation, tout en prenant soin de rester dans les parages, m'appliquant à nettoyer des tables déjà parfaitement propres. Je m'efforçais de tout mémoriser : ses achats, son sac à main, les clés qui affleuraient – le moindre détail pouvait m'aider à en savoir davantage sur elle.

Par une chance extraordinaire, j'entendis alors quelqu'un qui l'appelait. Un homme. Grand et séduisant. Son mari, peut-être. Il était aussi beau que je me l'étais imaginé. Et élégant. Prenant soin de lui. Légèrement bronzé. Allure sportive. Il avait hérité des bons gènes. Il avait l'air fatigué, mais ça n'entamait pas son charme.

— Tu étais donc là, l'entendis-je lui dire. J'étais inquiet.

Je le regardai se diriger vers elle puis la prendre dans ses bras. Elle s'était juste laissé faire, se contentant de pencher la tête vers lui.

J'étais restée à rôder à proximité, et la chance me sourit une deuxième fois, m'offrant non seulement son prénom mais aussi son nom de famille. Il l'appela en utilisant les deux, ajoutant pour plaisanter qu'elle avait failli lui faire faire une crise cardiaque. Elle aussi utilisa le prénom de son mari pour lui répondre. L'échange se voulait léger, malgré la fatigue qui se lisait sur leurs deux visages. Après avoir mémorisé ces informations, je m'étais éloignée pour nettoyer le reste des tables.

Je connaissais désormais leur identité. Les pièces du puzzle commençaient à s'assembler.

Des indices supplémentaires, qui venaient en réponse à mes prières.

Je savais que c'était la manière qu'Il avait choisie pour me mettre sur la bonne voie. Et me signifier qu'en gardant foi en Dieu, mes vœux seraient exaucés. Comme le promettait la Bible. « Demande, et tu recevras. »

Eli

J'appuie sur le bouton « APPEL » et j'attends qu'il décroche. Ce qui ne tarde pas. J'entends dans sa voix de l'inquiétude. À moins que ce ne soit de la culpabilité ? J'ai envie de lui hurler dessus. S'il était en face de moi, c'est ce que je ferais.

— Je n'ai rien à voir avec tout ça, il faut me croire, plaide-t-il. Je n'ai aucune idée de ce que signifie ce mot. Eli, je te jure que je ne te trompe pas. Je ne t'ai jamais trompée. Tu le sais. Quelqu'un essaie de semer la zizanie entre nous.

Je suis trop fatiguée pour argumenter.

— Martin, je pense que nous devons parler. Tu ferais bien de rentrer. S'il te plaît.

Il n'hésite pas une seconde.

— Je vais réserver mes billets dès que nous aurons fini cette conversation. Je prendrai le premier vol. Eli, je te le jure, tu *dois* me croire.

Je suppose qu'il s'attend à ce que je lui réponde par l'affirmative, que je lui dise que l'idée même que mon mari me trompe est parfaitement grotesque. C'est probablement ce que j'aurais répondu s'il m'avait posé la question avant les sept mois qui viennent de s'écouler. Mais les choses ont changé. Et moi aussi.

— Écoute, je suis épuisée. Rentre à la maison, et on en reparlera.

— OK, dit-il d'une voix triste. (Mais n'aurait-il pas des raisons de l'être, s'il se savait démasqué ?) Je t'aime, Eliana.

— Moi aussi je t'aime.

En prononçant ces mots, je suis à deux doigts de m'effondrer. Me faudra-t-il bientôt cesser de l'aimer ? Pour l'heure je ne peux le concevoir.

*

— Tu ne comptes tout de même pas aller travailler aujourd'hui ? proteste maman en s'agitant autour de moi.

Elle s'est mis en tête de me faire manger quelque chose. À ce stade, j'ai déjà décliné des œufs au bacon, du porridge et un croissant. Maintenant elle me prépare une tartine, dont, me dit-elle, je dois manger au moins la moitié.

— Si, maman, je compte y aller. Pas le choix. Là où je travaille, il est impossible de se faire remplacer en prévenant une demi-heure à l'avance.

— Ils ne peuvent pas faire venir des infirmières remplaçantes ?

Je fais non de la tête. En fait si, ils le pourraient, mais ça représenterait un coût supplémentaire pour notre budget déjà très serré. De plus, un de nos patients va sûrement nous quitter aujourd'hui. Comme je m'occupe de lui depuis son admission il y a dix jours, je ne tiens pas à perturber la famille en leur imposant une nouvelle tête à la dernière minute.

— Ça ira. Si c'est calme, j'arriverai même à me prendre une heure de pause en salle de garde. Les autres seront aux petits soins pour moi.

Je conclus en mordant dans la tartine qu'elle me tend. En vérité, je n'ai qu'une envie : retourner au lit et me réveiller quand Martin sera rentré et que nous pourrons enfin parler. Il m'a envoyé un SMS pour me dire qu'il avait réussi à réserver un vol pour Belfast en tout début d'après-midi. Il devrait être là avant le dîner. Il a à nouveau clamé son innocence, et répété qu'il m'aimait. Je lui ai répondu « À tout à l'heure », incapable d'en écrire davantage.

Ma décision n'a pas l'air de ravir maman. Pas plus que le fait que Martin ne soit pas d'ores et déjà sur place.

— Ne me dis pas qu'il n'y avait aucun vol avant midi, râle-t-elle avant de s'excuser. Désolée, Eli, ça ne servira à rien que je me fâche. Je me fais juste du souci pour toi. Pour vous deux. Tout ceci est très préoccupant.

Comme si je n'avais pas moi-même remarqué à quel point la situation était préoccupante…

— Il sera bientôt là, dis-je. De toute façon, je serai au travail.

— Tu n'as pas ma bénédiction, mais bon, tu as toujours été têtue, Eliana Johnston.

— Hughes. Eliana Hughes.

— Pour moi, tu seras toujours Eliana Johnston, ma chérie.

Puis elle m'annonce qu'elle ne rentrera pas tout de suite à Belfast, ce qui lui permettra de se charger des agents de la police scientifique. Je lui dis d'appeler directement le centre s'ils ont besoin d'informations supplémentaires. Je rappellerai dès que j'ai une minute.

— Je vais faire venir un vitrier pour qu'il répare la fenêtre, dit-elle. Ça ne devrait pas être bien cher, et ça t'évitera un malus de la part de votre assurance.

Toujours très pragmatique, ma mère. Et très bonne dans la gestion de crise – bien meilleure que moi, en tout cas.

*

J'ai déjà la tête en miettes au moment où j'arrive au travail. Je me masse les tempes quand Rachel entre dans le bureau des infirmières.

— La nuit a été difficile ?

— Tu n'as pas idée. Quelqu'un a balancé une pierre à travers la fenêtre.

Elle écarquille les yeux.

— Sérieux ? Chez vous ? Mon Dieu, Eli, comment te sens-tu ?

Je sais que je peux tout dire à Rachel si je le souhaite. Le caillou, le mot, le message. Elle me soutiendra. Mais je n'arrive pas à m'y résoudre. Pas aujourd'hui. Peut-être que je ne souhaite tout simplement pas qu'elle me regarde de ses yeux tristes, pour m'accueillir tacitement dans le club des épouses larguées. Martin n'a rien à voir avec son ex. Mon couple n'a rien à voir avec ce qui était le leur.

Je me contente donc de hocher la tête.

— À part ce mal de tête, ça va. Je vais prendre du paracétamol pour tenir. Est-ce que tu peux juste me donner quinze minutes pour que je me prépare à être d'attaque ? Au fait, M. Connors est toujours…

— Parmi nous ? Oui, mais sa fréquence respiratoire diminue. La famille est déjà arrivée. Il serait bien qu'une infirmière soit à leurs côtés en permanence. J'ai senti un peu de tension entre deux des fils.

La mort d'un parent est toujours un moment très difficile, et il n'est pas inhabituel dans ces circonstances de voir certaines personnes se laisser déborder par leurs émotions. J'envoie un signe de tête à Rachel.

— J'y veillerai.

— Super, dit-elle tandis que je fouille dans mon sac pour prendre la boîte de paracétamol. Eli, ajoute-t-elle avant de sortir. Tu es sûre que c'est juste une migraine ? C'est vrai, avec tout ce stress… Veux-tu que je te prenne la tension ? Te sens-tu avoir les pieds ou les doigts gonflés ?

— Rachel, merci pour tout, mais c'est juste une migraine. Je vais essayer de le dire le plus gentiment possible : Est-ce que tu peux arrêter de t'inquiéter pour moi ? C'est déjà bien assez d'avoir ma mère sur le dos depuis hier.

À mon grand dam, j'ai parlé sur un ton plus cassant que je ne l'aurais souhaité.

Rachel prend un air dépité.

— Je voulais juste t'aider, marmonne-t-elle. Bon, je te laisse, dit-elle avant de tourner les talons et de sortir.

Je jure en mon for intérieur. J'aurais préféré débuter ma journée autrement…

Je me sers un verre d'eau pour prendre mes comprimés. Il faut que je me mette au boulot, et que je me prépare à voir un patient mourir. Ça ne sera pourtant pas le moment le plus difficile de la journée.

Eli

Le travail me permet toujours de faire abstraction de tout le reste. Même un jour comme aujourd'hui, alors que je n'ai dormi que quelques heures et que j'essaie de me faire à l'idée que mon mari a pu me tromper.

Et que quelqu'un s'évertue à me le faire savoir par tous les moyens.

Je suis bien trop occupée pour y songer ne serait-ce qu'un seul instant. Je dois penser à mes patients, veiller à leur confort. Mettre en place le séjour en accueil de jour d'une jeune femme atteinte d'un cancer en stade 4 et souffrant de douleurs aiguës. Organiser le soutien psychologique des proches de M. Connors pour empêcher que la douleur qui les submerge ne dégénère en pugilat.

La maîtrise avec laquelle je m'acquitte de ces tâches est réconfortante. Mon travail n'est pas dénué de stress, bien sûr, mais quand il y en a, ces poussées d'adrénaline sont toujours stimulantes.

C'est une immense satisfaction que de pouvoir aider quelqu'un à souffrir le moins possible durant ses derniers instants. Je ne dis pas que ce n'est pas triste. Loin de là. J'ai pleuré pour de nombreux patients et pour leurs familles, mais je suis fière d'avoir pu rendre leur épreuve un tout petit peu plus supportable.

Ainsi, j'ai beau être éreintée et avoir toujours aussi mal à la tête, c'est presque à regret que je vois arriver la fin de mon service. Je serais volontiers restée encore une heure ou deux si j'avais pu, mais Rachel me raccompagne vers la sortie dès que la nouvelle équipe arrive pour la relève.

— Je vais te suivre des yeux jusqu'à ce que tu sortes d'ici. File, tu es épuisée ! Hors de question que tu tombes malade et que ça me reste sur la conscience. Essaie si possible de te reposer pendant tes jours de repos !

Je hausse les épaules et elle m'adresse un regard bienveillant.

— Tu sais où me trouver si tu as besoin de moi. Les enfants sont avec leur père. Je suis donc libre comme l'air.

— Dans ce cas, je suis sûre que tu as bien mieux à faire que de t'embêter avec mes histoires, lui dis-je.

— Eli, tu es mon amie. Martin aussi. Je tiens à vous.

Prise de remords de m'être montrée si indélicate tout à l'heure, je lui tends les bras pour l'embrasser.

— Je ne sais pas si je te mérite. En tout cas, merci pour ta compréhension.

— Tu ferais la même chose pour moi, dit-elle avant d'ouvrir la porte, me poussant doucement vers la sortie.

Une fois installée dans ma voiture, je sors mon portable de mon sac et découvre toute une série de textos envoyés par Martin, le dernier m'informant que son vol a été retardé et qu'il est désormais censé décoller peu avant 18 heures. Il espère arriver à la maison avant 20 h 30, non sans avoir appelé le commissariat sur le chemin du retour pour parler au brigadier Dawson.

L'espace d'un instant, je me surprends à penser qu'il suffirait tout simplement d'oublier toute cette histoire. De la mettre sous le tapis. Pourrai-je un jour effacer ce que j'ai appris ?

Je redoute d'avoir à l'interroger sur les accusations portées contre lui. Autant que les disputes qui s'ensuivront. Me faudra-t-il le croire, s'il continue de nier ? Le quitter, s'il avoue ?

Rien que d'y penser, un violent coup de poing me percute l'estomac, avec la même force que le coup de pied du bébé qui arrive juste après. Ce n'est pas ce que nous avions prévu. Les choses ne devaient pas du tout se passer ainsi.

Je sais que je serai rentrée à la maison environ une demi-heure avant lui. J'hésite à acheter quelque chose pour le dîner sur le chemin du retour, comme je le fais souvent le samedi soir. Mais aujourd'hui est loin d'être un samedi normal. Je m'apprête à lui redemander, cette fois en tête à tête, s'il a une maîtresse… Il faut que je l'aie en face de moi quand il me répondra. Ainsi, je verrai s'il me ment.

Je secoue la tête. Non, je n'achèterai rien pour le dîner. Je ne vais pas faire comme si tout était normal alors qu'à l'évidence c'est loin d'être le cas. Tout me semble avoir été souillé.

En quittant le parking du centre pour prendre à gauche et me diriger vers Foyle Bridge, je me dis que j'ai de la chance que maman soit à la maison. Je suppose que Martin pensera différemment, même si ces deux-là se sont toujours bien entendus. Et je lui ai raconté suffisamment d'anecdotes sur ma jeunesse pour qu'il soit au courant des techniques d'interrogatoire de ma mère.

Maman et moi avons toujours vécu en bonne intelligence. Je ne lui ai jamais posé beaucoup de problèmes, même à l'adolescence. Mais il y a tout de même eu une ou deux occasions mémorables – comme la fois où une bouteille de vodka avait disparu de son placard à spiritueux, pour n'en citer qu'une – lors desquelles elle a pu se glisser dans le costume du méchant flic. D'où la question que je me pose ce soir : Endossera-t-elle le rôle du méchant flic avec Martin ? Ou bien aura-t-elle à jouer celui du bon flic, si je sors de mes gonds ?

Eli

Une fois rentrée à la maison, je découvre que maman a préparé tout un repas, avec rôti et garniture, et elle m'annonce aussitôt qu'on pourra bientôt passer à table. La fenêtre de l'entrée a été réparée. Comme si rien ne s'était passé.

— Maman, même si ça a l'air succulent, je ne vais pas pouvoir y goûter, dis-je pour essayer de ne pas la vexer.

— Essaie de manger un tout petit peu, ma chérie. À part ton gros ventre, tu n'as que la peau sur les os. Je ne sais pas comment le bébé peut avoir tout ce dont il a besoin, avec le peu que tu manges.

— Le bébé va très bien. Il reçoit ce qu'il lui faut directement de moi, même si je ne mange pas beaucoup. Il ponctionne mon organisme, un peu comme une sangsue, en quelque sorte.

Je vois ma mère frémir.

— C'est horrible de parler ainsi de ton bébé, me sermonne-t-elle.

Je ne suis pas d'accord. J'ai un point de vue pragmatique et cartésien sur ces questions. Probablement dû à ma formation médicale. Je vois parfois les choses différemment. De façon détachée. Après tout, l'être vivant que je porte en moi est bien une sorte de parasite – même si je m'abstiendrai de formuler les choses ainsi devant maman. La pauvre s'étranglerait de m'entendre parler en ces termes. Quand bien même je nuancerais en précisant « adorable » parasite. J'ai beau dissimuler mon angoisse, je ne ressens pas cet amour maternel inconditionnel dont parlent tant de femmes.

— Tu sais bien que je ne dis pas ça de façon négative, dis-je en lui souriant. Laisse-moi juste le temps de me rafraîchir. Ça ne sera pas long.

Une fois à l'étage, j'enlève ma tenue et la jette dans la panière à linge sale avant de prendre une douche rapide. Je conserve malgré tout le besoin de me sentir présentable devant Martin.

Je suis curieuse de savoir si les policiers ont eu de nouveaux éléments à lui communiquer. Peut-être aurais-je dû les appeler de mon côté, pour savoir où ils en étaient. Leur demander s'ils avaient d'autres pistes. D'après ce que m'en a dit maman, les agents de la police scientifique, par ailleurs très bienveillants, ne se sont guère montrés disposés à communiquer sur l'avancement de l'enquête.

Je brosse mes cheveux humides. Ternes, ils encadrent mon visage tristement. J'ai besoin d'une coupe, je le sais. Dans le miroir, j'observe mes yeux fatigués. Ils le sont depuis les tout premiers jours de ma grossesse. Je suis devenue pâle, insignifiante. Comment lui en vouloir, s'il va voir ailleurs ?

Je sursaute en entendant la porte d'entrée s'ouvrir puis se refermer. Je perçois sa voix, assourdie. Il salue ma mère, elle lui indique que je suis à l'étage et que je vais descendre d'une minute à l'autre.

Je m'assois un instant, tétanisée. J'appréhende de le voir.

Martin me répète toujours qu'il me connaît mieux que quiconque. Je pense pouvoir dire la même chose de lui. Je lis en lui comme dans un livre ouvert, et repère toujours les deux secondes de pause qui précèdent sa réponse quand je le surprends à mentir. Cela posé, il faut reconnaître que jusqu'ici, ça ne s'est produit que pour des broutilles, que ce soit une dépense excessive pour un gadget inutile dont nous n'avions pas parlé, ou lorsqu'une partie de la réserve de Maltesers que je cache au fond du placard avait disparu. Jamais, en dix ans de vie commune, cela n'a davantage prêté à conséquence.

Je porte la main à mon ventre, comme par réflexe. Je ne m'habitue toujours pas à cette protubérance. À sentir cet être vivant au-dedans de moi. Je me tourne à nouveau vers le miroir et m'adresse quelques mots d'encouragement. Je suis sur le point de sortir de la salle de bains quand je l'entends monter l'escalier à toute vitesse. C'est son habitude : même fatigué, il grimpe toujours les marches quatre à quatre, comme un ado fougueux. Je n'ai pas le temps de me retourner qu'il est déjà devant la porte. Il tourne la poignée et entre, le visage marqué par l'inquiétude.

— Eli…, commence-t-il, visiblement à court de mots.

Rien d'étonnant à cela : la vie ne nous prépare pas à ce genre de conversation.

En voyant sa tête, je suis traversée par une multitude d'émotions, mêlant amour, peur, et sentiment de trahison.

— Tu es rentré, dis-je.

— Oui, fait-il en s'avançant vers moi.

Je voudrais le serrer dans mes bras, qu'il fasse de même, mais je me retiens.

Il perçoit mon hésitation, et je vois que ça le blesse. Je me sens coupable, mais aussi tiraillée entre des sentiments contradictoires. Je n'ai pas à me sentir coupable. C'est à moi de me sentir blessée.

Si les lettres anonymes disent vrai.

— Je dois te poser la question sans détour, il faut que tu me comprennes. Est-ce que tu as quelqu'un d'autre ? dis-je d'une traite.

Pas la moindre microseconde de pause. Je le vois encore plus meurtri, ses épaules s'affaissent.

— As-tu vraiment besoin de me poser cette question ? répond-il.

— Oui, dis-je, les yeux embués de larmes. Il le faut. Pour moi. Martin, as-tu une maîtresse ?

Il a un mouvement de recul. À moins que ce ne soit moi ; je ne saurais le dire.

— Eli, non, je te l'ai déjà dit. Jamais je ne ferais une chose pareille. Mais à l'évidence tu ne m'as pas cru, sinon tu m'aurais parlé de la première lettre anonyme. Ce n'aurait pas dû être aux policiers de le faire.

— Sur le coup ça m'avait paru parfaitement ridicule, dis-je, sur la défensive.

— Alors qu'est-ce qui a changé depuis, Eli ?

— Martin, quelqu'un a lancé une pierre dans notre fenêtre au beau milieu de la nuit, en insinuant des choses très précises et en s'assurant que je sois mise au courant.

Je l'entends jurer tout bas.

— C'est des conneries, dit-il.

J'aurais envie de répondre « Je sais », histoire de faire baisser la tension sans plus tarder. Mais j'en suis incapable.

— Je ne sais plus ce que je dois croire, dis-je.

— Mais *moi*, tu dois me croire, Eli. Il faut me faire confiance, et avoir confiance en nous, implore-t-il.

Je repense au moment où Rachel a rompu avec Ryan. Il ne lui disait pas autre chose. Et elle l'avait cru, par sens du devoir, jusqu'à ce que les indices deviennent à ce point irréfutables que ni l'un ni l'autre n'avaient pu continuer de nier que leur mariage partait en lambeaux. Elle s'en était énormément voulu de s'être laissé berner. Et moi, suis-je également en train de me laisser leurrer, à force de vouloir que tout redevienne normal entre nous ?

Mais Martin n'est pas Ryan. Martin est quelqu'un de bien – il l'a toujours été.

Il a l'air si sincèrement affligé que j'en ai le cœur serré. Je voudrais le croire. Ce serait d'ailleurs plus simple ; nous allons avoir un enfant. Mais je ne peux pas ignorer ce qui s'est passé. Et je doute que l'auteur des lettres anonymes m'en laisse la liberté.

— Je voudrais te croire. Vraiment… mais… ce caillou. Qui a pu faire une chose pareille, Martin ? Qui peut bien avoir envie de balancer une pierre dans la fenêtre de quelqu'un ? Surtout ici. Au milieu de nulle part. Celui qui a fait ça, il lui a quand même fallu venir en voiture jusqu'ici et prendre de sacrés risques pour être certain que je trouve son mot. À quoi bon faire tout ça, s'il n'y avait pas un peu de vrai là-dedans ?

Désormais prise de sanglots, je ravale mes larmes à grand-peine tandis que tout mon corps tremble de chagrin.

— Et ce n'est pas comme si tout était rose entre nous ces derniers temps, n'est-ce pas ? Depuis le début de ma grossesse…

— Ne recommence pas au sujet du bébé. Nous voulions tous les deux avoir un enfant, Eli. Après toutes les épreuves que nous avons endurées pour concevoir ce bébé, tu devrais être heureuse. Mais non, c'est comme si tu le regrettais. Il s'agit de notre bébé, Eli.

Ses yeux à lui aussi sont embués de larmes. Ils sont plus verts que jamais. La colère et le chagrin le rendent encore plus beau – ce qui ne me facilite pas la tâche.

— Je ne regrette rien, mais tu ne sembles pas comprendre, Martin. C'est très dur. Je suis malade en permanence. Et toi qui n'es jamais là, toujours à ton travail. Je ne voyais pas les choses ainsi. Et pourtant, crois-moi, je sais que je n'ai pas toujours été facile ces temps-ci. Mais ce n'est pas une raison pour aller voir ailleurs.

— Je te dis et je te répète que je ne vais pas voir ailleurs !

Il ne parle plus, il hurle.

J'entends aux craquements du bois que ma mère est dans l'escalier.

— Je ne sais pas si je peux te croire, dis-je.

Ma réponse est sortie toute seule. Impossible de revenir en arrière. La confiance entre nous est ébranlée.

— Je t'interdis de crier sur ma fille.

La voix de ma mère, glaciale et tranchante, interrompt notre échange. Quand elle prend ces intonations, gare à celui qui osera la contredire.

— Elle est enceinte et épuisée, continue-t-elle. Tout ce stress n'arrange rien.

Martin se tourne vers elle, médusé. Il n'est pas habitué à ce que ma mère lui donne des ordres.

— Je ne l'ai pas trompée, Angela, dit-il. Je ne sais pas comment le lui faire entendre, ni à vous.

— Il faut que tu comprennes que les apparences ne jouent pas en ta faveur, répond-elle d'une voix radoucie. Imagine si la situation était inversée : ne te sentirais-tu pas vulnérable ? Tu n'étais pas là hier soir, mais ce qui s'est produit était terrifiant.

Elle en frémit encore.

Les épaules de Martin s'affaissent toujours plus.

— Vous n'avez pas idée à quel point je regrette de ne pas avoir été là hier soir, et que vous ayez été toutes seules pour traverser cette épreuve. Mais je ne sais pas comment vous prouver que je vous dis la vérité. (Il se tourne vers moi.) Si tu veux, tu n'as qu'à inspecter mes affaires, Eli. Mon téléphone, mon ordinateur, mes relevés de banque et de cartes de crédit… Fais ce qu'il faut pour arriver à te convaincre de ma sincérité.

L'espace d'un instant, j'envisage cette possibilité. Mais ça ne ferait qu'envenimer les choses, non ? Ce serait le signe d'une totale absence de confiance en lui, en nous. D'un air las, je fais non de la tête.

Tout en lisant l'épuisement sur son visage, je sens mon propre corps se vider du peu de forces qui me restait. Je m'assois au bord du lit, serrant ma tête entre mes mains, prise de violentes nausées.

Une main se pose sur mon genou. Quelqu'un s'approche de moi. Je ne sais pas si c'est maman ou Martin. De l'une ou de l'autre, je ne sais de qui j'ai le plus besoin à cet instant. Tout ce que je souhaite, c'est surmonter les prochaines secondes sans être malade.

— Eli. (C'est la douce voix brisée de Martin.) Je voudrais trouver une explication à tout ça. Mais tout ce que je peux te dire et te répéter, encore et encore, autant de fois qu'il le faudra pour que tu me croies, c'est que cette sordide affaire n'est que pure invention.

— Ça va, Eli ? l'interrompt maman.

Je réponds « oui » d'un signe de la main, alors qu'évidemment, c'est tout l'inverse. Peut-être que si je m'allonge, ça ira mieux. Je m'installe sur le lit et pose la tête sur l'oreiller.

— Le temps que ça passe…

— Tu as pris ton cachet ? demande Martin.

J'acquiesce de la tête et ferme les yeux, m'efforçant de reprendre le dessus.

— Dès qu'elle stresse, elle est malade, entends-je Martin expliquer à maman.

— Je sais. Cette histoire ne lui fait vraiment pas de bien, dit-elle comme si je n'étais pas là.

À ce moment précis, j'en viens à regretter que ma mère soit venue. J'aurais voulu que Martin s'allonge près de moi et que nous abordions vraiment les sujets qui fâchent.

À moins que tout ne soit déjà derrière nous. Les choses ont été dites. Je lui ai fait part de mes doutes. Sur lui. Sur ma grossesse. Tout part en vrille.

Louise

Avec un peu de concentration, il se révéla finalement assez facile d'en savoir plus sur eux deux. C'est l'avantage d'habiter dans ce coin. Tout le monde connaît tout le monde. Si cette proximité avait fait de ma vie un enfer au moment où tout se cassait la figure, en y repensant je me dis qu'elle était aussi une bénédiction.

Je n'avais eu aucune difficulté à trouver où ils travaillaient et, surtout, où ils vivaient. Dans une banlieue chic et verdoyante, naturellement. Ils le portaient sur eux, avec leurs airs BC-BG. Ils avaient une belle maison, et tout ce qu'il fallait de verdure autour. Sans oublier les champs où batifoler. Les petits ruisseaux où tremper les pieds. Les arbres où grimper. Je suis sûre qu'ils avaient déjà programmé la construction d'une cabane, ainsi que l'installation d'une balançoire dans leur immense jardin. Une enfance parfaite attendait leur bébé parfait.

Mais l'amour, ça ne s'achète pas. Qu'ils aient une belle maison dans un quartier chic ne ferait pas forcément d'eux de bons parents. Il faut dire que je les avais observés.

Je voyais bien qu'il partait toujours travailler aux aurores et revenait tard le soir.

Elle aussi faisait de grosses journées. Et on ne peut pas dire que les visiteurs se bousculaient au portillon. Qui s'occuperait de la petite, si je ne la prenais pas avec moi ? Allait-elle passer ses journées seule sur sa balançoire dernier cri, sans personne pour la pousser ? Elle n'aurait personne pour stimuler son imagination. Personne avec qui organiser des pique-niques, perchés dans la cabane.

La maison avait l'air beaucoup trop bien tenue pour la peinture aux doigts et les jeux salissants ; et leur rythme de vie beaucoup trop strict. J'ai tout vu. Je sais notamment qu'elle achète des plats préparés le soir. Un enfant a besoin de manger sain, fait maison. Pas besoin de dépenser des fortunes. C'est une erreur répandue.

Les enfants ont besoin d'amour et d'attention. Pour cela il faut être présent, s'en occuper. Moi, j'avais de l'amour à revendre, et plus encore. Ç'aurait été cruel de laisser cette enfant aux mains de parents qui ne seraient jamais à la maison pour prendre soin d'elle.

Eli

La maison a beau être surchauffée, l'atmosphère dans la salle à manger est on ne peut plus glaciale.

Maman m'apporte une assiette de purée avec un peu de jus de viande et fait signe à Martin de se servir. Tandis qu'il obtempère en silence, elle se tourne vers moi, en penchant la tête sur le côté – geste universel pour demander si ça va. J'acquiesce avec un haussement d'épaules, puis plonge les yeux dans mon assiette. Je n'ai toujours pas envie d'avaler quoi que ce soit. Mais c'est moi qui lui dis :

— Tu ne manges rien, maman ?

— Je dînerai plus tard, répond-elle. Je crois que le stress des dernières vingt-quatre heures commence à se faire sentir. Je suis KO.

En effet, elle a l'air fatiguée. Et le visage pâle. Même si elle n'a que soixante-deux ans, il lui arrive parfois de se montrer sous un jour plus vulnérable. Je me dis que j'ai été bien égoïste de la laisser seule toute la journée s'occuper des agents de la police scientifique et du vitrier, même si elle avait insisté pour s'en charger.

— Oh, maman, tu t'es donné beaucoup de mal pour rien.

— Ce n'est pas grave, j'en mangerai demain… Écoute, je vais me faire un thé et monter au lit, si tu n'y vois pas d'inconvénient. Vous serez plus tranquilles pour parler.

— Il ne faut pas partir à cause de nous, dit Martin. Vous savez, Angela, je suis vraiment désolé que vous vous retrouviez mêlée à tout ça. Et je comprends parfaitement que vous soyez à 100 % du côté d'Eli. Mais il y a longtemps déjà, je vous ai promis de ne jamais lui faire de mal, et si je vous dis que ce serment est toujours valable aujourd'hui, il faut me croire. J'ai pris la décision de ne pas retourner à Londres. Pas avant que cette histoire ne soit réglée. Je peux me faire remplacer pendant quelque temps.

Je suis stupéfaite. Ce projet, il le suit depuis le début. Après avoir remporté l'offre, c'est lui qui l'a monté, de A à Z. Il est presque terminé, et je sais qu'il tient à le mener à son terme.

— Je ferai tout ce qu'il faut pour prouver ma bonne foi, ajoute-t-il.

Ma mère hoche la tête et serre encore un peu plus les pans de son gilet.

— Ça ne regarde que vous, dit-elle. Je pense pouvoir dire que je cerne assez bien les caractères, Martin, et je ne demande qu'à te croire. Eli n'a besoin que d'une chose : de la tranquillité, tout comme le bébé. Je sais bien que vous, les jeunes d'aujourd'hui, vous devez faire face à des difficultés que nous ne connaissions pas. Mais la seule solution, c'est de les affronter.

— C'est ce que nous ferons, répond-il gravement. Je vais harceler les policiers jusqu'à ce qu'ils mettent la main sur le responsable. Je ne repartirai pas avant que ça ne soit réglé. Tant qu'Eli ne sera pas parfaitement en sécurité ici, je ne la laisserai pas à nouveau seule.

Maman lui décoche un sourire satisfait. C'est un bon début.

Eli

D'habitude, le brunch dominical est un moment de détente, mais un silence gêné s'est installé autour de la table alors que nous picorons les plats préparés par Martin. Les propos que nous échangeons, quoique polis, sont très convenus.

Nous avons tous les trois les nerfs à cran, et la fatigue se lit sur nos visages.

Tandis que j'épluche consciencieusement la pâte feuilletée d'un croissant que je ne mangerai pas, maman grignote une tartine du bout des lèvres. Martin, quant à lui, peine à venir à bout de ses œufs au bacon. Le cœur n'y est pas.

— J'ai réfléchi, dit maman. (Martin et moi levons les yeux sur elle.) Il s'agit probablement juste de quelqu'un qui vous envie et qui, par pure jalousie, veut semer la zizanie entre vous. Je pense que vous devez vous faire confiance.

Martin et moi échangeons un regard.

— Il faut vous faire confiance. Être à l'écoute l'un de l'autre, conclut-elle avec un sourire.

En retour, nous lui adressons nous aussi un sourire, plutôt forcé. Il faudra davantage que de la communication pour réparer la situation.

— Maintenant que Martin est rentré, reprend-elle, je me disais que je pourrais rentrer à Belfast aujourd'hui. Je pense que vous avez besoin de vous retrouver, sans m'avoir constamment dans les pattes.

— Il ne faut pas vous sentir obligée de partir, répond Martin.

Je sais pourtant que, dans sa tête, il est déjà en train de faire les valises de ma mère.

— Je ne m'y sens pas obligée, je crois que c'est mieux ainsi.

Je ne sais que penser. Sa présence ici, alors même que tout dans ma vie part à vau-l'eau depuis quelques jours, était réconfortante. Je me sermonne intérieurement. Je suis une grande fille, pour l'amour du Ciel ! Inutile de pleurnicher. Je me force à sourire.

— Eh bien, je suppose qu'il te tarde de retrouver tes cours du soir et ton travail.

— Tu sais, le travail est de plus en plus calme, ces derniers temps. On fait beaucoup moins appel à moi qu'avant, maintenant qu'il existe ces fichus logiciels de comptabilité. Mais j'ai quand même deux ou trois bricoles à terminer. Cela dit, Eli, tu sais que tu peux compter sur moi si tu as besoin de moi. Toi aussi, Martin, ajoute-t-elle avec un peu moins de conviction.

Pour être tout à fait franche, je préférerais presque qu'ils débarrassent tous les deux le plancher, histoire de pouvoir réfléchir sereinement à la situation. Mais encore une fois, je ne tiens pas à me retrouver seule. Je me sens encore plus vulnérable, maintenant, dans cette maison où l'on peut venir briser des fenêtres si facilement. Jusqu'ici, je m'y étais toujours sentie en sécurité. J'appréciais particulièrement le fait de me sentir retirée du monde, hors d'atteinte. Si ça se trouve, les dieux du karma me punissent d'avoir péché par excès d'autosatisfaction.

À part le travail, tout commence à battre de l'aile, et je regrette qu'il n'existe pas un bouton « PAUSE » pour souffler un peu. Je repose mon croissant, auquel je n'ai pas touché, m'excuse et me lève. Ayant besoin de prendre l'air, je décide de sortir sur le ponton. Saisie par le froid matinal, je resserre les pans de mon gilet sur mon ventre. Les bras croisés, je m'approche de la rive du lac.

L'air est particulièrement vif ce matin. Là où d'habitude scintille la rosée, j'aperçois les reflets du givre. Le panorama a quelque chose de magique ; un cadre idyllique pour une maison idyllique. J'inspire profondément à de nombreuses reprises, respirant l'air frais à pleins poumons, quand je sens deux mains vigoureuses se poser sur mes épaules, signe réconfortant de la présence de Martin derrière moi. Je m'adosse à lui.

— Eli, me demande-t-il, qu'est-ce que je pourrais faire pour arranger la situation ? Tu n'as qu'à me demander.

— Si seulement je savais qui se cache derrière ces lettres anonymes, ça me soulagerait. C'est terrible de ne rien savoir.

— J'ai beau me creuser la tête, je ne vois vraiment pas qui pourrait vouloir s'en prendre à nous. Autant que je sache, aucun de mes anciens clients n'a de contentieux avec moi. Quant à toi, voyons… qui pourrait t'en vouloir au point de faire une chose pareille ? C'est insensé. Je ne sais que penser.

Il me serre dans ses bras puis dépose un baiser sur ma tête. J'essaie de réagir comme je le ferais normalement dans un tel moment d'intimité, mais quelque chose entre nous s'est brisé.

— Écoute, il faut que j'appelle Jim pour lui dire qu'il gère Londres tout seul. Puisque j'étais censé le retrouver là-bas ce soir, il faut que je le mette au courant avant la présentation du projet. Je dois lui envoyer mon topo, entre autres.

Je me sens coupable. Et inquiète. Ce projet lui tient vraiment à cœur, et ma défiance à son égard va l'empêcher de le suivre jusqu'au bout. Est-ce moi qui suis incroyablement égoïste ? Finira-t-il par m'en vouloir ? Cela risque de nous éloigner un peu plus encore… Si je le laisse repartir, en déduira-t-il que je suis finalement prête à lui faire confiance ? Est-ce que ça nous aidera à nous réconcilier ? J'ai toujours été d'un naturel conciliant. J'aime faire plaisir aux gens. J'irais jusqu'à me faire des nœuds au cerveau pour éviter de causer de la peine à quelqu'un.

— Retourne à Londres, dis-je, d'une voix à peine audible.

— Quoi ?

— Retourne à Londres. Suis ton projet jusqu'au bout. Je vais demander à maman de rester.

— Non, Eli. Hors de question de te laisser seule ici tant qu'on n'aura pas identifié le corbeau.

— Je ne serai pas seule. Maman sera avec moi.

— Pour ce qui est des lettres, tu me crois, n'est-ce pas ? Si tu préfères que je reste avec toi pour qu'on ait le temps d'en reparler, alors je reste.

Il me fixe de ses grands yeux verts. J'entends ce qu'il me dit, mais je sais très bien qu'il a la tête ailleurs.

Je fais donc le choix d'un nouveau nœud au cerveau, et je lui mens. Je lui dis que je le crois, et que nous aurons amplement le temps de reparler de tout ça à son retour.

— Je te le jure, Eli. Je te jure sur la tête de notre bébé : tu n'as aucune raison de ne pas me faire confiance.

— Alors vas-y.

Une partie de moi espère qu'il dira non. Et qu'il décidera de rester malgré tout. Mais mes espoirs sont vite déçus. Il m'embrasse à nouveau le sommet du crâne, me dit « je t'aime », et se dirige vers la maison.

— Je vais confirmer mes vols ! me crie-t-il en s'éloignant.

À nouveau seule sur la rive du lac, dans le silence matinal et sans personne pour me déranger, j'essaie de ne pas prendre ombrage de son départ précipité. Et de ne pas ajouter ce nouvel élément au conséquent dossier « paranoïa » déjà présent dans mon cerveau.

Louise

Je pense souvent à son mari – le bel homme qui l'avait prise dans ses bras au café. Et qui avait plaisanté avec elle et l'avait fait sourire, alors même qu'elle avait l'air complètement perdue avant son arrivée.

Je connaissais son nom. Il résonnait en boucle dans ma tête. Il m'arrivait de le prononcer tout haut pour le simple plaisir de l'entendre. Ou alors je l'écrivais, avant de le raturer pour qu'on ne puisse pas établir de lien avec moi. Pourtant j'en ressentais bien un, de lien. Après tout, il serait le père de mon enfant.

Je voulais en savoir le plus possible à son sujet. Son travail. Ses goûts. Ce qu'il faisait de son temps libre. Les livres qu'il lisait et les films qu'il regardait. Attendait-il avec hâte l'arrivée du bébé que portait sa femme ? Ce bébé qui serait bientôt le mien. Aurait-il été un père impliqué, comme cette nouvelle génération d'hommes qui ne rechignent pas à changer les couches ou à pousser un landau ?

J'avais pensé la questionner discrètement à son sujet la prochaine fois que je la verrais. Engager la conversation innocemment par un : « Votre mari doit être impatient, n'est-ce pas ? » Avec un peu de chance, elle m'aurait donné un petit quelque chose. De quoi cerner un peu mieux sa vie ainsi que sa personnalité.

Il m'avait semblé être un type bien. Peter aussi était un type bien. Il avait été un bon mari. Il aurait fait un père formidable pour nos enfants si la vie n'avait pas été si cruelle.

Dieu ne nous donne jamais plus que ce que nous pouvons supporter, m'étais-je souvenue. Il avait dû penser que j'étais capable d'en supporter beaucoup. Quant à Peter – il n'avait pas été à la hauteur de l'épreuve divine.

Eli

Quand je lui annonce que Martin retourne à Londres, maman réagit exactement comme je l'avais prévu. Elle me regarde comme si j'avais perdu la tête, alors même que depuis le début, elle m'assure ne pas croire un mot de ce qu'insinuent ces horribles lettres anonymes.

– Es-tu certaine de ne pas vouloir qu'il reste ? me demande-t-elle. T'a-t-il dit quelque chose pour te convaincre de le laisser partir ?

– Non, maman. J'ai simplement réalisé que si je lui fais confiance, alors je dois le lui prouver. Le laisser repartir peut y contribuer.

– Hmm, fait-elle en me dévisageant. C'est plutôt à lui de regagner ta confiance.

– Je pense que nous devons tous les deux y travailler, et laisser la police mener son enquête pour élucider cette affaire.

– Et pendant ce temps-là, tu resteras toute seule ici ? Ça ne te fait pas peur ?

Bien sûr que si, j'ai peur. Mais il est hors de question que je laisse gagner celui qui est derrière tout ça. Je ne veux surtout pas qu'il sache que j'ai peur.

— Si, mais tu es là, dis-je avec un sourire contraint. Ne m'as-tu pas toujours apporté la sécurité ? Ne me disais-tu pas qu'une maman ourse protégeait toujours ses oursons ? Tu resteras avec moi, n'est-ce pas ?

En entendant la phrase qu'elle me répétait toujours dans mon enfance, quand j'avais peur, elle ne peut réprimer un sourire.

— Bien sûr. Même si je ne suis pas certaine que mon histoire de Maman Ourse soit encore d'actualité, maintenant que je deviens vieille, avec un genou qui fait des siennes.

Ça y est, j'entrevois une petite fissure dans son épaisse carapace. Peut-être de la peur. Un sentiment bien naturel, après ce que nous avons vécu. Je suis moi-même encore sous le choc. Maman, elle, se trouvait au rez-de-chaussée, juste à côté, quand ça s'est produit. Courageuse, elle avait accouru sans crainte – du moins l'avais-je cru – pour voir qui était là. Maintenant que l'adrénaline était retombée, elle commençait à se rendre compte qu'un intrus aurait réellement pu se trouver à l'intérieur de la maison. Elle n'aurait pas pu faire grand-chose pour se défendre – ou me défendre moi.

— Alors je suppose que nous devrons nous serrer les coudes, maman. On se protégera l'une l'autre.

Je l'étreins et me love contre le tissu doux de son pull, imprégné de son parfum dont les effluves se mêlent à l'odeur de la poudre de talc. L'odeur de mon enfance.

— Écoute, lui dis-je en la libérant de mon étreinte, et si on essayait de se changer les idées ? Tu n'arrêtes pas de me parler d'aller faire du shopping pour le bébé. Si tu veux, on pourrait faire une virée toutes les deux chez Mothercare, tu m'aiderais à choisir un berceau, et peut-être aussi un landau. Je ne connais rien à ces choses-là, j'aurais besoin de ton avis.

Je m'efforce d'avoir l'air enthousiaste. En fait je n'ai pas spécialement envie d'aller faire des achats pour le bébé. Avec Martin, nous avons déjà plus ou moins décidé du modèle de landau – « poussette combinée », devrais-je dire – que nous prendrons. Enfin, c'est surtout Martin qui a décidé. Je me suis contentée de hocher la tête quand il m'en a désigné une, très bien notée d'après lui par le magazine *Que choisir ?*, tant sur le plan du rapport qualité-prix que sur celui du design. J'espère que maman acceptera cette proposition de m'accompagner, histoire que nous profitions d'un agréable moment mère-fille sans avoir à évoquer les événements des derniers jours.

— Ah, je ne sais pas trop ma chérie, me dit-elle. Je n'ai pas très bien dormi cette nuit. Je ne suis pas sûre d'être de très bonne compagnie.

Sans véritable raison, je sens les larmes me monter aux yeux en entendant sa réponse. Je m'attendais à ce qu'elle accueille avec enthousiasme ma proposition d'aller faire du shopping ensemble. À Belfast, elle essayait toujours de me traîner dans les magasins. Certes, elle préfère généralement ne pas s'éloigner de chez nous quand elle nous rend visite : selon ses mots, notre maison est un vrai refuge à la campagne, elle apprécie de pouvoir y échapper au bruit et à la circulation urbaine, son lot quotidien à Belfast. Je croyais cependant qu'elle sauterait de joie à l'idée de faire des courses avec moi pour le bébé. Je comptais même sur son propre enthousiasme pour me motiver.

Maman a dû lire la déception sur mon visage.

– Écoute, j'ai une idée, réplique-t-elle. Et si c'était toi qui venais passer quelque temps chez moi, étant donné que tu as deux jours de repos ? Ça ne te ferait pas de mal de prendre un peu de recul. Réfléchis-y. On irait faire du shopping demain. Il y a un nouveau café sympa près de Victoria Square, à deux pas du magasin Mamas & Papas et de ravissantes petites boutiques pour bébés. Ce soir, on pourrait se faire une bonne flambée, et je nous préparerai un chocolat chaud comme tu aimes, avec des marshmallows. On en profitera pour papoter, comme au bon vieux temps.

Je dois dire que la proposition est tentante. Plus que tentante, même. Une petite escapade à Belfast, où je retrouverais mes souvenirs d'adolescence, le réconfort des sons et parfums familiers. Si mon ancienne chambre n'est plus exactement comme je l'ai laissée quand je suis partie, maman a fait en sorte que je m'y sente encore chez moi. Certes, le lit simple a été remplacé par un double et les posters de Take That ont disparu, mais elle a accroché aux murs des photos encadrées de moi, de mes amis, et de Martin et moi.

Le salon de maman est un vrai havre de paix au cœur d'une ville animée. Même si son appartement est proche de Queen's University, une fois les rideaux tirés dans le bow-window, on s'y sent comme dans un cocon. Adolescente, je n'ai jamais été du genre à disparaître des heures dans ma chambre pour éviter ma mère. Quand mes amis repartaient chez eux, je descendais fréquemment m'asseoir avec elle devant la cheminée, et nous nous racontions notre journée.

Ce sont de bons souvenirs. Des souvenirs du temps de l'innocence.

Prise de nostalgie, j'ai envie de revivre quelques-uns de ces moments. Aussi j'acquiesce d'un signe de la tête, en disant à maman que ça me paraît une excellente idée, ce qui me vaut de sa part un large sourire. Je quitte le salon, que je trouve déjà bien tristounet en comparaison du sien, et je monte faire mon sac.

Martin est debout devant sa valise ouverte. Je lui fais part de ma décision :

— Je vais passer un jour ou deux chez maman, histoire de changer d'air. Après tout ça…

Il se tourne vers moi et hoche la tête.

— Je comprends. Quand je pense à tout ce qui t'est arrivé, je me sens super mal. Je culpabilise de ne pas avoir été là quand la fenêtre a été brisée.

— Ce n'est pas ta faute, dis-je alors même que je n'en suis pas absolument convaincue. Est-ce que tu as confirmé ton vol ?

— Je décolle de Belfast ce soir à 20 heures. Mais seulement si tu es absolument d'accord.

Je le suis autant que possible, donc je fais oui de la tête.

— Je peux revenir à n'importe quel moment si tu as besoin de moi. Je peux revenir demain si tu préfères, et repartir mardi. Je ferai tout pour que les choses se passent au mieux.

Je sais que c'est faux. D'ailleurs, il n'a pas réussi à prendre un avion plus tôt hier, et son vol a même été retardé. Mais je veux croire en sa sincérité. Je dois essayer de lui faire confiance.

— Je serai très bien, chez maman, dis-je en déposant un petit baiser sur ses lèvres.

Il s'agenouille et embrasse mon ventre, en murmurant « je vous aime, toi et notre bébé ». M'efforçant alors d'ignorer la sensation de gêne au creux de mon estomac, je commence à faire mon sac.

Eli

Après avoir dit au revoir à Martin – moment étrange au cours duquel nous avons fait comme si tout était normal –, j'envoie un message à Rachel pour l'informer que je serai à Belfast, au cas où elle aurait besoin de me contacter pour un problème en lien avec le boulot.

Martin plaisante toujours en disant que je ne suis pas mariée avec lui, mais avec mon travail. À quoi je réponds invariablement qu'au moins, je travaille avec des gens, pas avec des plans d'immeubles, et ça se finit en échange de grimaces jusqu'à ce que nous admettions l'un et l'autre que nous sommes accros à nos boulots et que ça n'est pas près de changer.

Pas avant la naissance du bébé, du moins.

Après… Eh bien, nous ne savons guère de quoi « après » sera fait. Ce point est encore ouvert à discussion. Une chose est sûre, j'aurai beaucoup de mal à quitter le travail pendant mon congé de maternité. Je trouve les soins palliatifs beaucoup moins intimidants que d'avoir à s'occuper d'un nouveau-né. Je chasse néanmoins cette pensée de mon esprit et envoie le message à Rachel. J'aviserai – *nous* aviserons – le moment venu.

La réponse ne tarde pas à arriver :

« Ravie que tu prennes un peu le large, ne serait-ce qu'un jour ou deux. Tu as besoin de repos. Tout se passera bien ici. Bises. »

Je souris à la lecture de son message, attrape mon chargeur branché à côté du lit et le mets dans mon sac. Je jette un dernier regard dans la pièce pour m'assurer d'avoir emporté tout ce qu'il me faut. Maman m'attend au pied de l'escalier.

— On prend chacune sa voiture ? dis-je. Comme ça, j'aurai la mienne pour le chemin du retour. Je préfère conduire plutôt que prendre le bus, ces derniers temps.

Je vois ma mère se décomposer.

— Et moi qui pensais qu'on passerait le voyage à papoter entre filles !

— Allez, maman, à notre arrivée à Belfast, tu m'auras pour toi toute seule.

Elle m'adresse un demi-sourire. Le genre à faire culpabiliser toute progéniture.

— Bon, d'accord, concède-t-elle. Mais si tu arrives à Belfast avant moi, promets-moi de ne pas monter à l'étage. J'ai une surprise pour toi et je tiens à voir ta tête quand tu la trouveras.

Bien qu'intriguée, et même si la part rebelle en moi serait tentée de passer outre, je sais que je n'ai jamais su mentir à ma mère. Elle verra aussitôt si je suis allée fouiner. Je lui promets donc de l'attendre.

— Eliana Johnston, tu es une bonne fille.

— Hughes, maman. Eliana *Hughes.*

*

Je ne trouve jamais ça bizarre, de rentrer chez ma mère en son absence. Martin ne comprend pas que je dise encore « chez moi » en parlant de l'appartement de maman, comme si ce dernier était pour moi un point d'ancrage. Or c'est exactement ce qu'il est, en vérité.

— Chez toi, c'est ici, désormais, me taquine-t-il toujours en désignant le coin repas de notre vaste cuisine. On a travaillé dur pour que tu te sentes chez toi dans cette maison. Pourquoi parles-tu toujours avec nostalgie de l'appartement de ta mère ?

— Ici aussi je me sens chez moi, dis-je alors pour le rassurer.

Ce n'est pas si simple qu'il le pense, de couper les liens avec l'endroit où on a passé toute sa jeunesse. J'ai vécu ici jusqu'à mes vingt-sept ans – ne voyant pas l'intérêt d'ajouter un loyer au coût de mes études. Martin, quant à lui, a fui le nid familial à la première occasion, quittant Derry à dix-huit ans pour aller faire ses études à Londres. Ses parents ayant déménagé pour prendre un logement plus petit dès qu'ils avaient compris qu'il ne reviendrait jamais vivre avec eux, il n'avait pas cet attachement pour sa chambre d'adolescent, pour la cuisine où il avait préparé ses premiers petits plats, ou encore pour le salon où il avait passé des soirées avec ses amis.

En attendant maman, je prépare la maison pour la rendre aussi accueillante que possible. J'allume les lampes Tiffany de l'entrée et du salon. Je ferme les rideaux pour empêcher l'humidité et le froid de rentrer. Je mets le chauffage à fond, allume le feu qu'elle a préparé dans la cheminée et me fais un thé. Je m'apprête à fouiller dans la boîte à biscuits pour tenter de dénicher quelque chose qui convienne à mon estomac barbouillé, lorsque j'entends ma mère qui tourne sa clé dans la serrure.

– Je suis dans la cuisine ! lui dis-je en criant. Je vais te faire une tasse de thé.

– Est-ce que je peux déjà te montrer ma surprise ? me demande-t-elle depuis l'entrée. Viens, on monte à l'étage ! Ne m'en veux pas, mais je t'ai préparé un petit quelque chose. J'espère que ça te plaira.

Je la suis dans l'escalier, jusqu'à ce qui était jadis le débarras. Trop exiguë pour servir de chambre d'amis, cette pièce est l'endroit où maman entrepose tout un bric-à-brac d'objets dont elle n'a plus vraiment l'utilité, comme les caisses renfermant mes vieux vêtements et jouets, qu'elle ne peut se résoudre à jeter. Je m'attends donc plus ou moins à ce qu'elle ait fait le tri dans mes anciennes affaires pour sélectionner les objets que je pourrais rapporter à Derry.

En revanche, s'il y a une chose à laquelle je ne m'attendais pas du tout, c'est bien la chambre de bébé à l'équipement quasi complet que je découvre quand maman ouvre la porte. J'en reste sans voix. La pièce a été repeinte dans des tons neutres, crème et beige. On y trouve désormais un berceau blanc et une commode à langer assortie, un fauteuil à bascule pourvu de coussins moelleux couleur crème ainsi que des doubles rideaux qui descendent jusqu'au sol. Ce dernier est orné d'un tapis en forme d'ours en peluche, et dans un coin ont été empilées au moins cinq boîtes de couches. Plusieurs sacs de courses pleins sont éparpillés dans la pièce. Je suis estomaquée par ce que je vois et, pour être honnête, je ne sais comment réagir.

Ma raison me presse de remercier ma mère, de lui dire qu'elle est formidable, et que ce qu'elle a fait est absolument magnifique. Mais j'ai le cœur serré, et je suis contrariée, voire vexée, que quelqu'un ait installé toute une nursery pour mon bébé avant que j'aie eu le temps de le faire moi-même. Je n'ignore pas que ces pensées me feront passer pour une sale gosse ingrate.

Avant même que j'aie eu le temps de trouver les mots justes pour ne pas la blesser, maman me dit :

— J'en ai probablement un peu trop fait, mais une fois que j'ai commencé, eh bien disons que je me suis laissé emporter. J'avais envie que ma petite-fille ait un endroit pour dormir quand vous me rendrez visite – une chambre à elle. Tu n'as pas pu venir ici depuis un petit bout de temps, patraque comme tu es ces temps-ci, et puis je ne voulais pas te déranger avec ça. J'ai quasiment tout trouvé d'occasion. Donc, n'aie pas d'inquiétudes concernant ce que j'ai dépensé. Mais tout est de bonne qualité, et j'ai tout nettoyé à fond.

Les yeux toujours écarquillés, je sens maintenant des larmes rouler sur mes joues. J'espère que maman les mettra sur le compte de la gratitude. En tout cas, elle est intarissable.

— Tu ne peux pas t'en souvenir, mais quand tu étais bébé, nous ne roulions vraiment pas sur l'or. Je n'ai jamais pu t'arranger une vraie chambre de bébé. Je n'en étais pas au point de te faire dormir dans un tiroir, mais pas loin. Il n'y avait que toi et moi. On vivait dans un meublé minuscule à Paisley, avec à peine assez de place pour se retourner une fois le berceau et mon lit installés. Les premiers mois, l'essentiel de tes vêtements provenait d'associations caritatives. J'avais juste envie de faire un peu mieux pour ma petite-fille, maintenant que j'en ai les moyens.

J'observe son visage empreint de tristesse, et je me sens coupable d'être fâchée contre elle. Faisant un effort pour refouler mon ressentiment, je souris entre mes larmes et la serre dans mes bras en lui disant que je l'aime fort.

Mais une fois seule dans mon ancienne chambre, j'éclate en sanglots en réalisant que ce bébé, ma mère semble l'attendre avec davantage d'enthousiasme que moi.

Je pose la main sur mon ventre, comme toujours barbouillée malgré le comprimé antinauséeux que je viens de prendre, et prie pour que mon bébé, par un gigotement ou un petit coup de pied, réponde à mon geste d'une manière ou d'une autre et me dise de ne pas m'en faire. Que l'amour viendra plus tard. Que ce n'est pas grave. Que tout ira bien entre nous deux. Et que tout se passera bien également pour nous trois : le bébé, Martin et moi.

Mais ma fille ne bouge pas. Elle semble dormir, ignorant superbement mes tourments intérieurs.

Louise

C'est dommage qu'il ait été inenvisageable de ramener mon bébé là où j'avais vécu avec Peter. Tout y était pourtant prêt pour l'accueillir. Mais ç'aurait été vraiment trop risqué.

Je savais que ce serait une fille. Je l'avais deviné à la forme du ventre de sa mère – bien rond – et parce qu'elle portait le bébé haut. Je ressortis mon alliance, rangée dans mon coffret à bijoux six mois plus tôt. Je la suspendis à un fil de nylon pour la faire osciller au-dessus de la paume de ma main. Bien sûr, la première fois que j'avais fait ça, elle s'était mise à bouger d'avant en arrière, et j'avais murmuré le prénom de mon bébé. Mon premier bébé. Lui n'avait jamais eu sa chance. Il était parti avant même que mon ventre ne commence à grossir.

Ce malheur, j'allais le revivre encore et encore, à chacune de mes grossesses : onze semaines, six semaines, huit semaines, vingt-trois semaines. Trente-trois semaines. Celle-là m'avait totalement détruite. Vingt-trois semaines, j'avais trouvé ça cruel. Mais trente-trois, j'avais été anéantie. J'y avais tellement cru, cette fois-là. Je sentais ses coups de pied, ses gigotements, ses hoquets. À peine avais-je eu le temps d'avoir l'impression de le connaître, qu'il s'en était allé. Ça m'avait détruite, et tout le reste avec.

Là, l'alliance s'était immobilisée un court instant, j'avais fermé les yeux et pensé à mon nouveau bébé. Elle s'était remise à tournoyer, les mouvements circulaires ne s'arrêtaient plus. Une fille. Ce serait une fille, exactement comme je l'avais deviné.

J'avais ressenti une joie immense, assise dans la chambre que j'avais préparée pour lui – mon petit garçon. J'avais eu le sentiment qu'enfin mes prières avaient été exaucées. J'avais regardé le petit lit. Le papier peint couleur crème. Les rideaux jaunes pour aller avec. Le tapis en forme de nounours. Les grenouillères blanches, jaune citron et vert pâle, soigneusement pliées sur la commode. Les paquets de couches. La table à langer – toujours emballée – et l'oreiller d'allaitement calé derrière mon dos, sur la chaise à bascule. Oui, c'était vraiment dommage que mon nouveau bébé ne puisse jamais voir cette chambre – comme mon fils.

Mais il était impensable de cacher un bébé ici. Pas dans cette maison. Pas dans ce quartier. Ni dans cette ville, où tout le monde savait tout sur tout le monde, et jugeait bon de le répéter au premier venu.

J'avais déjà suffisamment fait les frais de leurs commérages. « Ce ne serait pas cette pauvre femme qui a perdu son enfant ? » Leurs messes basses ne l'étaient jamais vraiment assez, et la plupart d'entre eux posaient leurs questions indélicates à leurs indélicats amis avec la subtilité d'un éléphant dans un magasin de porcelaine.

J'avais appris à repérer leurs regards sinistres. Les têtes hochées dans ma direction. Les yeux qui se détournaient vers moi puis les têtes à nouveau baissées en même temps, et les chuchotis qui reprenaient. « Pauvre femme… »

Ceux qui avaient le cran de me parler ne valaient guère mieux. Des gens qui auparavant m'adressaient à peine la parole m'abordaient désormais avec une commisération factice. Bien entendu, ils ne compatissaient pas sincèrement à mon malheur. Ils étaient simplement soulagés que ce malheur soit le mien, et non le leur. Je le voyais à la façon dont leurs mains serraient un peu plus fermement le guidon de leurs landaus.

Cette épreuve indicible par laquelle je passais, ils remerciaient Dieu chaque jour de ne pas avoir eu à la traverser.

Et pour couronner le tout, la seule personne qui aurait pu comprendre ce que j'étais en train de vivre m'avait quittée. Peter. Mon mari. Le père des enfants que nous ne serrerions jamais dans nos bras.

« Je n'en peux plus. J'ai essayé de te comprendre. Moi aussi je souffre, mais toi, tu refuses toute communication. C'est comme si tu avais décidé de vivre dans le malheur pour le restant de tes jours. »

Voilà ce qu'il avait écrit sur le mot qu'il m'avait laissé sur la table de la cuisine. Me blâmera-t-on si je vous dis qu'en le lisant, je n'avais ressenti que du soulagement ? Voyez-vous, une partie de moi en était arrivée à le détester de ne pas comprendre pourquoi j'étais incapable de reprendre le cours normal de mon existence, de faire comme si le monde ne s'était pas effondré autour de moi.

Quand je l'entendais siffloter dans la maison, je vous jure que j'avais envie de le tuer. Pire, je crois bien que j'aurais *vraiment* pu le tuer. Je ne répondais plus de moi. Son départ m'a apaisée. Je n'ai même pas cherché à le retenir.

Ça m'avait fait du bien de retrouver de l'énergie. De l'énergie positive. Et de constater que j'avais retrouvé grâce à Ses yeux. Ce même Dieu qui m'avait abandonnée réparait le tort qui m'avait été fait. Il me fallait simplement accepter Ses desseins.

Celle que j'avais été jusqu'ici devrait disparaître. J'allais éprouver le même soulagement à laisser derrière moi les vestiges de mon ancienne vie.

Alors que je rangeais les affaires de la chambre dans des cartons, je fus prise d'un fugace moment de culpabilité en pensant à cette femme. Juste un instant, vite passé. Les choses seraient différentes pour elle. Elle pourrait avoir un autre bébé, vraiment désiré celui-là. Elle n'aurait pas à donner naissance à un enfant mort-né. Son bébé respirerait. Elle accueillerait la petite dans ses bras, encore toute chaude, pour la bercer. C'est alors que je la prendrais pour en faire mon enfant et lui donner une vie formidable.

N'est-ce pas là ce que n'importe quelle mère souhaiterait pour son enfant ? Comme dans le jugement de Salomon. Une maman préférera toujours savoir que l'on s'occupe bien de son enfant, avec amour, plutôt qu'il soit privé d'une vraie vie.

Elle n'en mourrait pas. Elle finirait par s'en remettre. Ce serait sa croix. Quant à moi, le moment était venu que je pose la mienne. Elle était devenue trop lourde à porter, depuis tout ce temps.

J'avais jeté un dernier coup d'œil autour de moi avant de me lever. Tout ce qui s'était trouvé dans cette chambre serait mis en cartons et donné à une œuvre de bienfaisance. Mon geste me vaudrait leur gratitude. À ma vue, ils reprendraient leurs conciliabules : « Elle a l'air d'aller mieux. Il faut croire qu'elle a fait son deuil. Elle est en train de tourner la page. »

Eli

Pendant que maman range ses affaires, je m'installe confortablement sur le canapé du salon pour profiter du feu dans la cheminée, un plaid en mohair sur les jambes. J'ai reposé ma tasse par terre, à moitié bue. Servi avec quasiment autant de lait que d'eau, mon thé a vite refroidi et ce breuvage tiède me donne maintenant mal au cœur. Mais je suis trop fatiguée et trop bien installée pour me lever. Je sens toutefois mes paupières s'alourdir : l'appel de mon lit se fait trop pressant pour que je l'ignore plus longtemps.

Réprimant un bâillement, je monte dans ma chambre. Je m'apprête à me mettre au lit quand j'entends mon téléphone biper, me signalant l'arrivée d'un SMS. La notification « ANONYME » s'affiche sur l'écran. Intriguée, je clique sur le bandeau pour ouvrir le message :

« Ça m'étonne que tu l'aies laissé repartir à Londres. D'autant plus que tu as quitté ta jolie maison sans renforcer le système de surveillance. Tu me déçois. Allez, à la tienne ! J'ai vraiment du mal à comprendre pourquoi il couche ailleurs alors que son lit est si confortable. »

Une photo est jointe au message. Posé sur ma table de nuit, un de mes verres en cristal – un cadeau de mariage –, semblant contenir du whisky. Mon cerveau peine à traiter l'information. Ces objets me sont familiers. On dirait chez moi, mais je refuse de l'admettre. Quelqu'un a pris ma place. C'est surréaliste. Le genre de choses qui n'arrive pas dans la vraie vie. Je clique à nouveau sur le message pour en afficher les détails. Aucun numéro n'apparaît. Rien. Juste un mot: « ANONYME ». Comment est-ce possible ?

Très vite, je recolle les morceaux, rattrapée par la réalité. Quelqu'un est entré chez moi et pourrait même encore s'y trouver. Sur la photo, je ne parviens pas à distinguer si c'est le jour ou la nuit. En ce moment même, quelqu'un se trouve peut-être dans ma chambre – si ce n'est pas dans mon lit – et, sur le ton de la confidence intime, me dit à nouveau de me méfier de mon mari. C'est un nouvel uppercut que je me prends en plein ventre. Sous l'effet des spasmes qui me soulèvent le cœur, je me tords de douleur et hurle pour appeler ma mère.

Eli

— J'appelle la police, dit ma mère avant de sortir de la pièce.

Je ne parviens pas à détacher mes yeux de mon portable. Ce message existe-t-il vraiment ? Va-t-il s'autodétruire ? Je fais une capture d'écran au cas où, et j'entends ma mère appeler Police-Secours pour signaler une présomption d'effraction.

— Elle a reçu un SMS, leur dit-elle. Avec une photo prise de chez elle. Écoutez, demandez-leur de vérifier dans leurs dossiers. C'est le deuxième incident à cette adresse depuis vendredi. Non, elle est avec moi là. Elle est terrorisée mais en sécurité. Oui. Oui.

Je l'entends donner son numéro de téléphone tandis que je relis les mots que j'ai sous les yeux. Qu'est-ce qui est le plus dérangeant ? Que quelqu'un se trouve chez moi ? Qu'il accuse à nouveau Martin d'infidélités ? Qu'il le fasse en étant à ce point déterminé à me passer le message, sans aucune ambiguïté et en s'acharnant sur moi ?

Je devrais quand même appeler Martin. Mais je ne suis pas sûre d'en avoir la force pour le moment. De toute façon il niera à nouveau. Tout juste arrivé à Londres, il sera en train de préparer sa grosse réunion.

Son boulot avant tout. En fait, quoi que je dise à ce stade ne fera qu'empirer les choses entre nous.

J'ai l'impression d'avoir une bombe à retardement dans la main. Et si j'appelais la policière qui est passée la dernière fois ? ou alors le brigadier Dawson ? J'étais persuadée d'avoir sa carte dans mon portefeuille. À cette heure-ci, il a dû commencer son service.

Il faut que je le tienne au courant de ce qui s'est passé. Et qu'il se démène un peu plus pour comprendre ce qu'il y a là-dessous. Je revois son air las et dubitatif. Pense-t-il avoir affaire à une simple crise de couple ? Est-ce que je suis en train de leur faire perdre leur temps ?

Il reste que je ne l'invente pas : quelqu'un est bel et bien rentré chez moi, voire s'y trouve encore… Je suis partagée entre le soulagement de ne pas être là-bas et la frustration de ne pouvoir me confronter directement au corbeau. Quelle lâcheté que d'envoyer ses messages de cette façon. Anonymement.

J'entends ma mère monter l'escalier. Elle n'est jamais autant dans son élément qu'avec une mission à accomplir, surtout quand le contexte prend une tournure dramatique.

— Ils envoient une patrouille sur place, m'annonce-t-elle. Et ils vont mettre au courant les agents qui sont venus vendredi soir, mais ils pensent que ce serait bien que tu les contactes aussi de ton côté quand tu seras rentrée. Est-ce que l'entreprise de sécurité t'a appelée ? Il y a de quoi rouspéter, tout de même. Il y a un intrus chez toi, et personne ne te prévient ? Qu'est-ce que c'est que cette surveillance ?

De mon côté, je m'étonne :

— Aucun policier ne va venir ici ?

Maman hausse les épaules.

— Ils m'ont dit que ce n'était pas utile, vu que tu ne cours aucun danger chez moi. Ils t'appelleront s'ils ont du nouveau une fois arrivés chez toi.

— Mais enfin, quelqu'un s'en prend à moi ! à nous ! Comment peuvent-ils affirmer que je suis en sécurité ? Maman, et si j'avais été à la maison ? Et si cet individu avait fait irruption alors que je m'y trouvais seule, en train de faire la sieste ou de me reposer à cause de mon état ? Que se serait-il passé ?

J'en frémis. Interdite, maman s'assied à côté de moi et me prend la main.

— Ma chérie, il ne faut pas voir les choses ainsi.

— Bien sûr que si. Ç'aurait très bien pu arriver.

— Mais ce n'est pas le cas. Alors concentre-toi sur les faits réels.

J'ai envie de hurler que, justement, tout me semble irréel en ce moment, mais je m'abstiens. Hors de question de jouer les hystériques. Il faut que je garde mon sang-froid, et que je reprenne le contrôle.

— Je vais appeler le brigadier Dawson dès maintenant, lui dis-je.

— Ça me semble une bonne idée. On saura où ils en sont.

— Je vais leur mettre un peu la pression. Ils devraient quand même pouvoir trouver d'où vient ce message, non ? Aujourd'hui, les flics ont les moyens de faire ce genre de choses.

Je sens alors un coup de pied en plein dans mes côtes, suffisamment violent pour que j'en perde le souffle. Je porte la main à mon ventre.

— C'est le bébé ? Tout va bien ? me demande maman en posant la main sur mon ventre.

L'espace d'un instant, je ne peux m'empêcher de ressentir une pointe de jalousie, même si je sais bien que c'est aussi puéril qu'égoïste de ma part. Pourtant, j'aurais préféré qu'elle s'inquiète pour *moi*. Qu'elle me demande si j'allais bien. Bien sûr que tout va bien pour le bébé. Ma fille est toujours en pleine forme. Nausées, pertes vaginales, épuisement, rien de tout ça ne l'affecte. C'est une force de la nature. En observant l'air déterminé qu'affiche le visage de ma mère tandis qu'elle palpe mon ventre dans l'espoir de sentir les pieds ou les poings du bébé, je me dis que ma fille a de qui tenir. Elle aussi sera coriace.

— Tout va bien, dis-je malgré la douleur lancinante que je ressens au thorax.

Je refuse de céder à la panique, même si mon angoisse est plus que légitime, sachant qu'en ce moment précis, un désaxé se trouve peut-être chez moi.

— Eli ?

J'entends la voix de ma mère, distante, tandis que je reste concentrée sur le son de ma respiration, les pulsations de mon cœur et la petite voix intérieure qui poursuit son monologue.

Je voudrais la faire cesser en me bouchant les oreilles, sauf que c'est impossible : la petite voix ne s'arrête jamais, le monologue continue, encore et encore. Sans interruption. J'aurais beau écouter de la musique, aller travailler, me promener autour du lac derrière la maison, faire les magasins de Victoria Square, ou bien encore tenter vaguement d'entendre la voix de ma mère répéter inlassablement mon prénom pour me ramener à la réalité, rien n'y ferait : la petite voix n'en demeurerait pas parfaitement audible.

Pas de fumée sans feu.

Personne ne ferait une chose pareille sans une bonne raison de te détester, de te faire du mal. Il faut vraiment qu'on ait envie de s'en prendre à ce que tu as.

Soudain, tout devient flou. Je m'efforce d'inspirer profondément et d'expirer lentement, le souffle coupé, mais mes crampes d'estomac se font de plus en plus vives et la petite voix me répète que tout part en vrille, qu'il ne sert à rien de lutter. Je ne me remettrai jamais de cette trahison. Je ne supporte pas l'idée qu'on nous traque. Qu'on *me* traque. Car c'est bien de ça dont il s'agit, non ? À trois reprises.

Mais surtout – et je m'en veux terriblement rien que d'y penser –, je n'y arriverai pas… Je n'arriverai jamais à affronter la naissance de ce bébé – que nous avons tous les deux souhaité – sans l'aide de Martin.

Je n'y arriverai jamais toute seule.

Surtout, je ne *veux* pas le faire toute seule.

— Respire.

La voix de maman interrompt mon monologue intérieur.

— Eli, tu dois respirer, répète-t-elle sans montrer le moindre signe d'anxiété.

Le calme de sa voix me fait reprendre mes esprits.

— Inspire, puis expire, et recommence. Tu as une crise de panique, ça va passer. Tu vas la dominer.

Je me laisse bercer par sa voix douce et rythmée, qui me rassérène et me permet de retrouver une respiration normale. Si maman ne peut rien contre mes monologues intérieurs, elle a tout de même le pouvoir, comme toujours, de les mettre en sourdine, et ils passent au second plan derrière le ton apaisant de sa propre voix.

— Ça va aller, ma chérie. Je te le promets. Et n'oublie pas que je serai toujours là pour toi. Tu n'es pas seule. Tu ne le seras jamais, même si tout cela se révèle vrai – mais je ne dis pas que c'est le cas. Tu es forte, Eliana. Tu l'as toujours été. Tu ne te laisseras pas intimider. Rien ni personne ne parviendra à te terroriser. Surtout pas cet individu avec ses menaces. Ni ce qui pourrait vous arriver avec Martin. Ni ce bébé. Je te le promets… Maintenant, allonge-toi, je vais rester à tes côtés. Je resterai ici jusqu'à ce que les policiers rappellent. Je resterai jusqu'au retour de Martin. Tant que tu auras besoin de moi, je resterai ici.

Louise

Il fallait que je prouve aux autres que j'allais mieux. Quand Peter m'avait quittée, mes parents avaient insisté pour que j'aille voir une thérapeute du deuil. Ils m'avaient escortée jusque chez elle, de peur que je ne fasse demi-tour, et ils avaient imploré son aide. Ils craignaient que je ne commette « une bêtise », avaient-ils dit.

Donc, si je voulais que mon plan fonctionne, je ne devais surtout pas avoir l'air d'être sur le point de faire une bêtise. Il fallait que les gens pensent que j'avais commencé à faire mon deuil, que j'allais de l'avant. Je devais leur montrer que j'étais prête à tourner la page, prête pour un nouveau départ. Ce qui était vrai, bien sûr. En revanche, je savais qu'ils ne comprendraient pas forcément – et l'approuveraient encore moins – la méthode que j'avais choisie pour aller de l'avant. Ils ignoraient ce que moi je savais: c'était la volonté de Dieu que je prenne ce bébé.

Ainsi, la fois suivante où j'étais allée chez la thérapeute, j'avais fait un effort pour soigner mon apparence et ne pas avoir l'air d'une femme brisée. J'avais pris un bain, lavé mes cheveux. Je les avais aussi fait couper pour me débarrasser des pointes mortes. Pour le symbole.

J'avais fouillé tous mes placards jusqu'à ce que je trouve des vêtements colorés : un pull rouge, mon ancien jean bleu préféré, et une paire de bottes marron. Je m'étais même un peu maquillée – mais sans excès, pour que cela n'apparaisse pas trop flagrant. J'avais gardé sur moi le médaillon qui renfermait une boucle de cheveux de mon bébé, tout en veillant à le dissimuler sous mon pull – il resterait hors de vue mais près de mon cœur. Je m'étais passé un peu du parfum que m'avait offert mon désormais ex-mari quand nous étions encore confiants en l'avenir.

Les nouvelles circulant toujours très vite dans notre ville, j'avais ouï dire qu'il avait rencontré quelqu'un. J'avais éprouvé un sentiment partagé en l'apprenant : d'un côté j'étais heureuse pour lui – après tout, il avait subi cette tragédie autant que moi. Mais ça me faisait également du mal.

Et elle était tombée enceinte de son enfant quelques mois plus tard. Très vite. Très facilement. L'information m'était parvenue tout aussi vite et tout aussi facilement. Cette femme avait donc aussitôt été en mesure de lui offrir ce dont il rêvait. Comme elle avait par ailleurs deux autres enfants, elle lui avait donné tous les gages de sa fertilité et de sa capacité à mener ses grossesses à terme. C'était une vraie femme, digne de ce nom. Pas comme moi. En me retirant mon utérus, ils avaient également supprimé l'élément essentiel de ce qui aurait dû être ma vie de femme.

En me regardant dans le miroir le jour où je devais aller voir la thérapeute, j'avais eu la surprise de constater que j'avais fait du bon travail et réussi à recouvrer une partie de la féminité qu'on m'avait enlevée.

Je m'étais entraînée pour avoir le bon sourire. Pas trop doux. Pas trop hystérique. Pas trop enjoué. Une chose était sûre, je ne pleurerais pas lors de cette session. Je n'aurais pas besoin de triturer mon Kleenex jusqu'à ce qu'il se déchiquette en lambeaux sur la moquette de la psychologue.

La confiance regagnée, j'avais même osé un trait de mascara.

Ma thérapeute était une femme d'une cinquantaine d'années. Cheveux gris, inamovible coupe au carré toujours impeccable, elle ne portait aucun maquillage à l'exception d'une infime touche de rouge à lèvres rose, beaucoup trop pâle pour son teint. Immuablement vêtue d'une longue jupe fluide et d'un pull bien trop ample, elle parlait d'une voix si douce que je ne l'imaginais pas avoir eu un autre métier que celui de thérapeute du deuil.

Elle s'appelait Victoria. « Comme le gâteau du même nom, pas en l'honneur de la reine », m'avait-elle glissé en clignant de l'œil lors de mon premier rendez-vous. C'était une femme adorable. Ne m'interrompant qu'à de rares occasions lorsque je me révoltais contre l'injustice dont je me pensais victime, elle m'écoutait au contraire avec beaucoup d'attention. Au bout de quelque temps, j'avais pourtant remarqué une sorte de changement. Son esprit semblait se mettre à vagabonder, comme si elle s'était dit qu'après m'avoir entendue répéter ma triste histoire à de si nombreuses reprises, elle n'avait plus besoin de m'écouter aussi attentivement.

Mais cette histoire, j'avais besoin de la raconter. C'était pour moi le seul moyen de maintenir mon petit garçon en vie. J'avais besoin d'expier le lamentable plantage de mon corps, qui avait tué un enfant si près de vivre. Pour les autres, j'arrivais presque à me le pardonner – presque. Pour lui, non.

Je savais qu'elle serait ravie de me voir moins sombre. Voire enjouée. Mais pas enjouée au point qu'elle puisse me croire maniaco-dépressive et non en train de remonter la pente. Car tel était bien le cas. J'allais mieux, il fallait juste que je reprenne les choses en main.

— Vous avez l'air changée, me dit Victoria en me détaillant de la tête aux pieds.

— Je me *sens* changée, en effet, répondis-je. J'ai l'impression, je ne sais pas… J'ai comme l'impression d'être prête à aller de l'avant. Vous comprenez ? Enfin, non pas que je veuille l'oublier. Jusqu'à ma mort, jamais je ne pourrai l'oublier. Je n'imagine pas me réveiller un jour sans qu'il soit aussitôt dans mes pensées. Mais je pense que je suis prête à revivre. C'est ce que je me dis : n'est-ce pas ce qu'il aurait voulu, que je vive ma vie ? Et même, n'aurait-il pas voulu me voir vivre ma vie *pleinement*, pour compenser la vie qu'il n'avait pu avoir ?

En hochant la tête, Victoria fit osciller ses boucles d'oreilles dorées.

— Eh bien, je dois dire que cela me paraît être une attitude très positive. Acceptez votre deuil, sans être dans le déni, mais ne le laissez pas vous consumer.

Je hochai la tête à mon tour.

— Je ne dis pas que ce sera facile, mais c'est ce que je dois faire. Je commence à songer à me trouver un nouveau travail, histoire de faire quelque chose de plus gratifiant que d'essuyer des tables. Je me demande si je ne vais pas prendre des cours du soir.

— Je suis contente de vous entendre parler de façon si constructive. Si je puis me permettre, vous m'impressionnez beaucoup.

— Moi aussi je m'impressionne, répondis-je sans simuler le moins du monde.

Nous avions convenu de nous revoir encore pendant quelques semaines, à l'issue desquelles j'espérais qu'elle me déclarerait officiellement apte à commencer une nouvelle vie. Ma décision était prise : une fois rentrée chez moi, je jetterais un œil à la brochure de la fac locale pour repérer un cours qui me plaise. Il me resterait ensuite à trouver le même cursus dans une autre ville. Après tout, il fallait que je déménage.

Eli

Je passe en revue les femmes de notre entourage. Y en a-t-il une avec qui Martin se serait montré particulièrement proche, ou avec qui il aurait eu un comportement différent ? Serait-il tombé dans le schéma rebattu du type qui couche avec sa secrétaire ? ou alors la femme de son associé ? une de mes copines ? Rachel ? Après tout, ils se sont toujours très bien entendus…

Non, Rachel, je lui fais confiance. Je lui ai toujours fait confiance, en tout.

C'est aussi ce que je disais de mon mari.

— Tu devrais appeler Martin. Il doit savoir ce qui s'est passé chez vous.

La voix de maman interrompt le cours de mes pensées. Je lui fais non de la tête. Je n'ai pas les idées claires. Pour être tout à fait honnête, c'est aussi parce que j'ai peur – peur d'appeler et qu'une mystérieuse inconnue me réponde. Comme dans les films quand, dans la scène de révélation, l'héroïne qui ne se doutait de rien entend au bout du fil la voix sensuelle de la maîtresse de son mari…

Trop épuisée pour pleurer, je m'allonge et j'essaie de m'extraire du monde quelques instants. Je me sens dépossédée de ma propre vie.

Maman me caresse la tête comme elle le faisait quand j'étais enfant. Elle me dit « Je t'aime, ma chérie », puis me répète infatigablement que tout ira bien.

Même si je sais pertinemment qu'elle ne peut rien en savoir, je me laisse convaincre et, cédant à l'épuisement, je sombre dans le sommeil.

*

Je me réveille environ une heure plus tard. Maman est assise à côté de moi, le visage grave.

— Est-ce que les policiers t'ont rappelée ?

Elle baisse les yeux, évitant de croiser mon regard.

— Il n'y avait personne chez toi, me répond-elle. Et zéro trace d'une quelconque effraction. Les portes et fenêtres étaient toutes fermées. Ils m'ont demandé si quelqu'un d'autre que Martin et toi aurait accès à votre maison. Avez-vous donné un double des clés à quelqu'un ?

— Eh bien, à toi, cela va sans dire. Aux parents de Martin. Et à la femme de ménage. Je pense que c'est tout.

Je fouille dans ma mémoire. Est-ce que Martin aurait donné un jeu de clés à Jim pendant les travaux de rénovation ? De toute façon, ça ne peut pas être lui, puisqu'il se trouve également à Londres – du moins c'est ce qui m'a été dit. On a bien deux ou trois doubles supplémentaires, mais je suis quasi certaine qu'ils sont toujours dans le tiroir de la cuisine où on les range habituellement. Alors que j'essaie de passer en revue tous les scénarios possibles, je me rends compte que maman est en train de se tordre les mains et qu'elle paraît au bord des larmes. Inquiète, je l'interroge :

— Que se passe-t-il, maman ?

En temps normal, ma mère n'est pas du genre à craquer.

— Eli, je suis tellement confuse. Je crois que c'est ma faute.

C'est absurde, de quoi peut-elle bien me parler ? Je lui adresse un regard perplexe.

— Ne dis pas de bêtises, dis-je.

— Les policiers m'ont dit que le système de surveillance avait été désactivé.

— J'étais pourtant certaine..., répliquai-je en essayant de me souvenir.

Je me revois en train d'attraper mon sac, mes clés. Ensuite je suis passée par la cuisine pour prendre mes cachets. Au moment où je composais le code de sécurité, maman m'a dit qu'elle avait besoin de faire un dernier petit pipi. Dehors, il pleuvait fort, et la portière de ma voiture était ouverte. Ai-je attendu maman avant de sortir pour la fermer ? Ai-je fini de taper le code ? Lui ai-je demandé de le faire puis de claquer la porte en sortant ?

— Oui, tu me l'as demandé, me répond-elle, le visage rouge et les yeux noyés de larmes. Je n'ai pas dû appuyer sur les bons boutons. Je pensais avoir activé l'alarme, mais j'ai dû me tromper. Je ne suis pas habituée à ces choses-là. Je suis vraiment désolée. C'est ma faute.

Elle a l'air si malheureuse que j'ai du mal à lui en vouloir.

— Ce n'est pas grave, maman.

— Mais si, c'est grave, Eli. Quelqu'un est entré chez toi. Après ce qui est arrivé à la fenêtre, j'ai permis à quelqu'un de pénétrer chez toi. Va savoir ce qu'ils auraient pu faire.

– Mais ils n'ont rien fait, maman, dis-je en essayant de maîtriser ma propre angoisse. En voyant que ma voiture n'était pas là, ils ont dû penser que la voie était libre.

Je m'efforce de ne pas songer à ce qui aurait pu se produire si j'avais été à la maison. M'auraient-ils laissé une nouvelle lettre anonyme ? Se seraient-ils servi un verre ? S'en seraient-ils pris à moi ? Jusqu'où iront-ils ?

– Mais, si…, reprend maman.

– Ce n'est pas avec des « si » qu'on refait le monde. N'est-ce pas ce que tu me disais ? On doit se concentrer sur les faits réels.

Eli

Cette nuit-là, maman dort avec moi. Sa présence familière à mes côtés est rassurante, tout comme le fait de me réveiller avec les sons qui ont bercé mon enfance : la rumeur sourde de la circulation ; le vrombissement des vieux radiateurs ; la pluie qui cogne aux vitres.

Je connais les moindres craquements de cette maison comme si c'étaient les paroles de ma chanson favorite. Ici, je suis en sécurité.

J'ai fait des rêves confus, cette nuit. J'avais l'impression de chercher quelque chose, en vain. Quand j'étais sur le point de le trouver, ça m'amenait à chercher autre chose, encore plus inatteignable. Voilà plusieurs heures que je ne dors que par intermittence, réveillée par le poids de l'angoisse.

Avec maman, nous avions prévu d'aller faire du shopping aujourd'hui : promenade jusqu'à Victoria Square, tournée des boutiques pour bébés et, pour finir, déjeuner dans un petit resto sympathique.

Notre programme paraît désormais bien compromis. Je n'ai ni l'énergie ni la motivation pour faire des courses. Je ne vais pas feindre l'enthousiasme alors que je suis toujours sonnée.

Je devrais en profiter pour appeler Martin, même s'il est déjà probablement sur son chantier. Bien sûr, au fond, je me fiche qu'il soit déjà sur son chantier. Après tout, pourquoi aurait-il le droit de rester dans sa bulle alors que je suis en train de sombrer ?

Mais une fois de plus, je refuse de me donner en spectacle ; hors de question de lui faire une scène au téléphone. Je sais que je ne pourrais pas m'empêcher de pleurer et de lui hurler dessus, mon angoisse ne demandant qu'à s'exprimer.

Je pourrais demander à maman de l'appeler, quand elle sera réveillée.

Aux gargouillis de mon ventre, je réalise que j'ai faim. J'ai besoin de manger quelque chose et aussi de me dégourdir les jambes. Je m'extrais donc du lit aussi discrètement que possible, puis m'habille et descends à la cuisine.

Tandis que je me fais un thé en grignotant un *digestif*, je passe à nouveau en revue les divers noms et scénarios envisagés la veille, cherchant à me rappeler tous ceux qui sont – ou ont été – en possession de nos clés, ainsi que toutes les femmes gravitant dans l'entourage de Martin et dont je devrais me méfier. Non pas que je connaisse toutes les femmes ayant croisé son chemin, bien entendu.

J'envisage même un instant de réserver un vol pour Londres afin d'aller lui poser mes questions en face. Mais prendre l'avion à ce stade de ma grossesse et dans mon état de fatigue nerveuse n'est pas forcément une très bonne idée. En fait, il faut que je sorte. Que je prenne l'air, et aussi un peu de recul, si possible. Je vais faire le tour du pâté de maisons, ça devrait suffire.

J'enfile mon manteau et prends mon portefeuille et mes clés.

*

Une fois dehors, accueillie par l'humidité matinale typique de Belfast, je regrette vite mon idée de promenade. Le visage dégoulinant de pluie, je songe à retourner à l'appartement quand j'aperçois la boulangerie Kitty's Kitchen, dont la gérante est une ancienne camarade de classe.

Je réalise alors que je ne l'ai pas vue depuis une éternité. Elle me manque beaucoup. Inséparables durant toute notre adolescence, nous ne pensions pas nous éloigner un jour l'une de l'autre. Contrairement à ceux qui pensent que Facebook permet aux gens de rester en contact, je considère que ce n'est qu'une illusion, entretenue par le fait que le réseau nous donne un aperçu furtif de la vie des autres.

Je décide donc de passer à l'improviste, sans me soucier de mon air de rat mouillé. J'ai trop besoin de voir une amie. En poussant la porte d'entrée, je suis immédiatement assaillie par une vague de chaleur, ainsi que par l'odeur du pain frais et des pâtisseries.

Kate est derrière le comptoir. Cheveux bruns attachés en queue-de-cheval. Tablier rouge vif. Un sourire pour accueillir chaque client. Je sais qu'elle aussi est maman. À ma grande honte, je ne connais toujours pas son bébé – qui n'en est plus vraiment un aujourd'hui, puisqu'il doit avoir deux ou trois ans.

Mon embarras est tel que je suis sur le point de faire demi-tour, mais j'entends Kate qui m'appelle depuis son comptoir en m'adressant le même large sourire que celui dont elle gratifiait le client à mon arrivée.

— Eli ! Si je m'attendais à te voir ici ! Ça fait un bail, me lance-t-elle d'une voix enjouée avant d'annoncer à ses vendeurs qu'elle s'octroie quelques minutes de pause.

On ne tarde pas à tomber dans les bras l'une de l'autre. Je la préviens que je suis trempée et qu'elle risque de finir dans le même état que moi, mais elle s'en amuse :

— Je ne suis pas en sucre, je ne vais pas fondre. Je suis super contente de te voir. Tu as l'air en forme.

J'accepte le compliment, tout en sachant qu'elle me ment.

— Disons que pour une femme enceinte sans maquillage et coiffée comme un épouvantail, j'ai sûrement l'air en forme, dis-je avec un sourire.

— Même en te donnant beaucoup de mal, tu n'arriveras jamais à être moche. Viens, me dit-elle en me guidant jusqu'à une table près de la fenêtre. Assieds-toi. Qu'est-ce que je te sers : thé, café, péridurale ?

Son humour me fait chaud au cœur.

— Tu sais quoi, Kate ? J'ai juste envie de profiter de ta compagnie. Je rends visite à maman quelques jours et j'ai besoin de prendre un peu l'air.

— Eh bien, je suis ravie de te voir, me dit Kate en serrant mes mains dans les siennes.

En regardant son visage radieux et bienveillant, je mesure à quel point notre amitié m'a manqué.

— Excuse-moi de ne pas être passée te voir plus tôt. Comment va ton petit bout ?

Elle me sourit et sort son portable de sa poche.

— C'est un vrai petit tyran mais je ne voudrais surtout pas qu'il en soit autrement. Avec lui, je suis toujours sur la brèche.

Elle me tend son téléphone et j'y vois la photo d'un garçonnet tout sourire, barbouillé de glace. Il a l'air aussi heureux que Kate en est fière.

— Garçon ou fille ? me demande-t-elle en indiquant mon ventre de la tête.

— Fille, dis-je en souriant.

Mon sourire est sincère, voire spontané, ce qui me surprend agréablement.

— Ah, tu vas avoir une petite puce ! C'est formidable : une fille, c'est toujours un peu différent. Regarde comme vous êtes proches, toi et ta maman.

Je souris à nouveau, puis je repense à maman, en train de dormir. Je réalise que je ne lui ai même pas laissé un mot pour lui dire que j'étais sortie. Elle risque de se faire du souci en ne me trouvant pas à son réveil.

— D'ailleurs, je ferais bien d'y aller, dis-je. Elle va s'inquiéter.

Kate prend à nouveau mes mains dans les siennes.

— Je voulais te demander : est-ce que tout va bien, Eli ? Tu as l'air toute chose.

Je rêverais de pouvoir prendre le temps de tout lui raconter. Que quelqu'un nous harcèle. Que Martin me trompe peut-être. Que je ne cesse de penser aux femmes de notre entourage en me demandant si je connais sa maîtresse. Je voudrais lui parler du message anonyme avec la photo du verre de whisky – mais je ne peux m'y résoudre.

— Ça va, dis-je avec un sourire. Ça m'a vraiment fait plaisir de te revoir.

— Prends mon numéro de téléphone, au cas où tu aurais envie de discuter, un de ces jours.

J'acquiesce d'un signe de tête et sors mon téléphone pour y entrer son numéro, puis je lui donne le mien.

— Tu sais que tu peux compter sur moi, insiste-t-elle – avec tant de bienveillance que je dois vraiment prendre sur moi pour ne pas fondre en larmes et ne pas me ridiculiser.

Louise

Je t'aime. La phrase la plus simple du monde. Combien de fois l'ai-je dite au cours de ma vie ? À mes parents. À mes grands-parents. À mes amants. À mon mari. Au petit corps froid et silencieux du bébé reposant dans mes bras.

Je me demande combien de fois j'ai prononcé ces mots en les pensant. En les pensant pour de vrai. Combien de fois les ai-je dits en pesant chacun d'entre eux, en ayant l'impression que les dire ne suffisait pas car ils ne parviendraient pas à décrire mon sentiment profond ? Je les avais si souvent prononcés machinalement. Sans y songer. Comme ces prières qu'on récite à la messe, emporté par le rythme des mots :

Le Seigneur soit avec vous.

Et avec votre esprit.

Des mots scandés depuis la nuit des temps.

« Je t'aime. »

« Moi aussi, je t'aime. »

Dès la première fois où j'avais dit « je t'aime » à Peter, au bout de trois mois de relation, j'avais été sûre de moi. Mais ce n'est qu'au bout de quelques mois que j'avais ressenti avec force toute la signification de ces mots. Elle m'avait submergée.

Aimer.

Aimer à en avoir le cœur qui déborde.

C'était terrifiant comme expérience.

Je me sentais tellement vulnérable.

Dire « je t'aime », aimer pour de vrai, sentir que c'est la chose la plus intense qui vous soit donnée de vivre, c'est aussi s'abandonner. Se rendre vulnérable.

Pour moi, « je t'aime » voulait aussi dire « je te vois tel que tu es vraiment ». Et j'aime ce que je vois. J'aime passer du temps avec toi. Tu me rends heureuse. Je veux que tu partages ma vie.

J'ai besoin de toi dans ma vie.

Je t'en prie, ne me quitte pas.

Je t'en prie, ne me fais pas de mal.

Je t'en prie, ne me brise pas le cœur.

Peter ne m'avait pas brisé le cœur. Mon cœur s'était brisé quand le bébé avait cessé de respirer. Dès lors, le reste n'avait plus eu aucune importance.

L'amour non plus, il va sans dire. L'amour était aussi cruel que fugace. Une chose était certaine : rien ni personne ne me ferait plus jamais connaître l'amour.

Sauf ce bébé. *Mon* bébé. C'est pourquoi j'avais besoin d'elle, voyez-vous. Après tout, n'étais-je pas en droit de croire à nouveau en l'amour ?

Et en les observant, c'étaient les premiers élans de l'amour que j'avais ressentis. C'était par amour que je rôdais autour de leur maison, tapie dans l'ombre. À l'affût. C'était l'amour pour mon bébé qui me guidait, mais aussi l'amour de Dieu, qui répondait à mes prières et me donnait la patience d'attendre – même si cette dernière commençait à s'amenuiser.

C'était aussi l'amour qui m'avait conduite jusqu'à ce magasin où je regardais les peluches. Il y avait un ourson portant un foulard rouge sur lequel avait été brodé un cœur. Je regardai autour de moi pour vérifier que je ne connaissais personne parmi les clients. Je ne tenais pas à être vue en train d'acheter ça, et que les gens se posent des questions. Il ne fallait pas qu'ils sachent que c'était pour mon bébé. Le premier cadeau que je lui offrirais. J'espérais qu'elle conserverait ce nounours pour la vie, jusqu'à ce que son pelage soit usé jusqu'à la corde et son rembourrage raplapla. J'espérais qu'à chaque fois qu'elle le regarderait, elle se souviendrait que l'amour pouvait être pur. Je savais déjà que je ne lui ferais jamais aucun mal. Et vice versa. Au contraire, elle serait ma guérison.

Je pris l'ourson avant de rejoindre la caisse. Je souris à la caissière. Oui, c'était un adorable nounours, acquiesçai-je. Je pris le sac dans lequel elle l'avait glissé et rentrai chez moi, où je le rangeai dans l'une des boîtes que j'avais préparées en prévision du déménagement dans notre nouvelle maison.

J'avais déjà une visite de prévue.

Rien d'exceptionnel. Aucun rapport avec la maison où nous avions vécu avec Peter, et où j'avais toujours pensé que nous élèverions nos enfants. Mais je n'avais pas besoin de vivre dans un endroit exceptionnel. J'avais seulement besoin d'avoir un bébé.

Ce ne serait plus très long.

Avec chaque jour qui passait nous nous rapprochions l'une de l'autre.

Eli

Martin m'appelle au cours de l'après-midi. Dans sa voix, le stress est perceptible. Il se lance dans un monologue à propos de la pression qu'il subit au sujet de la grosse réunion du lendemain matin, portant sur la progression du chantier et la possibilité d'un nouveau projet.

Je l'écoute, attendant le moment où il me demandera comment je vais, ce qui finit par arriver après plusieurs minutes de développement sur son travail. Je voudrais lui dire que ça ne va pas, lui parler du texto, lui demander s'il a donné un double de nos clés à quelqu'un. Mais il a tellement l'air stressé par sa réunion que je n'ai pas envie d'en rajouter une couche. D'autant qu'on se verra demain, de toute façon.

Quand j'ai raccroché, je vois maman me lancer un regard noir. Je savais qu'elle ne serait pas contente.

— Mais enfin, Eliana, pourquoi ne lui as-tu pas parlé du texto ?

— Ça peut attendre demain, quand on se verra. Je préfère lui parler face à face. Il a une grosse réunion demain matin ; je ne voudrais pas que ça le perturbe.

— Tu lui passes beaucoup trop de choses. Comme toujours. Et après, tu t'étonnes de le voir agir comme il le fait ?

— On n'a aucune certitude pour l'instant, dis-je, sur la défensive.

Je sais très bien que je me raconte des histoires, et que je suis dans un déni total devant ce qui est gros comme une maison. Mais je m'en moque. Je suis bien trop fatiguée pour lutter.

— Si ça ressemble à un canard, si ça nage comme un canard et si ça cancane comme un canard, il y a quand même de fortes chances pour que ce soit un canard, continue-t-elle pour enfoncer le clou. Excuse-moi d'être un peu directe, ma chérie, mais il serait temps que tu acceptes l'idée qu'il n'est peut-être pas celui que tu crois.

Je me retiens de lui hurler que je refuse de l'envisager. Pourtant j'en meurs d'envie. J'ai trop envie que ça sorte.

*

Avec maman, on se tourne autour comme chien et chat toute la soirée. Elle est fâchée contre moi, considérant que je laisse Martin s'en tirer à bon compte, et qu'on se fiche qu'il rate ou non sa grosse réunion. Après tout, il l'aurait bien mérité.

Je me couche tôt, vers 21 heures, en espérant vite trouver le sommeil. Au lieu de cela, je me tourne et me retourne dans mon lit toute la nuit. Quand arrive le matin, j'ai la migraine. Malgré tout l'amour que j'ai pour ma mère, je ne tiens pas à avoir une nouvelle discussion avec elle. Je vais donc me lever, m'habiller et rentrer chez moi.

Martin ayant prévu de rentrer en milieu d'après-midi, je compte être à la maison avant lui. Il faut que j'informe le brigadier Dawson de l'intrusion et du message que j'ai reçu. Je vais appeler le commissariat pour savoir s'il est de service et si je peux venir lui parler. Il aura plus de mal à se débarrasser de moi si je le vois en tête à tête.

J'ai besoin d'être en possession d'un maximum d'informations avant de parler avec Martin. Il faut que je sache si la police peut localiser le message que j'ai reçu. Je pourrai ensuite le confronter à ce que je sais.

Confronter. Avec ce mot tout est dit. Car ce sera bien une confrontation. Et probablement très difficile. Il me répétera les mêmes choses que samedi et tentera de me convaincre que je suis la femme de sa vie.

J'ai bien sûr envie de le croire, car ce serait plus simple de tout mettre sur le compte d'un individu revanchard déterminé à semer la discorde. Quelqu'un qui lui en voudrait, ou à moi, ou bien qui n'aurait rien de mieux à faire. Nous pourrions alors reprendre le cours de nos vies normalement et oublier ces lettres anonymes minables, en espérant que leur auteur se lasse ou commette une boulette qui permettrait à la police de remonter jusqu'à lui.

L'autre possibilité étant que Martin avoue l'existence d'une part de vérité dans tout ça. Je me retrouverais dans ce cas au bord du gouffre, face à des décisions difficiles à prendre. Il pourrait très bien m'annoncer être tombé amoureux de quelqu'un d'autre. La femme de ménage. Sa secrétaire. Une cliente. Ou même Rachel.

Ou alors il prendrait lui-même l'initiative.

Il nous faudrait décider qui de nous deux aurait à déménager – à moins qu'on ne déménage tous les deux. Cela dit, c'est sûrement moi qui devrais partir, dans la mesure où c'est surtout sa maison. Certes nous l'avons achetée ensemble, mais c'est lui qui en a fait ce qu'elle est aujourd'hui.

J'entends déjà mes amis et collègues chuchoter sur mon passage – « la pauvre, trompée par son mari alors qu'elle était enceinte ». Et il y aura les regards à la dérobée tournés vers ma main gauche, pour voir si je porte toujours mon alliance. Se posera, enfin, la question de la garde – tel week-end ou telles vacances – de l'enfant que nous avons eu ensemble.

Rien que d'y penser, j'en ai l'estomac noué.

Eli

Le retour à Derry en voiture est difficile. L'absence d'autoroute entre les deux grandes villes d'Irlande du Nord – et même ne serait-ce que d'une quatre-voies – rend souvent le voyage laborieux. Aujourd'hui, le trajet est particulièrement exaspérant dans la mesure où, entre Toome et Drumahoe, je me retrouve coincée derrière une succession de tracteurs, conducteurs ultra-prudents et autres véhicules lents.

Sans parler des embouteillages et travaux habituels.

Au moment où j'atteins les hauteurs du quartier de Waterside, à Derry, derrière l'hôpital Altnagelvin, j'ai une envie pressante et suis d'une humeur exécrable. Tout ce que je voudrais, c'est rentrer à la maison pour me glisser sous la couette – mais en chemin, j'ai appelé le commissariat du Service de police d'Irlande du Nord (PSNI) du Waterside et j'ai réussi à prendre rendez-vous avec le brigadier Dawson en personne.

Une policière très polie m'a cependant mise en garde au téléphone : il y a très peu de chances qu'ils puissent remonter jusqu'à l'expéditeur du SMS, mais ils le conserveront néanmoins comme pièce à conviction.

— Il existe des sites web dédiés à l'envoi de messages anonymes. Nous faisons de notre mieux pour nous mettre à jour sur ces nouvelles technologies, mais c'est un fait : quand un individu veut se faire menaçant, il finit toujours par trouver le moyen d'y arriver. Mais pourquoi les entreprises de technologie autorisent-elles qu'on utilise leurs programmes pour de tels usages ? Là, ça me dépasse, m'a-t-elle dit, anéantissant mes espoirs d'une résolution rapide de ce mystère.

Je suis presque arrivée au commissariat lorsque mon portable se met à sonner. C'est le travail. Je ne peux pas ne pas prendre l'appel. Si on m'appelle un jour de repos, c'est qu'il y a une bonne raison.

— Eli ?

La voix de Rachel résonne dans la voiture grâce au kit mains-libres.

— Oui, c'est moi. Qu'est-ce que je peux faire pour toi ?

— Crois-tu que tu pourrais venir en renfort ce soir ? Ça m'ennuie vraiment de te le demander, mais Margaret a attrapé la grippe. Ne te sens pas obligée, si tu ne peux vraiment pas, on peut toujours faire appel à une remplaçante, mais tu connais nos problèmes de budget… On s'arrangera ensuite avec le planning pour que tu récupères ces heures.

Je pense à mon état de fatigue avancé. Au fait que je dois absolument parler à Martin. Et à mon dos en compote après ce long trajet en voiture. Mais je sais aussi que Rachel ne m'aurait jamais appelée si elle n'était pas coincée.

Vu ma fatigue et mon moral, peut-être que ça me fera du bien d'y aller. Le travail a toujours eu la faculté de m'aider à prendre du recul.

— Je peux être là pour 19 heures, si ça te va, m'entends-je lui dire.

— Tu me sauves la vie, répond Rachel. Eli, un grand merci. Je suis également en renfort ce soir, donc je te dis à tout à l'heure. J'espère au moins que tu as bien profité de tes jours de congé.

Je suis à deux doigts d'éclater de rire.

*

Mon passage au commissariat se révèle aussi frustrant que je l'avais imaginé.

— Sans preuve d'effraction, on ne peut pas faire grand-chose, même avec ce message, m'explique le brigadier Dawson.

Il a le visage sérieux, toujours autant de cernes sous les yeux, et m'écoute avec une certaine indifférence.

— Mais ce message est bien la preuve qu'il y a eu effraction. Ce n'est pas moi qui ai pris cette photo. Et mon mari se trouve en Angleterre.

— Se pourrait-il que ce soit une vieille photo ? prise par un invité ? La plupart du temps, dans ce genre de situations, on a affaire à une personne rancunière appartenant à l'entourage de la victime. C'est peut-être une mauvaise blague qui aurait dérapé. Je vous conseillerais de contacter tous ceux qui ont un double de vos clés.

— En admettant que celui qui a fait ça ait un double de nos clés, je doute fort qu'il l'avoue. Et s'il s'agit d'une blague, alors ce n'est vraiment pas mon style d'humour. (Je ressens une douleur lancinante au niveau des tempes.) La police scientifique n'a pas trouvé d'indices ? comme des empreintes, ou autres ?

— Rien de concluant pour l'instant. Les seules empreintes digitales que nous ayons identifiées avec certitude sont les vôtres, celles de votre mari et celles de votre mère. On en a encore quelques-unes à vérifier mais elles ne figurent pas dans notre base de données. Elles appartiennent peut-être à quelqu'un ayant accès à votre domicile. Vous nous aviez dit avoir une femme de ménage.

C'est le cas en effet. Caroline, qui vient une fois par semaine. Je pourrais éventuellement lui demander de donner ses empreintes digitales à la police. Je ne sais pas trop comment elle réagira.

À part elle, on ne peut pas dire que nous recevions beaucoup de visites ces temps-ci. Les choses n'ont pas toujours été ainsi. Mais ça, c'était avant ma grossesse, quand je n'étais pas la rabat-joie constamment malade que je suis devenue. Les seules personnes dont je suis certaine qu'elles sont venues chez nous récemment sont Jim, l'associé de Martin, et Rachel.

Je donne au brigadier Dawson les coordonnées de Caroline, tout en le priant de me laisser lui parler en premier. Puis je lui demande ce qui se passera s'ils ne trouvent aucun indice concluant.

Il hausse les épaules.

— Sans preuves, il n'y a pas grand-chose qu'on puisse faire.

— Les caméras de surveillance n'ont rien donné ?

— Aucune caméra n'est assez proche de votre maison pour fournir autre chose que de simples présomptions. Si votre maman se souvenait du moindre détail concernant le véhicule qu'elle a aperçu, ça nous serait d'une grande aide.

Mais je sais que ce n'est pas le cas. Il faisait nuit et elle était paniquée. Elle n'a rien vu d'autre que la lumière de phares avant.

— Je suis bien conscient du caractère anxiogène de tout ça. Croyez-moi, nous ne refermons pas le dossier, dit le brigadier Dawson.

Que fallait-il encore qu'il se produise pour qu'ils ne se contentent pas de ne pas refermer le dossier et passent à la vitesse supérieure ?

— Est-ce que vous pourriez intensifier les rondes dans notre secteur, histoire de garder un œil sur la maison ?

Nouveau haussement d'épaules.

— On peut vous envoyer une patrouille de temps en temps, mais encore une fois, sur un plan opérationnel, je ne suis pas sûr que ce soit envisageable. Bien entendu, en cas de nouvel incident, nous réexaminerons la situation. En attendant, mon conseil serait que vous reparliez à votre mari. Et, bien sûr, si vous vous sentez en danger, n'hésitez pas à appeler Police-Secours. Votre numéro a été enregistré, de sorte que votre appel sera traité en priorité.

J'ai l'impression qu'il récite son texte. Il n'a pas l'air de se rendre compte que cette histoire sème la pagaille dans ma vie. En fait, je suis à peu près certaine qu'il pense que je joue merveilleusement bien les hystériques.

— Vous devriez essayer de remettre les choses dans leur contexte, reprend-il. La seule chose dont nous soyons sûrs, c'est que quelqu'un semble vouloir vous faire savoir que votre mari est susceptible d'avoir une liaison. L'impression que j'ai, c'est que ce quelqu'un est l'un de vos amis.

Il me semble déceler une pointe d'ironie dans sa voix. Comme si ce n'était pas la première fois qu'il voyait une femme se bercer d'illusions en essayant d'expliquer un comportement suspect en niant l'évidence.

Je suppose que je pourrais tenter de le convaincre d'en faire un peu plus, mais à le voir regarder derrière lui, impatient de retourner à son bureau, je me dis que ça ne servirait sûrement pas à grand-chose.

Abattue, je prends congé. Il me promet de revenir vers moi si de nouveaux éléments survenaient. À mon avis, je ne suis pas près d'avoir de ses nouvelles.

*

J'arrive à la maison vingt minutes avant l'heure où Martin est censé rentrer.

Ce n'est plus ce havre de paix où je me sentais si en sécurité. En apparence rien n'a changé, mais plus rien n'est pareil. J'éprouve un sentiment de violation. Violation de notre domicile, de notre mariage, de nos vies. Je reste dans la voiture quelques minutes, en respirant profondément pour tenter de me calmer, puis je me résous à entrer. À première vue, je ne remarque rien d'anormal. Pas de verre à whisky dans la chambre. Aucun verre manquant dans le placard. Je ne tiens pas un état des lieux suffisamment précis de nos réserves de spiritueux pour savoir si la bouteille de whisky en contient moins qu'avant, mais globalement, tout dans la maison me semble dans l'état où je l'ai laissé.

Je ne ressens même pas la présence récente de quelqu'un – cette fameuse *aura*. L'idée vous paraît un peu surréaliste ? Au centre, nous croyons à ce genre de choses, voyez-vous. Nous pensons que les gens, morts ou vivants, laissent derrière eux une présence. C'est une forme de religion comme une autre. Je crois aux esprits.

Peut-être que Dawson, malgré son absence de charme et ses valises sous les yeux, a raison. Peut-être s'agissait-il d'une vieille photo. J'essaie d'imaginer à quel moment précis elle aurait pu être prise.

Notre dernière grosse fête prégrossesse remonte au Jour de l'An. Est-ce que la photo date de cette soirée ? Ou d'un autre moment au cours duquel un invité aurait eu l'occasion de se retrouver chez nous ? Dans notre chambre. Dans notre lit. Ou alors, tout simplement, en mon absence.

Je passe un coup de fil rapide à Caroline pour l'informer que la police risque de la contacter. Je la sens contrariée, aussi je la rassure à plusieurs reprises sur le fait que ni moi ni Martin ne songeons un instant qu'elle puisse être mêlée aux récents événements. Encore qu'à ce stade, on ne saurait jurer de rien. Chacun est un suspect potentiel. Après avoir raccroché, je me sens mal à l'aise : je sais déjà qu'elle ne tardera pas à nous donner son congé.

Arrivant à point nommé, j'entends la voiture de Martin qui se gare dans l'allée de gravier menant au garage. Soudain désarçonnée, tant physiquement qu'émotionnellement, je suis à nouveau prise de panique. Entre fuite et lutte, à tout choisir, je choisirais sans hésiter la fuite.

Je me cale au bord du lit et me concentre sur ma respiration, intimant l'ordre à mes jambes de rester immobiles. Surtout ne pas courir. Ne pas fuir. Se contenter de survivre à ce moment.

J'entends la porte d'entrée s'ouvrir et un « Coucou ! » joyeux et sonore retentir dans le hall. Le bruit de ses pas se rapprochant, il se lance dans un monologue m'informant que la réunion n'aurait pu mieux se passer et que ses associés londoniens sont ravis de son travail. Il m'offre un bouquet de fleurs. À l'évidence, il s'est arrêté en chemin chez Marks & Spencer et a choisi les plus belles du magasin. Il est en grande forme. Le problème lié à la restructuration de la maison de retraite a été résolu, de façon à satisfaire toutes les parties. On les a encouragés à participer à l'appel d'offres pour le deuxième projet.

Je me force à sourire, d'un sourire si factice que je suis sûre qu'il ne sera pas dupe.

— C'est super, dis-je alors qu'il entre dans la chambre. Je suis vraiment contente pour toi. Et pour Jim aussi, bien sûr. Vous avez tellement bossé.

Je le supplie mentalement de ne pas s'approcher de moi. Pas tout de suite. Mes talents de comédienne ont leurs limites, et là, je me sens incapable de feindre la tendresse à son égard.

J'ai encore en tête l'air cynique de Dawson. « Je crois vraiment que vous devriez reparler à votre mari. »

— On va fêter ça, dit Martin en enlevant sa cravate avant de la jeter par terre.

Sur quoi il s'approche de moi, bras grands ouverts. Mais je ne veux pas qu'il me touche. Je ne veux pas sentir sa peau contre la mienne. Je ne veux pas sentir son souffle dans mon oreille, et encore moins entendre le son de sa voix ou sentir son odeur.

— Oui, bien sûr, dis-je en me levant pour aller prendre ma tenue de travail dans la penderie. Mais malheureusement, pas ce soir. On m'a appelée en renfort. Ils étaient complètement coincés.

Je le vois se décomposer.

— Et moi qui pensais qu'on allait passer une bonne soirée en amoureux ! Surtout après le week-end que nous avons eu…

— Moi aussi, dis-je en mentant. Mais je ne pouvais vraiment pas dire non. On se rattrapera, promis.

J'ajoute que j'ai besoin d'une douche rapide, et me faufile dans la salle de bains attenante en l'esquivant. Après avoir fermé le loquet au cas où lui prendrait l'envie de me suivre, je fais couler l'eau pour ne pas entendre ce qu'il me répond, et pour qu'il ne puisse percevoir le tremblement dans ma voix quand je lui dis que nous parlerons à mon retour.

Louise

Bien sûr, je savais que tout le monde n'approuverait pas ma façon de procéder. Mais ceux qui y trouveraient à redire avaient probablement eu des vies parfaitement normales et n'avaient pas traversé les mêmes tragédies que moi.

Moi aussi j'avais vécu cette vie-là. Une vie parfaite, avec un mari, une maison, la certitude que mon existence me mènerait là où je l'aurais décidé. Mon mari avait son travail, et le mien était de m'occuper de la maison. De fonder une famille.

Mais mon corps nous avait trahis.

C'était tellement injuste. Injuste et cruel. Peu de femmes avaient le même désir d'enfant que moi. J'avais des amies qui s'étaient « rendues en Angleterre pour se sortir d'une situation délicate ». Elles avaient mis un terme à des grossesses parfaitement viables au seul motif que ça n'arrivait pas au bon moment pour elles. Des meurtrières égoïstes et sans pitié, voilà ce qu'elles étaient.

J'avais essayé de faire preuve de pardon et de compréhension à leur égard – en vain.

Y auraient-elles réfléchi à deux fois si elles avaient su ce que je savais ? Que rien n'est acquis d'avance, et surtout pas les fins heureuses.

Il faut parfois s'en inventer une soi-même, de fin heureuse. Quitte à forcer le destin par des moyens détournés. Ça ne fait pas de moi une mauvaise personne.

Je n'avais jamais fait de mal à quiconque. J'avais toujours bien agi. Toujours respecté les règles. Je continuais à aller à la messe toutes les semaines, et ce bien que je ne comprenne pas pourquoi mon Dieu me traitait de la sorte. Mais j'avais fini par comprendre qu'Il avait d'autres desseins pour moi.

J'avais eu une belle vie. Ce bébé, je pouvais faire en sorte de lui donner une belle vie aussi, faite d'amour, de bonheur, et de foi. J'en étais convaincue. C'était ma mission sur cette terre.

Il me fallait cependant rester prudente, me préserver d'actions et de pensées coupables. Dieu m'en aurait punie. Il ne manquerait pas de me la reprendre si je cédais à la tentation.

Ainsi, l'homme que j'avais devant moi était une tentation qui m'était envoyée pour me mettre à l'épreuve. C'était irrépressible. À chaque fois que je le voyais, l'attirance que je ressentais était plus forte. Pourtant je savais qu'Il était en train d'éprouver ma détermination. Je devais résister.

N'empêche, mon cœur s'était mis à battre plus fort quand je l'avais vu arriver chez lui alors que je me tenais en embuscade devant leur maison. Il était tellement beau, avec ses cheveux ébouriffés. L'espace d'un instant, je m'étais demandé s'il me trouverait à son goût. J'aurais tant aimé être à la place de sa femme – et le ramener chez moi. Je m'imaginais dans ses bras. Je l'imaginais en train de m'embrasser.

Je m'étais passé un doigt sur les lèvres. Voilà bien longtemps que personne ne m'avait embrassée. Une éternité que personne ne m'avait serrée dans ses bras, ni aimée.

Ç'aurait été si simple de céder à la tentation. Si simple et si bon.

Mais ç'aurait détruit tout ce que j'avais planifié.

Eli

Je pars au travail en avance, laissant Martin perplexe. Un immense soulagement s'empare de moi lorsque je traverse le parking pour rejoindre l'entrée du centre. Je suis ici dans ma zone de confort. Je sais ce que j'ai à y faire, et je le fais bien.

— Eli, je suis si contente de te voir, lance Rachel avec enthousiasme à mon arrivée.

Chargée d'une pile de dossiers, elle a l'air au bout du rouleau.

— Grosse journée ?

— Pire que ça. Deux patients sont décédés aujourd'hui, dont Nicola Flanagan. Pauvre petite. Comme tu l'imagines, ç'a été rude pour toute l'équipe.

J'accuse le coup. Nicola n'avait que vingt-six ans. Voilà trois ans qu'elle se battait contre un cancer du col de l'utérus. Même si nous la savions à un stade très avancé de la maladie, aucun d'entre nous ne s'attendait à la voir partir si tôt.

— Oh, mon Dieu, c'est arrivé bien vite.

— Beaucoup trop vite. Son état s'est détérioré à partir de samedi soir, et ça n'a fait qu'empirer depuis. La famille, comme tu l'imagines, est dévastée. L'équipe aussi.

J'ai une pensée pour sa mère. Elle s'efforçait toujours de rester souriante lors des séjours de Nicola au centre. J'ai beaucoup de peine pour elle. Quelle injustice… Subitement, je sens les larmes me monter aux yeux. Les gens s'imaginent toujours qu'on s'habitue, en travaillant ici. Mais parfois, c'est vraiment trop injuste. La vie me semble de plus en plus cruelle.

— Pauvre petite, dis-je en me hâtant d'essuyer mes larmes.

— Au moins, elle ne souffre plus. C'est déjà ça, répond Rachel.

Elle a l'air épuisée et semble pouvoir craquer elle aussi d'un moment à l'autre.

Je la serre dans mes bras et lui promets de lui ménager une pause à un moment ou à un autre au cours de la nuit.

— Pas de repos pour les braves, proteste-t-elle en souriant faiblement. Allez, on va y arriver. Je te briefe sur ce qu'on a à faire ?

— Ça marche, dis-je avant de la suivre jusqu'au bureau des infirmières.

— Tu sais que tu nous enlèves une sacrée épine du pied, en étant là ce soir. J'ai vraiment eu des scrupules à te demander de venir, vu que tu es enceinte jusqu'au yeux.

— Je serai bientôt en congé de maternité, alors tu fais bien de m'exploiter tant que c'est encore possible.

Je frémis rien qu'à l'idée de mon congé de maternité. Allez savoir à quoi ressemblera ma vie quand arrivera le bébé.

— Je ne sais pas ce qu'on fera sans toi. Surtout moi. Tu vas me manquer, Eli.

— J'espère bien que tu viendras me voir après la naissance. Tu es beaucoup plus calée que moi en matière de bébés. Il faudra aussi me rapporter les derniers potins, et me prêter ton épaule quand j'aurai besoin de pleurer un bon coup.

— Tu seras bien trop occupée à gagater devant ta puce pour penser à moi, dit-elle en s'asseyant. N'empêche, tu pourras compter sur moi si tu as besoin de moi, tu le sais.

— Merci.

Je me trouve bien sotte d'avoir envisagé, ne serait-ce qu'une seconde, qu'elle puisse avoir une aventure avec mon mari.

— Au fait, Eli, je ne sais pas si c'est le bon moment pour t'en parler, mais tu as reçu du courrier aujourd'hui.

Elle fouille dans la paperasse qu'elle avait entre les mains pour en extraire une enveloppe d'un blanc immaculé et libellée à mon nom, soigneusement écrit à la main.

— On dirait que c'est la même écriture que sur l'autre lettre, ajoute-t-elle, l'air inquiet. J'hésitais à te la donner, de crainte que ça te rajoute du stress, mais je me suis dit que tu devais la voir, au cas où il faudrait en parler à la police.

Je tiens l'enveloppe entre mes doigts comme si c'était une bombe à retardement. Je m'assois.

— Je suis désolée, dit Rachel.

— Tu n'y peux rien. Ce n'est pas comme si c'était toi qui l'avais postée.

J'ouvre l'enveloppe, d'où j'extrais une unique feuille blanche.

Il n'est pas le seul à te mentir.
Elle aussi se moque de toi dans ton dos.
Avec des amis comme elle,
qui aurait besoin d'ennemis ?

— Alors, ça dit quoi ?

En entendant la voix de Rachel, je lève les yeux vers elle. Elle a l'air très préoccupée.

Avec des amis comme elle...

C'est forcément d'elle dont parle la lettre. De qui d'autre pourrait-il s'agir ? Rachel est ma meilleure amie. Ma seule véritable amie. Nous avons passé tant de temps ensemble, tous les trois avec Martin. Quand elle a quelque chose à réparer chez elle, je lui envoie Martin, pour qu'il lui donne un coup de main. On l'a invitée pour le réveillon de Noël quand ses enfants étaient avec leur père. Jamais je n'aurais envisagé qu'en agissant ainsi je pouvais les faire se rapprocher l'un de l'autre. J'en suis malade.

J'ai envie de lui hurler dessus, de lui envoyer une paire de claques bien senties. Je suis à deux doigts de lui montrer la lettre et de lui demander des explications. Mais je pense aux patients qui ont besoin de nous. Une longue nuit de travail devant nous. Je concentre mon attention là-dessus, et ravale ma douleur, ma colère, mon sentiment de trahison. Une fois de plus.

C'est toujours la même chose.

Faire l'autruche. Avancer coûte que coûte. Sans faire de vagues.

Faire mine que tout va bien.

Et donc, je décide de mentir :

— Ça ne vient pas de la même personne, dis-je en me surprenant à parler d'une voix si calme. C'est juste la facture d'un truc que j'ai commandé pour Martin. Je l'ai fait livrer ici, pour lui faire la surprise.

À son regard, je vois qu'elle a compris que je lui mens. Qu'importe. Je me contrefiche désormais de ce qu'elle pense de moi. Je fourre la lettre au fond de mon sac et range ce dernier dans mon casier. Puis je lui demande de me faire un point sur nos patients.

Eli

Je m'efforce de me concentrer sur ce que m'explique Rachel. Mon travail doit maintenant être ma seule priorité. Nous avons actuellement cinq patients en accueil de jour, et quatre autres en phase terminale. On en attend un cinquième.

— Est-ce que Mme Doherty est là ?

— Elle est arrivée hier soir. Elle n'arrivait plus à s'en sortir seule chez elle. On l'a mise sous morphine et lévomépromazine par voie sous-cutanée. Comme elle était encore très agitée et très anxieuse, on lui a aussi donné 2 mg de midazolam SC pour l'aider à se reposer. Il va bientôt être l'heure de sa dose complémentaire. À mon avis, il n'y a pas de raison de l'annuler, à ce stade. Je pense que c'est bientôt la fin.

— A-t-elle de la famille ou des proches auprès d'elle ?

— Son fils est en route. Mais étant donné qu'il vient d'Angleterre, il n'arrivera pas avant demain matin. Une de ses voisines est bien passée, plus tôt dans la soirée, mais sinon, elle n'a eu aucune visite. Elle nous a demandé de ne pas trop forcer sur la sédation avant l'arrivée de son fils, mais bon, c'est un point que nous devrons réexaminer régulièrement au cours de la nuit.

Je lis les fiches de Rachel. Elle a déjà reçu une forte dose initiale de morphine et demande fréquemment des doses complémentaires. Cette patiente s'étant jusqu'ici très peu plainte de ses douleurs, je sais qu'elle doit maintenant beaucoup souffrir.

— On ne s'habituera jamais à la cruauté de cette maladie, n'est-ce pas ? me dit Rachel.

— Non, c'est vrai.

En même temps je me dis que ce n'est pas la seule cruauté de ce monde à laquelle on ne pourra jamais se préparer ni s'habituer.

Je finis de lire les fiches de suivi de patients puis me dépêche de quitter le bureau. Je souhaite prendre congé de Rachel au plus vite et l'éviter le plus possible.

Je me rends dans le couloir où se trouve la chambre de Mme Doherty et jette un coup d'œil à travers la lucarne vitrée de sa porte. Comme elle semble dormir, j'actionne délicatement la poignée et j'entre sans faire de bruit pour éviter de la déranger.

Même si la dernière fois que je l'ai vue remonte à moins d'un mois, lors d'un de ses passages en accueil de jour, je suis immédiatement frappée par la brutale dégradation de son état durant ces trois semaines. Elle a beaucoup maigri et sa peau s'est flétrie en prenant une teinte grisâtre, à l'exception des hématomes violet vif visibles sur ses mains, aux endroits où ont été posées les perfusions. Son visage s'est émacié et ses joues se sont creusées. Il ne fait malheureusement aucun doute que cette dame est désormais en fin de vie.

Ses cheveux, qu'elle avait été si fière d'avoir réussi à garder même au plus fort de son traitement, sont plaqués sur l'oreiller et sur le haut de son crâne. Elle qui était si élégante, je suis peinée de la voir privée de son maquillage, de son brushing, et même de son dentier d'un blanc éclatant qui lui donnait un sourire magnifique.

— Oh, Dotty, on vous a fait bien des misères, dis-je dans un murmure, tout en essayant de vérifier son rythme cardiaque et sa tension artérielle le plus délicatement possible.

Ses mains sont froides. Je tente de les réchauffer en les prenant dans les miennes, tout en veillant à ne pas les serrer trop fort. Il serait inutile de rajouter à ses souffrances. Je lui explique chacun de mes gestes à voix basse, comme si elle était consciente et pouvait m'entendre. N'oublions pas que même gravement malade, un patient a droit au respect de sa dignité.

Apercevant sa brosse sur la table de chevet, je décide de lui arranger un peu les cheveux. Certes je ne suis pas coiffeuse, et sa position ne me facilite pas la tâche, mais j'essaie tout de même de lui donner meilleure allure. Dans son sommeil, je la vois qui tente de se passer la langue sur les lèvres. Il est connu que la morphine peut occasionner chez certains patients une sensation de bouche sèche. Je trempe donc une éponge de soin buccal dans l'eau et tamponne délicatement l'intérieur de sa bouche pour l'humecter. Elle suçote aussitôt.

Après avoir vérifié de quand date sa dernière dose complémentaire d'antalgique, je note l'heure à laquelle quelqu'un devra passer la voir. J'espère avoir le temps de le faire moi-même. Je ressens le besoin d'être avec elle.

Je lui dis que je reviendrai la voir un peu plus tard, et la laisse dormir. Puis je regagne le bureau des infirmières, où je m'empresse d'envoyer un texto à ma mère pour lui dire que je l'aime. C'était toujours un peu tendu entre nous quand je l'ai quittée, ce matin, et je culpabilise encore plus après avoir vu Mme Doherty.

Comme à son habitude, ma mère répond dans les minutes qui suivent :

« Moi aussi je t'aime ma chérie. Comment vas-tu ? Est-ce que ça va avec Martin ? »

Je réponds que oui, en omettant le fait que je n'ai pas encore vraiment parlé à Martin. Et je ne fais surtout pas référence à la dernière missive du corbeau.

Elle me demande si elle peut m'appeler à la fin de son épisode de *Coronation Street*.

« Je fais un remplacement ce soir. Mais ça va. Ça me changera les idées. Ne t'inquiète pas. »

Quelques secondes à peine plus tard, la réponse s'affiche sur mon portable :

« Bien sûr que je suis inquiète. »

Et deux secondes plus tard, il sonne.

— Maman, tu sais bien que je suis au travail, dis-je en décrochant. Je ne peux pas trop parler.

— Je ne suis pas contente, Eliana. Et d'une, tu ferais mieux de te reposer au lieu de faire des heures sup'. Et de deux, tu devrais être chez toi en train d'essayer de comprendre ce que trafique Martin. Je sais que ce n'est pas facile. Je sais bien que tu l'aimes, ma chérie, mais tu ne peux pas faire l'autruche. Tu dois absolument savoir ce qu'il en est avant la naissance du bébé.

Je me masse les tempes et soupire. J'ai envie de pleurer. Mais je ne peux pas me permettre de craquer, pas maintenant. J'aurais trop peur de ne jamais réussir à me ressaisir après.

— Maman, ne t'en fais pas pour ce remplacement. Je n'aurais pas accepté si je ne m'étais pas sentie d'attaque. Je parlerai à Martin en rentrant. J'avais juste besoin d'un peu plus de temps pour me préparer psychologiquement. C'est dur, tu sais.

— Ne te laisse pas mener en bateau, Eli. Je t'aime trop pour le voir te faire du mal.

— Moi aussi je t'aime, maman, dis-je en sentant les larmes me monter aux yeux – non seulement à cause de ma propre situation, mais aussi du fait de ma conversation avec ma mère, et de tristesse pour cette pauvre Mme Doherty, seule dans sa chambre.

Louise

Personne ne s'étonna le moins du monde quand j'eus annoncé que je déménageais pour repartir à zéro. Personne n'essaya de m'en dissuader. Pas même mes parents – ce qui, je dois l'avouer, m'avait un peu peinée. Cela dit, j'imagine qu'ils étaient aussi soulagés de me voir prendre le large. J'étais peut-être prête à envisager une nouvelle vie, mais en vérité, la personne qu'ils connaissaient et aimaient avait disparu depuis longtemps.

Elle était en grande partie enterrée dans une tombe du cimetière communal.

Ils me dirent qu'un nouveau départ me ferait du bien. Que c'était « exactement ce qu'il me fallait », et que « ça me ferait du bien de m'éloigner des souvenirs ».

Ce qu'ils ignoraient, évidemment, c'est que cet au revoir était en réalité un adieu. Je me suis toujours demandé si ça les aurait dérangés de le savoir.

Ce nouveau départ devait être propre et net, et parfaitement organisé. En fait, j'avais oublié que je pouvais me montrer aussi organisée.

Je m'étais attelée très facilement aux préparatifs logistiques. Nouveau logement. Quand partir et comment y aller. Réussir à donner l'impression d'avoir disparu tout en restant à proximité. Où loger durant la période de transition en attendant la naissance du bébé, sans être vue par quiconque de mon ancienne vie.

La solitude finirait sûrement par me guetter, m'étais-je figuré.

Il m'avait donc fallu faire preuve de jugeote et me préserver de la solitude en m'autorisant à les espionner davantage. Sans jamais prendre de risques. Toujours à distance, à l'abri des regards. Telle une petite souris, je les avais observés mener leur vie. J'avais même fini par me persuader que, d'une certaine manière, j'en faisais partie. Ce qui était vrai, en quelque sorte.

Parfois je me demandais quelle aurait été la réaction du père si je lui avais donné le choix: partir avec moi pour que nous élevions le bébé ensemble, ou rester avec elle, en sachant qu'il ne reverrait jamais son enfant. Un père digne de ce nom fera forcément passer son enfant avant sa femme. Son sang avant son désir.

Je m'étais reproché d'avoir eu cette pensée. C'eût été mal. J'aurais commis un péché.

Le Sixième commandement dit: « Tu ne commettras pas d'adultère. » Mais étais-je concernée ? Après tout, ce n'était pas moi qui étais mariée. Mais n'aurais-je pas ainsi encouragé cet adultère ? Le pousser au péché m'aurait-il fait commettre un péché encore plus grand ?

Eli

Rien n'est pire qu'une nuit de garde mouvementée, hormis une nuit de garde trop calme. Les minutes paraissent des heures. J'avais espéré être suffisamment occupée pour ne pas croiser Rachel et ne pas avoir le temps de penser. À Rachel. À mon mari. Ou encore à Rachel *avec* mon mari. Mais la nuit est interminable et chaque minute paraît durer une heure.

Nos patients sont installés. Quelques-uns de leurs parents veillent sur eux dans leurs chambres, tandis que d'autres, assis dans la salle commune et munis d'une couverture, tentent de se reposer un peu, en évitant de s'endormir trop profondément, de crainte d'être réveillés par de mauvaises nouvelles. Le centre dispose de quelques chambres pour accueillir les visiteurs, mais nous avons remarqué que ces derniers souhaitaient rarement s'éloigner de leurs proches.

Plongé dans la pénombre, le centre n'est plus éclairé que par la lumière qui filtre des bureaux, les lampes de chevet des chambres et les stylos-lampes des infirmières, qui notent leurs observations en chuchotant aux patients ou à d'autres membres du personnel. Le silence n'est interrompu que par l'ouverture ou la fermeture d'une porte, le bip d'une pompe à perfusion, ou encore le tic-tac de l'horloge en salle de garde, inaudible pendant la journée.

J'attends désespérément qu'on vienne frapper à la porte, ou que mon bipeur ou le téléphone sonne. J'ai besoin de me distraire du chaos dans lequel est plongée ma vie, de m'évader de cette fatigue émotionnelle et physique qui menace de me faire sombrer durablement.

Je me lève, m'étire et décide d'arpenter les couloirs déserts. Le centre est situé en retrait de la route principale entrant à Derry depuis Donegal, avec le Foyle en contrebas. En regardant par la fenêtre, j'aperçois les lumières des maisons, de l'autre côté du fleuve, ainsi que des phares de voitures, qui me rappellent qu'en dépit de ce qui peut se passer en ce lieu singulier, la vie, ailleurs, continue comme si de rien n'était.

Mais en observant le paysage plongé dans les ténèbres, il est difficile d'échapper à la noirceur du monde. Postée devant la fenêtre, je songe au corbeau qui, en s'acharnant contre moi, semble déterminé à me faire peur, à me rendre folle, à détruire ma vie. Je n'ai bien sûr toujours aucune idée de qui cela peut être.

Prise d'un frisson, je serre un peu plus les pans de mon gilet sur mon uniforme avant de retourner dans le couloir. Je me dirige vers la chambre de Mme Doherty. J'ai envie de lui tenir un peu compagnie, et j'en profiterai pour m'assurer qu'elle n'a besoin de rien. Ça me changera aussi les idées.

Le jeune infirmier à la mine épuisée que je trouve au chevet de Mme Doherty semble ravi de me voir prendre le relais. Je lui dis d'aller faire un petit somme, suivi d'un café. Il faut un peu de temps pour s'habituer aux gardes.

— Comment va-t-elle ?

— Elle a été un peu plus agitée depuis une demi-heure, et sa gêne respiratoire s'est accentuée. Mais là, ça va mieux. Pensez-vous qu'elle tiendra jusqu'à l'arrivée de son fils ?

Je hausse les épaules. À dire vrai, je n'en ai aucune idée. Mme Doherty pourrait tout aussi bien s'en aller dans quelques heures que dans quelques jours. La mort n'est pas toujours aussi prévisible qu'on le pense. Il existe bien des symptômes avant-coureurs, mais ils apparaissent souvent de façon très aléatoire.

Que Mme Doherty ait été capable de parler à sa voisine un peu plus tôt dans la soirée constitue certes un signe positif, mais ce n'est pas le cas de sa respiration altérée et du son rauque que j'entends au fond de sa gorge. Ils annoncent au contraire que son corps est en train d'abandonner le combat, tandis que son esprit, lui, lutte toujours. C'est une battante – mais même les battants les plus déterminés doivent s'avouer vaincus au moins une fois dans leur vie.

— Dotty, dis-je en chuchotant tandis que je lis sa fiche de suivi. C'est Eli. Je vais rester un petit peu ici pour travailler, si vous ne voyez pas d'inconvénient à ce que je vous tienne compagnie.

Je lui brosse à nouveau délicatement les cheveux pour lui dégager le visage et passe du baume labial sur ses lèvres pour en atténuer la sécheresse. Puis je m'assieds pour relire des dossiers à la lueur tamisée de la lampe de chevet.

Je m'efforce de rassurer Mme Doherty, de l'accompagner avant son dernier voyage. Ce qu'on dit sur l'audition est vrai : c'est l'une des dernières choses à disparaître. Je ne supporte pas l'idée qu'elle puisse entendre la rumeur du monde autour d'elle en ayant le sentiment que sa vie ne compte plus.

Lors de ses précédents séjours ici, Mme Doherty et moi avions noué des liens très forts. Ce que j'adore chez elle, c'est qu'elle est une femme de bon sens, et l'une des rares personnes sur cette terre à comprendre l'ambivalence de mes sentiments vis-à-vis de ma grossesse.

Alors que d'autres me disaient rayonnante, elle me demandait si j'avais trouvé le moyen d'atténuer mes nausées. Elle me parlait de ce qu'elle prenait pour limiter les effets secondaires de sa chimio, et moi je lui racontais ce que je faisais pour essayer de contrôler mes montées d'hormones.

– Je ne suis passée par tout ça qu'une seule fois, m'avait-elle confié. C'était quasiment inédit à l'époque. Mes amies enchaînaient toutes les grossesses comme on change de chemise. Un bébé dans le ventre, un autre dans les bras, et toute une tribu à leurs pieds. Moi, je n'ai jamais eu envie de renouveler l'expérience, m'avait-elle dit avec un sourire. On met trop de pression sur les femmes pour qu'elles s'épanouissent dans la maternité. Mais ne me faites pas dire ce que je n'ai pas dit. J'adore mon fils. Je ferais tout pour lui. Cependant, contrairement à mes amies, je n'ai jamais été comblée par la maternité.

Son honnêteté était rafraîchissante. J'y trouvais un antidote au point de vue de ma mère, certes bienveillant mais culpabilisateur, selon lequel rien en ce bas monde ne pourrait jamais égaler le bonheur d'élever un enfant. Si elle avait pu, ma maman aurait eu une ribambelle d'enfants.

— Mais les choses ne se sont pas passées ainsi. Je me rattraperai avec une ribambelle de petits-enfants, n'est-ce pas ? me disait-elle toujours avec un clin d'œil.

Je recommence à parler à Mme Doherty. Je lui parle du ciel constellé et du givre épais qui se met à recouvrir la pelouse, annonçant une nouvelle journée de froid. Je lui dis combien je trouve le centre paisible. Et puis, vers 3 heures du matin, je me surprends à verser quelques larmes et à regretter tout haut qu'elle ne soit pas *réellement* avec moi pour me faire profiter de sa sagesse et de son esprit. Je lui rappelle que son amitié m'a été d'un grand secours et qu'elle arrivait toujours à me faire rire. C'était là son plus grand don : réussir à me faire rire, même quand je m'apitoyais sur mon sort.

En parlant, j'oublie que la fatigue est en train de s'emparer de moi. Sentant mes paupières devenir de plus en plus lourdes, je me lève régulièrement pour m'étirer et soulager mon dos, ce qui me réveille un peu. À un moment donné, je finis pourtant par me laisser gagner par le sommeil, sa main dans la mienne.

Soudain réveillée par le bruit de sa respiration entrecoupée, je la vois qui se tord de douleur. J'essaie de la tranquilliser, puis je place un masque à oxygène sur son visage pour l'aider à reprendre son souffle. Mais son visage, déchiré par la souffrance, n'est plus qu'un masque mortuaire, que la pénombre rend encore plus effrayant. Les yeux emplis de terreur, elle frappe le lit de ses poings.

À moitié réveillée, les mains tremblantes et le cœur battant à tout rompre, j'augmente ses doses de sédatif et d'antalgique. Je me dois de l'aider, c'est mon travail. Je refuse de la laisser aux prises avec l'angoisse. Il ne faut pas qu'elle se laisse submerger par la peur.

Pour l'avoir déjà si souvent fait, je sais que j'en suis capable. Cette fois pourtant, je sens que quelque chose cloche.

D'abord, elle retrouve son calme. Un court instant, je suis soulagée car le terrible râle a cessé, et ses muscles se détendent.

Mais soudain, un changement s'opère. Sa poitrine s'immobilise ; ses paupières s'affaissent, lui laissant les yeux mi-clos, dépourvus de tout éclat.

D'instinct, je sais que je l'ai perdue. Je commence à trembler. Aurais-je commis une erreur ? Luttant contre la panique, je passe en revue mes derniers gestes.

Seigneur ! La dose…

Je l'ai calculée trop vite. Et je me suis trompée.

Erreur fatale.

Tout vacille autour de moi.

J'ai à peine le temps d'actionner la sonnette d'alarme que je dois m'asseoir pour éviter de tomber. Je me tourne vers Mme Doherty. Ses traits ne sont déjà plus tout à fait les siens et portent encore la même expression de terreur.

Était-ce moi qui la terrorisais ? L'ai-je tuée ? Avait-elle deviné que j'étais en train de la tuer ? Qui sait si, obnubilée par mes propres tourments – mon mariage au bord du gouffre, ma grossesse, ma mère –, je n'ai pas manqué de concentration ? Et je me suis endormie. Mon Dieu…

Des bruits de pas. J'entends des bruits de pas, mais au lieu de s'approcher, j'ai l'impression qu'ils s'éloignent. La chambre vacille de plus belle. Tout se brouille : la fenêtre, l'obscurité… Y a-t-il quelqu'un ? Est-ce que ce sont des rires que j'entends ?

J'essaie de reprendre ma respiration. L'obscurité s'épaissit ; je me sens partir.

Eli

Silhouettes, sons, questions. Tout est flou. Les voix sont feutrées. Pour éviter de faire trop de bruit, nous devons parler à voix basse. Pour le confort de nos patients, pour ne pas les inquiéter, il nous faut éviter de hausser la voix. Personne ne perd de vue le sens de notre mission.

Sauf qu'il n'est plus question de *nous*, mais de moi. C'est moi qui ai fait une connerie. Inutile de me voiler la face : j'ai merdé, et dans les grandes largeurs. J'essaie de faire abstraction du bruit qui m'entoure pour me repasser au ralenti le film de ce qui s'est déroulé. J'étais déconcentrée. Fatiguée.

Aurais-je dû sonner l'alarme plus tôt ? Après tout, c'était le protocole : ne jamais prendre seul ce type de décision. Mais elle souffrait tant. Je revoyais son visage déformé par la douleur. N'étais-je pas censée avoir l'habitude, depuis le temps ? C'était mon devoir de rester calme en de telles circonstances. Mon devoir de faire mon boulot. Un boulot que je connaissais sur le bout des doigts.

J'étais restée calme, non ? Trop de pensées et de sensations mélangées m'assaillent. Coup de pied dans les côtes. Haut-le-cœur. Regret d'être venue travailler au lieu de profiter d'une bonne nuit de sommeil. Envie de revenir en arrière. Pas seulement d'une heure, mais de plusieurs jours, voire de plusieurs mois. Avant que tout ne commence à partir en vrille. Je veux rentrer chez moi.

Puis je réalise que rentrer chez moi n'est pas non plus la solution. J'ai encore trop de choses à affronter. Beaucoup trop. Tout est en train de s'effondrer.

Je suffoque dans cette pièce où tout n'est que voix sourdes et regards furtifs. Rachel est à mes côtés – je me demande depuis combien de temps. Je n'arrive pas à croiser son regard. Je compte sur elle – ou du moins, sur celle que je pensais connaître – pour me réconforter, mais je souhaite au moins autant me tenir à l'écart d'elle, la soupçonnant. Si elle est cette « amie » dont parlait la dernière lettre, alors elle aura maintenant un motif supplémentaire de me mépriser. J'ai vraiment, vraiment merdé.

Je me sens honteuse, humiliée et tellement désolée. Des larmes roulent sur mes joues. Je voudrais dire à Mme Doherty à quel point je suis désolée. Je voudrais qu'elle m'entende, et me croie. Je voudrais qu'elle revienne.

Je me balance doucement d'avant en arrière. Je dois avoir l'air d'une folle. Mais au point où j'en suis, je n'ai plus aucune réputation à préserver.

Qu'ai-je fait ?

— Eli. (Je distingue maintenant la voix de Rachel.) Eli, respire, dit-elle. (Je sens sa main sur mon genou et comprends alors qu'elle est agenouillée devant moi.) Ça va aller. Ça va aller.

Je lève les yeux sur elle. Comment peut-elle s'imaginer que ça ira ? Rien ne va plus. Rien.

— Non. Ça ne va pas aller.

— Tiens, prends un peu de thé, il est bien sucré, ça va te requinquer.

Ce n'est même pas la peine d'y songer. Je sais que je le rendrai aussitôt avalé. J'entends un de nos médecins parler à voix basse avec le directeur du centre. Les uns hochent la tête ; les autres se frottent le menton. Quelqu'un mentionne-t-il la police ? J'ai envie de me boucher les oreilles pour rester en dehors de tout ça.

— Je vais te ramener chez toi. Tu es dans tous tes états. Tu dois penser au bébé, me dit Rachel.

Je rêve de m'enfuir d'ici, mais pas pour rentrer chez moi. Et en aucun cas je ne veux que ce soit elle qui m'y accompagne. De toute façon, ce n'est pas chez moi que je pourrai oublier ce cauchemar.

Je fais non de la tête, toujours incapable de croiser son regard.

— Je lui ai trop donné de calmants, dis-je en sentant la panique monter. Elle devrait encore être avec nous. Son fils… Elle ne verra pas son fils. Qu'est-ce qui m'a pris ? Je n'aurais jamais dû…

Elle me fait signe de me taire.

— Elle souffrait énormément, Eli. Tu l'as dit toi-même, elle hurlait de douleur. Elle était en train de mourir. Elle serait partie de toute façon, ajoute-t-elle en chuchotant.

Elle sait pourtant comme moi que ça ne pourra pas être la version officielle. Une enquête sera ouverte, non seulement en interne, mais aussi sur le plan judiciaire. Ce ne sera pas sans répercussion sur ma carrière. Mais pour l'heure, ce n'est pas du tout ce qui me préoccupe le plus.

— Elle avait une petite chance de le voir avant de partir. Et je les en ai privés tous les deux.

Je suis anéantie par le chagrin. Mais aussi par la honte, et la culpabilité. Tandis que je sanglote, tout ce qu'il me restait de confiance en moi s'évanouit, et il ne subsiste bientôt que l'ombre de celle que j'étais jusqu'ici – ainsi que les battements de cœur effrénés du petit être qui a la malchance de m'avoir pour mère.

Je vois Rachel discuter avec les autres personnes présentes dans la pièce. On évoque une éventuelle autopsie. Comme si Dotty n'avait pas enduré suffisamment d'épreuves.

— Elle traverse une période compliquée, explique Rachel. Elle a des soucis personnels. À sa place, tout le monde aurait craqué. Je n'aurais probablement pas dû lui demander de venir en renfort ce soir.

J'ai l'impression de recevoir un coup de poing dans le ventre. « Des soucis personnels. » C'en est presque drôle. Je l'observe qui déroule ses explications en baissant la voix. J'ai envie de lui demander de parler plus fort. Que dit-elle ? Que mon mari me trompe ? Que je ne suis pas en état ? Au lieu de se ranger de mon côté, la voilà qui expose mon linge sale, ma vie privée, en jouant les innocentes. Des regards compatissants se tournent vers moi. Je ne les mérite pas. Rachel revient vers moi et m'exhorte à boire le thé. « Ça va te faire du bien », répète-t-elle, pleine d'assurance. Est-ce de la supériorité ? Ou bien considère-t-elle que ma vie est un désastre bien plus colossal encore que la sienne ? Elle a pris l'avantage. Une carrière sans faute. Amie avec tout le monde. Maîtresse de mon mari…

Je repense aux lettres anonymes, à sa compassion de façade. En scrutant son visage alors qu'elle explique aux collègues que je ne suis « pas dans mon état normal », je me demande comment j'ai pu lui faire confiance.

Louise

Un jour, quelqu'un m'a donné cette définition du péché : on en commet un quand on fait intentionnellement du mal à soi-même, ou à autrui.

S'il n'y avait pas intention de faire du mal, on ne pouvait pas parler de péché.

Certes je n'ignorais pas que des gens risquaient de souffrir en conséquence de mes actes. Mais mon but n'avait jamais été de leur faire du mal.

Mon moteur, c'était l'amour.

C'est par amour que je désirais donner à ce bébé ce qui existait de mieux.

C'est par amour que j'allais tenter de toutes mes forces d'être la meilleure mère qui soit.

C'est encore l'amour qui avait vaincu mes résistances et m'avait convaincue d'accepter les avances d'un homme marié – quand elles s'étaient présentées. Que Dieu me pardonne et comprenne que j'avais cédé par faiblesse, aveuglée par l'amour.

Je n'avais jamais eu l'intention de faire du mal à sa femme. Ça ne s'était donc produit que deux ou trois fois, car je savais que je devais le laisser retourner auprès d'elle. J'avais mes propres plans, et je n'étais pas près de lcs abandonner.

Et j'avais la certitude absolue que jamais il ne la quitterait. Elle était la mère de son futur bébé, après tout.

Angela

Eliana n'est pas partie depuis vingt-quatre heures qu'elle m'appelle déjà pour me demander si elle peut revenir.

J'entends à peine ce qu'elle me dit, sa voix n'est guère plus qu'un murmure. Mais je comprends que quelque chose de grave est arrivé. Une mère sent ce genre de choses.

En percevant la détresse dans sa voix, je m'attends à ce qu'elle m'annonce enfin avoir eu une discussion avec Martin. J'espère qu'elle lui a dit d'aller se faire voir. Jusqu'ici je l'aimais bien, j'avais même beaucoup d'affection pour lui, mais ces derniers temps j'ai acquis la conviction qu'il ne mérite pas d'avoir Eli dans sa vie. Il n'est pas digne de confiance.

Bien sûr, il nie toujours l'avoir trompée, malgré les accusations de ces derniers jours. Tout porte pourtant à croire qu'il nous ment. Pauvre Eli, toujours trop crédule.

Je m'étais préparée à ce coup de téléphone depuis qu'elle m'avait parlé de la première lettre anonyme. J'attendais le moment où elle m'appellerait à la rescousse, en quête de réconfort, d'une oreille attentive, d'une épaule pour pleurer, et d'un bon thé au coin du feu.

En cas de coup dur, c'est toujours vers moi qu'elle se tourne. Nous sommes très proches. La relation que j'ai avec ma fille est ce que je chéris le plus au monde. Je serais prête à tout pour la protéger. Surtout maintenant qu'elle est enceinte. J'aimerais tant qu'elle puisse profiter davantage de sa grossesse. Mais entre ses nausées et les tensions au sein de son couple, ce n'est guère le cas.

Si seulement ils habitaient plus près, je pourrais lui donner un coup de main plus souvent. Elle pourrait compter sur mon soutien et penser à autre chose qu'à son travail, sa maison d'architecte ou son mari volage.

J'ai fait tout mon possible pour comprendre ce qu'elle ressentait, ses difficultés à s'attacher au bébé. Mais à dire vrai, je n'y arrive pas. Ma fille est le plus beau cadeau que m'ait fait la vie. Même dans les périodes difficiles, je n'ai jamais regretté de l'avoir gardée et élevée seule.

Je prie pour qu'Eli ressente la même chose pour sa fille. Une fois qu'elle l'aura dans ses bras, je suis certaine que ce sera le cas. Il faudrait avoir un cœur de pierre pour ne rien ressentir en voyant son enfant pour la première fois. L'instinct maternel vous pousse naturellement vers lui, vous enjoint de le protéger coûte que coûte. C'est le sentiment le plus puissant qui existe.

C'est la raison pour laquelle j'en veux tellement à Martin, même si je me suis efforcée de ne pas le montrer à Eli. Lui aussi a dû se rendre compte de ses tourments – mais ça ne l'a pas empêché de l'abandonner et de filer à Londres, en la laissant seule dans cette maison isolée. Jamais je n'aurais fait une chose pareille.

Ainsi, quand elle m'appelle pour me demander si elle peut revenir chez moi, des sanglots dans la voix, je suis finalement soulagée. Je l'aurai à mes côtés. Je pourrai prendre soin d'elle et la protéger, ainsi que son bébé.

Au téléphone, sa voix paraît si juvénile, si vulnérable. J'en ai le cœur serré. J'ai un peu honte de l'avouer, mais savoir qu'elle a vraiment besoin de moi flatte mon amour-propre. Je me sens à nouveau utile.

— Bien sûr que tu peux venir, ma chérie, dis-je d'une voix douce. Est-ce que ça va ? C'est Martin ? Oh, ma puce, je suis vraiment désolée. Mais ne t'inquiète pas, ça va aller. Je te le promets.

Je l'entends renifler puis ravaler un sanglot.

— Il faut juste que je prépare quelques affaires, et que je remette la main sur ma valise.

— Es-tu en état de prendre la route ? dis-je, inquiète de la sentir si mal.

Je ne pourrais jamais me le pardonner si elle avait un accident parce que je l'ai laissée prendre la route alors qu'elle n'était pas en mesure de se concentrer sur sa conduite.

— Heu… Je ne sais pas, maman. Je pense que ça ira.

— Je vais venir te chercher, dis-je en envoyant déjà valser mes pantoufles, avant d'enfiler mes chaussures.

Je prends mes clés de voiture dans l'assiette posée sur la console. Je serai en route dans moins d'une minute. Je devrais pouvoir être avec elle dans une heure et demie, et ainsi éviter qu'elle ne prenne des risques inconsidérés.

— Ça ira, dit-elle – mais j'entends bien à sa voix que c'est faux.

Je frémis, dévastée de la savoir si mal. Je suis heureuse, cependant, de pouvoir me rendre utile. L'ambivalence de mes sentiments est vertigineuse.

– J'arrive dans une heure trente, lui dis-je. Respire bien fort. On va régler tout ça, je te le promets. Tu sais que tu es la bienvenue à la maison aussi longtemps que tu le souhaites. Je serai bientôt là, ma chérie. Essaie de reprendre ton calme. Pense au bébé.

*

Alors que j'approche de Derry, la pluie qui n'a pas cessé de tomber de toute la matinée se transforme en neige fondue. La circulation ralentissant considérablement, il va me falloir beaucoup plus de temps que prévu pour rejoindre Eli. Ma patience commence à s'émousser.

J'ai beau essayer de ne pas jurer, je ne peux pas m'empêcher de pester contre les conducteurs qui font preuve d'une prudence excessive aux ronds-points ou aux feux rouges. S'ils sont incapables de gérer trois flocons mouillés, ils feraient mieux de ne pas prendre le volant.

Quand ça commence sérieusement à bouchonner sur Crescent Link, près de la sortie d'une des grosses zones commerciales de la ville, je sens une tension grandissante au niveau de mon cou, de mes épaules et de mes bras. Hors de question que j'arrive stressée chez Eli. Il faut que je sois d'un calme olympien.

Dieu sait ce que je vais découvrir en arrivant. Martin est-il encore là ? Va-t-il faire une scène ? Il n'a jamais été du genre à savoir cacher ses sentiments, ça m'étonnerait qu'il laisse partir sa femme enceinte de gaieté de cœur.

Il m'avait pourtant fait une très bonne impression, la première fois où je l'avais rencontré. Non seulement il était aux petits soins pour Eli, mais il faisait également preuve de beaucoup de prévenance à mon égard, et ne semblait pas prendre ombrage du fait que ma fille et moi sommes très proches. Quand il s'était présenté chez moi pour me demander la main d'Eli, un soir où elle était de garde au City Hospital, il m'avait fait comprendre que c'était crucial pour lui d'obtenir ma bénédiction.

— Je sais que cela peut paraître un peu vieux jeu, m'avait-il dit. (Assis sur mon canapé, l'air fébrile, il tenait à la main une tasse de thé qui cliquetait légèrement sur sa soucoupe, signe de sa nervosité.) Mais comme je sais que vous êtes tout pour Eli, il va sans dire que notre mariage ne saurait avoir lieu sans votre plein consentement. Sachez, madame, que j'aime votre fille d'un amour sincère, et je vous promets de ne jamais lui faire de mal. J'en fais serment. Je l'aime plus que tout au monde et ce serait pour moi le plus grand des bonheurs si vous consentiez à m'accorder sa main.

J'avais beaucoup apprécié son geste. Pour être honnête, je m'étais un peu sentie sur la touche. L'amour d'une mère est une chose. Mais un premier amour, cette déflagration qui emporte tout sur son passage, en est une autre. Dès lors que ma fille était tombée amoureuse de lui, Martin Hughes était forcément devenu beaucoup plus intéressant que moi. Moi j'étais le confort, celle sur qui elle pourrait toujours compter, et lui les chatouillements dans le ventre. Il était l'avenir, moi le passé. Sa démarche ainsi que sa promesse de ne jamais lui faire de mal m'étaient allées droit au cœur. J'avais nourri l'espoir qu'à moi non plus, il ne ferait pas de mal.

J'avais imaginé que tous les trois, nous ouvririons un nouveau chapitre dans le livre qu'Eli et moi avions commencé à écrire. Certes ils pensaient beaucoup à leurs carrières respectives, mais il faut dire que les choses étaient très différentes pour les jeunes d'aujourd'hui. Et puis j'étais si fière qu'Eli ait choisi ce travail. Ma fille, infirmière en centre de soins palliatifs ! Avec ce métier, elle se rendrait vraiment utile. Je les avais aussitôt imaginés mariés, avec des enfants, et j'avais tout de suite espéré pouvoir jouer les nourrices d'appoint quand ils auraient besoin de moi. Après tout, j'étais encore jeune. J'adorerais ça. Pour être honnête, j'en avais hâte.

Je croyais qu'elle serait toujours près de moi, comme elle me le promettait quand elle était petite.

— On habitera toujours ensemble, n'est-ce pas, maman ? me demandait-elle.

— Bien sûr, ma chérie.

— Ou alors je m'installerai juste à côté de chez toi et je ferai un trou dans le mur entre nos deux maisons, comme ça on pourra aller de l'une à l'autre quand on en aura envie.

— Quelle bonne idée, ma chérie.

— Est-ce que tu t'occuperas de mes bébés quand je serai maman ? Comme tu l'as fait avec moi ?

La question ne se posait même pas.

Mais les choses ne s'étaient pas vraiment passées ainsi. Eli et Martin s'étaient mariés. Ç'avait été un grand jour, même s'ils avaient opté pour un mariage civil, me privant ainsi d'une cérémonie à l'église. J'avais été si fière de remplir mon rôle de mère de la mariée en conduisant ma fille, que j'avais élevée toute seule, jusqu'à la mairie. J'étais prête pour notre nouvelle vie.

Mais il me l'avait enlevée, pour l'emmener dans sa ville natale, Derry. Le mariage ayant eu lieu là-bas, j'aurais dû me méfier.

Un an après, il avait monté son agence. Puis elle avait trouvé un travail au centre de soins. Pour finir, ils avaient mis toutes leurs économies dans cette bâtisse, déterminés à en faire la maison « où ils finiraient leurs vieux jours ».

Ça m'avait fait de la peine. Et encore aujourd'hui, je suis très peinée de me sentir ainsi effacée de leur vie, de ne pas faire partie de leur quotidien.

Mais peut-être finira-t-elle par entrevoir le bonheur qui se dissimule derrière cette terrible épreuve. Celui de nos retrouvailles. Ce sera difficile, je ne l'ignore pas, mais je l'aiderai à la surmonter.

La circulation repart sur quelques mètres. J'éteins la radio. L'interminable blabla des journalistes, glosant sur l'invraisemblable imbroglio politique qui tourne en rond depuis deux ans, commence à me taper sur le système. Tout comme le son de mes essuie-glaces, aussi régulier soit-il. Je jette un œil à ma montre. J'avais dit à Eli qu'il me faudrait une heure trente pour la rejoindre. Or je suis maintenant partie depuis près de deux heures. Je m'en veux de ne pas avoir installé un truc sans fil comme Eli me tanne de le faire. J'aurais pu l'appeler pour la prévenir que je suis presque arrivée.

S'inquiète-t-elle pour moi ? J'imagine, vu le temps et les conditions de circulation. J'espère qu'elle ne se fait pas un sang d'encre.

Exaspérée, je tapote le volant en attendant que le trafic reparte. Il semble qu'il y ait eu un accident sur la voie opposée, sans gravité mais suffisamment important pour tout bloquer. Un conducteur s'est probablement laissé surprendre par la chaussée glissante.

À ce stade, impossible d'éviter le bouchon. Je prie intérieurement pour qu'un miracle se produise et je respire profondément.

Vingt-cinq minutes plus tard, le dos en compote et rêvant d'un bain chaud, je me gare dans l'allée menant à la demeure idyllique de ma fille, sur Judges Road.

La neige fondue continue de tomber et menace de se transformer en vraie neige. Si nous tardons à retourner à Belfast, le danger est grand que les routes ne se verglacent pour devenir totalement impraticables.

Leurs deux voitures sont garées dehors. Je me prépare intérieurement avant de voir Martin. Eli voudra certainement que je reste polie mais ferme, et surtout pas que je fasse une scène. Eli n'en fait jamais, même quand elle est dans son bon droit.

Je sais que si je commence d'emblée par m'en prendre à Martin, elle risque de vouloir prendre sa défense. Et si, par malheur, elle décide de lui donner une seconde chance, elle pensera pis que pendre de moi, qui aurais osé dire tout haut ce que je pensais tout bas.

Quelques pas seulement me séparant de la porte d'entrée, je fonce tête baissée jusqu'au perron. Alors que j'allais appuyer sur le bouton de la sonnette, la porte s'ouvre et je tombe nez à nez avec un Martin à la mine défaite.

Il a beau être rasé de près, il fait peine à voir. Sa chemise est froissée, sa cravate dénouée. Il a remonté ses manches de chemise et ses cheveux, d'habitude impeccablement peignés, sont tout ébouriffés. En un mot : il a l'air ahuri.

— Angela, me lance-t-il en me regardant droit dans les yeux, comme s'il m'implorait.

Je m'attends à ce qu'il m'explique que tout n'est que malentendus et mensonges et qu'il n'a aucune idée de qui peut bien se trouver derrière tout ça. J'imagine aussi qu'il va me supplier de raisonner sa femme.

— Dieu soit loué vous êtes là, enchaîne-t-il, me prenant de court. Je vous en prie, essayez de la calmer. Elle va se rendre malade. Je ne cesse de lui répéter qu'ils vont comprendre que c'était une erreur, une simple erreur. N'importe qui aurait pu la commettre. (Il baisse la voix et continue en chuchotant.) Certes, c'est grave, mais on doit absolument parvenir à la calmer, ne serait-ce que pour le bébé. Je suis certain qu'ils sauront faire preuve d'indulgence. C'est une excellente infirmière. Jamais elle n'aurait eu l'intention de faire du mal à quiconque. Ce genre de choses doit arriver, avec des patients aussi fragiles.

Je ne m'attendais pas du tout à ça. De quoi parle-t-il ? Mon Eli, faire du mal à quelqu'un ? De quelles « choses », de quel patient fragile s'agit-il ?

Tout m'échappe. En entendant les sanglots provenant du salon, j'ai le cœur qui se serre.

Qu'a-t-elle fait ?

Angela

Je n'aime pas cette sensation. C'est comme si j'avais du plomb dans l'estomac, qui me tire vers le bas.

– Je lui ai dit de contacter un avocat, au cas où, me dit Martin en se dirigeant vers l'arrière de la maison, où se trouve Eli. Son syndicat devrait pouvoir la mettre en relation avec quelqu'un de spécialisé dans ce type d'affaires.

Mais pourquoi diable aurait-elle besoin d'un avocat ? De quelle affaire parle-t-il ? ai-je envie de hurler. Manifestement Martin me croit déjà au courant.

Je sens mon cœur battre à tout rompre et le sang affluer à mes oreilles en apercevant ma fille. Mon bébé. Le seul être au monde pour qui je ferais n'importe quoi. Je la trouve recroquevillée, presque en position fœtale, le visage enfoui dans ses mains livides. Ses cheveux auburn sont hirsutes. Les violents sanglots qui secouent mon enfant offrent un spectacle déchirant.

Je retrouve devant moi non pas une femme indépendante de trente-trois ans mais mon petit bébé : affolé, vulnérable et inconsolable, comme autrefois lorsqu'elle était prise de terreurs nocturnes. Je suis effarée, notamment parce que je sais qu'il ne suffira pas que je la réveille pour que tout rentre dans l'ordre, ni que je la prenne dans mes bras le temps que ça passe.

Quand elle me voit, son visage se déchire un peu plus.

— Oh, maman, gémit-elle. Je l'ai tuée. Je ne l'ai pas fait exprès, mais je l'ai tuée.

Ses mots me font l'effet d'un coup de poing. Mais non, tu ne l'as pas tuée ! ai-je envie de crier. Je n'ai pas besoin de connaître les faits pour savoir que ma fille n'a tué personne. Jamais de la vie.

Et moi qui pensais que Martin était l'unique raison de mon aller-retour express. Je m'étais préparée à affronter la question de son adultère. Mais pas à ça. Je réprime un haut-le-cœur en m'asseyant à ses côtés pour la prendre dans mes bras. Je la sens tétanisée par la peur et le chagrin.

— Non, tu n'as tué personne. Là, là, ça va aller, ma chérie.

Du moins je l'espère. Le contraire me serait insupportable. Je me tourne vers Martin, puis à nouveau vers Eli.

— Il s'est produit un incident au centre, me dit Martin. C'est arrivé pendant qu'Eli était de garde, en train de s'occuper d'une patiente en phase terminale. La vieille dame est soudain devenue très agitée et – eh bien… Eli lui a administré des tranquillisants pour la soulager, mais elle s'est trompée dans le calcul de la dose et…

Et ? Il laisse la phrase en suspens, incapable de prononcer les mots fatidiques.

— Elle était tellement mal. J'ai juste voulu la soulager. Mais j'étais épuisée, j'aurais dû faire venir un collègue. Je n'ai réalisé qu'après coup que je lui avais donné une dose trop forte. Elle s'en était déjà allée. Je te jure, poursuit Eli, les yeux hagards, je te jure, sur ma tête, sur celle du bébé, que je ne l'ai pas fait exprès. Elle essayait de tenir jusqu'à l'arrivée de son fils. Nous avions tout fait pour qu'elle tienne bon, mais à cause de moi elle n'a pas eu cette chance. J'ai merdé. J'ai complètement merdé.

Martin enchaîne :

— Après avoir été interrogée par ses supérieurs et par la police, c'est sa collègue Rachel qui l'a ramenée à la maison. Elle était déjà dans cet état.

— La police ? Mais il n'y a pas eu crime, dis-je en haussant la voix.

— Ils doivent tout passer en revue. Les circonstances du décès, mais aussi ses causes. Le temps de l'enquête, Eli a été suspendue, avec maintien de son salaire. Je lui ai dit que c'était bon signe. S'ils pensaient qu'un crime avait été commis, ils ne l'auraient pas suspendue. Elle aurait été licenciée. Je doute aussi que la police l'aurait laissée sortir si facilement.

— Que je l'aie fait exprès ou non, je l'ai privée de ses derniers instants de vie, sanglote Eli.

— Elle souffrait le martyre, précise Martin.

Il vient s'asseoir dans le canapé en face de moi et s'approche d'Eli pour l'enlacer. Mais elle se dérobe, comme si le simple fait qu'il la touche lui répugnait.

— On se battra ensemble, dit Martin. Je te le promets, Eli.

Elle secoue la tête et sanglote de plus belle.

— Comment peux-tu me dire ça, Martin ? demande-t-elle. C'est plus que jamais inenvisageable.

Cette remarque le blesse. Eli se saisit de son sac à main et lui tend une enveloppe. Parfaitement blanche, son aspect m'est familier.

— Je l'ai reçue aujourd'hui, dit-elle d'une voix tremblante.

Martin ouvre l'enveloppe, lit la lettre qu'elle renferme, puis se lève et l'envoie valser dans la pièce.

— Bon sang, mais qui est-ce qui peut bien faire ça ? demande-t-il, des larmes de colère lui montant aux yeux.

— Qu'y a-t-il d'écrit ? demandé-je.

— Peu importe, ce n'est qu'un tissu de mensonges, répond-il, ulcéré.

Eli se contente de secouer la tête, alors je me lève pour aller ramasser la lettre et je découvre la nouvelle accusation.

— Martin, est-ce qu'Eli t'a parlé du SMS ?

— Quel SMS ?

Il me regarde d'un air totalement interloqué.

— Un SMS anonyme, répond Eli. Avec une photo prise chez nous, dans notre chambre. Contenant les mêmes insinuations. De qui s'agit-il, Martin ? C'est Rachel ? C'est avec elle que tu te moques de moi dans mon dos ?

— Rachel ? s'exclame-t-il, incrédule. Enfin, ressaisis-toi, Eli !

— Tu ne peux plus nier indéfiniment, lui dis-je. Comment s'étonner qu'Eli en arrive à commettre des fautes au travail, avec ce que tu lui fais subir ?

— Mais c'est totalement faux ! proteste-t-il, exaspéré. Quelqu'un est derrière tout ça. Je ne mens pas.

Et je n'ai pas d'aventure avec Rachel, ou qui que ce soit. Enfin, Eli, tu m'imagines vraiment avoir une liaison avec Rachel ?

Eli le regarde, l'air de ne pas comprendre ce qu'il dit.

— On peut y aller, maman ? Je ne peux vraiment pas rester ici plus longtemps.

— Bien sûr, ma chérie. Comme tu voudras.

Angela

— Il n'est pas question qu'elle parte, dit Martin en me lançant un regard noir.

J'aurais dû me douter qu'il ne la laisserait pas s'échapper sans rien dire.

— Je suis assez grande pour décider de ce que je veux faire, dit-elle d'une voix tremblante mais ferme. Pour l'heure, je ne sais plus où j'en suis, ni ce que je suis censée croire ou non. Mais je ne peux pas me contenter d'ignorer ces messages uniquement parce que tu me dis de le faire.

— Je te dis la vérité ! hurle-t-il, debout près de la cuisine. Tout ce que tu veux, c'est imaginer le pire à mon sujet, comme tu noircis le tableau à propos de tout le monde et à tout propos, en ce moment.

— C'est faux, répond Eli en se redressant sur le canapé pour mieux lui faire face.

Je me cale dans mon fauteuil. Cette conversation ne me concerne pas.

— Pourquoi chercherais-je à noircir le tableau ? C'est insensé.

— Exactement, c'est insensé. Tout comme ton comportement ces dernières semaines, si tu veux tout savoir. Toujours à ressasser ta misère alors que tu portes notre enfant… À ton avis, comment ça me fait me sentir ? Tu dis que tu ne sais plus où tu en es, eh bien moi non plus, je ne sais plus où tu en es. Je n'arrive plus à te saisir. Et ce n'est pas faute d'essayer. Je ne sais vraiment pas ce que je peux faire de plus pour que tu me croies. Je t'ai dit la vérité.

— Et les lettres anonymes… ? demande Eli.

— On les emmerde, ces lettres, et pareil pour l'enfoiré qui se cache derrière elles. Je ne comprends pas pourquoi tu refuses de voir à quel point tout ceci est ridicule. Ça ne te ressemble pas d'être aussi… aussi crédule. J'en ai marre d'essayer de te convaincre de ma bonne foi. Tu as raison, pars chez ta mère ! À l'évidence tu es malheureuse comme les pierres ici, alors pars.

Ils sont maintenant tous les deux en pleurs. Je reste assise, muette. Qu'ils règlent ça entre eux.

— Je ne sais plus quoi te dire, dit Eli. On ne fait que se déchirer.

Elle se lève et s'essuie grossièrement les joues avec la manche de son gilet. Après avoir pris une profonde respiration, elle reprend à mon intention, d'une voix tremblante.

— J'ai préparé quelques valises, maman, dit-elle en indiquant deux sacs de voyage à roulettes violets posés devant la porte d'entrée. Pour l'instant, ça devrait suffire.

— Tu as pris ton carnet ? demandé-je en ignorant le triste spectacle offert par Martin, tête baissée, qui voit sa petite vie si parfaite se désintégrer sous ses yeux.

Eli me regarde, l'air désemparé. Sur son visage se lisent tout à la fois le chagrin, la souffrance et l'épuisement. À ce moment précis, submergée par l'émotion et la tristesse, je me sens sur le point de craquer. Il me faut pourtant rester calme. C'est désormais à moi d'assurer.

— Ton carnet de grossesse, ma puce. Au cas où.

On doit se préparer à toutes les éventualités, accouchement inclus.

— OK, OK, je vais le chercher.

Elle se dirige vers l'entrée, ouvre un tiroir de la commode d'où elle extrait un classeur vert. Elle le considère quelques secondes avant de revenir vers moi.

Je ne sais si je dois m'attendre à ce que Martin nous suive et tente une dernière fois de la dissuader de partir. Mais sa fierté masculine semble avoir pris le dessus, et il nous laisse sortir sans un mot.

Installées côte à côte dans ma voiture, nous nous mettons en route pour Belfast. La neige fondue continue de tomber et le bruit des essuie-glaces est interrompu de façon intermittente par les sanglots de ma fille chérie. Ses valises sont dans le coffre, le carnet de grossesse sur la banquette arrière, et sa main serre la mienne.

— Rentrons à la maison, dis-je.

Louise

Il n'avait pas été difficile à aborder. En l'apercevant dans un café en face de son bureau, et même sans avoir d'idée précise en tête, j'avais su que je devais lui parler.

— Est-ce que cette chaise est prise ? lui avais-je demandé.

Il s'était tourné vers moi avec un sourire et j'avais été éblouie par l'intensité de ses yeux marron. N'étant pas du genre vaniteuse, je ne cherche pas spécialement à attirer le regard des hommes. Mais je l'avais vu me toiser de la tête aux pieds, et à l'évidence il appréciait ce qu'il voyait.

Il faut dire que j'avais fait un effort, ce jour-là.

Je n'avais pas fait exprès de choisir le café le plus proche de son travail, mais disons que ce n'était pas non plus totalement un hasard.

Je voulais lui parler, mais je ne pouvais tout de même pas débarquer chez lui comme ça. J'aurais eu l'air d'une folle. J'avais choisi la meilleure option – et la plus sûre.

Il m'avait fait signe de m'asseoir et, une fois installée, j'avais commandé un thé. Il en avait profité pour redemander un café, puis m'avait confié qu'il était en pause. Il avait eu besoin de sortir du bureau pour se rafraîchir les idées. Je lui avais dit être en train de faire du shopping – j'avais quelques achats à faire en prévision d'un prochain voyage.

J'ai tout de suite senti une connexion entre nous. J'aimais sa compagnie. Son sourire me faisait fondre.

Mais jamais de la vie je n'aurais imaginé qu'il finirait dans mon lit l'après-midi même. Pourtant, ça m'avait paru couler de source sur le coup. Nous avions besoin l'un de l'autre. C'était plus que du désir. Plus qu'une simple attirance physique. Plus que du sexe.

Bien sûr, je savais que c'était mal. C'était peut-être aussi pour cela que ç'avait été si bon. Cependant, je m'étais juré de ne jamais recommencer. C'était impossible. C'eût tout compliqué, en me détournant de mon objectif premier.

Ce soir-là j'avais prié avec encore plus de ferveur.

Ne me soumets pas à la tentation,

Et délivre-moi du mal.

Angela

Eli est calme pendant tout le trajet. De temps à autre je la vois essuyer une larme, ou je l'entends pousser un long soupir, mais quand je lui demande si ça va, elle me répond par un simple « Oui, oui ». Je sais bien que c'est faux ; elle a l'air abattue. Je suis cependant persuadée de pouvoir y remédier. Après tout, j'ai déjà eu moi-même à faire face aux vicissitudes de l'existence.

Je n'avais jamais prévu de finir mère célibataire. Je m'étais toujours vue vivre dans une charmante maison mitoyenne, entourée de jardins impeccables avec une balançoire pour les enfants. Je m'imaginais préparer le dîner pour que mon tendre mari se mette les pieds sous la table au retour d'une dure journée de travail. Nous prendrions nos repas entourés de tous les enfants que nous aurions eu le bonheur d'avoir, et nous nous raconterions nos journées.

Je n'avais jamais pensé que je ferais ça toute seule. Sans la présence du seul homme que j'avais aimé. Sans être entourée d'une ribambelle d'enfants. Mais on fait avec, non ? On s'adapte. On esquive les coups sans jamais se laisser gagner par la rancœur.

Eliana aussi en ferait l'expérience. La vie allait peut-être l'emmener dans une autre direction, mais ce n'était pas forcément une mauvaise direction pour autant.

Encore fallait-il que les forces de l'ordre entendent raison. Je laisse échapper un soupir en imaginant les conséquences dramatiques que pourrait avoir pour Eli ce qui s'est passé au centre. D'un point de vue professionnel. Voire judiciaire.

On appellera son syndicat. Un de leurs représentants nous expliquera ce qu'elle risque. On ne se laissera pas abattre. Ce n'est sûrement pas le seul accident de ce genre. Bien sûr, c'est terriblement triste pour cette vieille dame. Mais enfin, elle serait morte de toute façon. On ne va pas non plus en faire toute une histoire.

— Ça va, maman ? me demande Eli.

Je lui réponds que oui, ce qui n'est pas tout à fait vrai, mais je me dois d'être forte pour deux.

— On en a vu d'autres, Eliana. Je sais que ce que tu vis est très dur, mais tu es forte, ma fille. Je t'ai bien élevée. On s'est bien élevées toutes les deux, non ?

Elle acquiesce.

— Tu dois être épuisée. Je suppose que tu n'as guère dormi la nuit dernière.

Elle fait non de la tête.

— Eh bien, nous allons traiter chaque problème un par un, l'un après l'autre. Nous verrons au jour le jour. Pour commencer, il te faut une bonne nuit de sommeil.

— Je ne suis pas sûre d'arriver à dormir. J'ai trop de choses dans la tête, dit-elle d'une toute petite voix. Pauvre Mme Doherty. Je me disais : tu crois que je devrais y retourner ? Je pourrais demander à parler à son fils, lui expliquer ce qui s'est passé.

Non, ça ne me paraît pas du tout être souhaitable. Vraiment pas.

— Je ne pense pas que ce soit une bonne idée, ma puce. Il est probablement encore sous le choc. Il a besoin de temps pour se retourner. De toute façon, je doute que tes supérieurs te laisseraient lui parler.

— Mais il faut quand même que je lui présente mes excuses.

— Il ne faut *jamais* s'excuser. Ça peut te paraître brutal, mais il s'agit d'être pragmatique. S'excuser, c'est admettre qu'on est coupable.

— Mais je *suis* coupable, objecte-t-elle.

— Écoute, attendons de voir ce qui ressortira de l'enquête.

Eli se tourne à nouveau vers la fenêtre. Je vois la condensation se former sur la vitre. Ça me rappelle quand elle était petite et que nous soufflions de la buée sur les fenêtres à simple vitrage, glaciales, de notre appartement de Paisley, pour pouvoir dessiner des bonshommes. Nous riions, collées l'une à l'autre, nos deux souffles ne faisant qu'un.

— Je te préparerai un lait chaud quand on arrivera à la maison. Et puis tu prendras un bon bain chaud. Si tu veux, j'allumerai un feu dans ta chambre, pour que ce soit plus cosy. Je peux même rester dormir avec toi, si ça te rassure de m'avoir à tes côtés. Je ferai tout ce que tu voudras. Ma fille, tu es ce que j'ai de plus cher au monde. Ça me désole que la vie te traite si mal ces temps-ci, mais ensemble nous surmonterons ces épreuves, ma chérie. Je te le promets.

Je l'entends renifler mais je reste concentrée sur la route, il faut aller de l'avant.

*

À notre arrivée, je porte les valises d'Eli, même si elle m'assure pouvoir le faire elle-même. La neige fondue s'est maintenant transformée en neige, et quand nous entrons, la maison est glaciale. Je mets le chauffage, j'embrase le bois que j'avais mis dans la cheminée avant de partir, je monte quelques bûches dans la chambre d'Eli pour préparer une autre flambée. Espérons que les flammes et la chaleur l'apaiseront Eli, qu'elles l'aideront à trouver le sommeil.

Je choisis la plus douce de mes serviettes et me rends dans la salle de bains pour l'étendre sur le porte-serviettes, qui s'est déjà réchauffé. Après avoir allumé des bougies parfumées, je lui fais couler un bain, auquel j'ajoute un peu de mes huiles parfumées les plus précieuses. Fini le Mixa Bébé. Finis les éclats de rire que je déclenchais en lui shampouinant les cheveux à la mode iroquoise. Cette époque est révolue depuis longtemps, mais peut-être revivrai-je de pareils moments avec mes petits-enfants.

Je souris en repensant à ma petite Eli quand elle prenait son bain du dimanche soir. Assise sur la lunette baissée des toilettes, je la regardais jouer dans l'eau avec ses poupées. Elle parlait à toute allure pour me raconter sa journée, me faire part de ses espoirs, de ses rêves, de ses souhaits de cadeaux pour son anniversaire – qui n'arriverait pourtant pas avant des mois. Elle papotait de tout et de rien. Ce sont ces moments qui font le bonheur d'être parent. Je la sortais du bain pour l'envelopper dans une gigantesque serviette, je lui mettais un pyjama tout propre, puis on s'asseyait devant la cheminée et je lui brossais les cheveux.

Je ne me souviens pas exactement quand ça s'est arrêté. Mais petit à petit, elle avait eu de moins en moins besoin de moi. Elle était devenue cette jeune femme farouchement indépendante et certes, j'en étais très fière, pourtant j'avais la nostalgie de ces précieux moments.

Tandis que la maison se réchauffe peu à peu, j'observe les bulles qui se forment dans la mousse du bain, je regarde la flamme des bougies vaciller sur les appuis de fenêtre, et un sentiment nouveau naît en moi. Ce n'est ni de la douleur, ni de la solitude. Mais de l'espoir. L'espoir qu'Eli admette qu'elle a encore besoin de moi dans sa vie.

— Ma chérie, dis-je en la voyant monter l'escalier, l'air épuisé et les traits tirés. Tu vas commencer par bien prendre soin de toi.

Elle plisse ses yeux rougis, d'où aucune larme ne coule. Elle me tend les bras et je la serre si fort que je la sens trembler.

— Ne t'inquiète pas, ça va aller. Je te le promets.

— Je t'aime, maman. Qu'est-ce que je ferais sans toi.

Je laisse Eli profiter de son bain et descends chercher ses affaires. Après avoir défait ses valises, je dépose sur le lit un pyjama, sa robe de chambre et une paire de chaussettes de nuit. Je remplis une bouilloire que je glisse sous ses couvertures puis je vais dans ma chambre pour me mettre en pyjama.

J'enfile ma robe de chambre et marche à pas de loup jusqu'à la porte de la salle de bains, où je reste postée quelques instants, le temps de vérifier que tout va bien du côté de ma fille. Je souris, rassurée par les bruits d'eau, et redescends préparer le dîner. Au moment où je découpe d'épaisses tranches de pain pour les faire griller, mon téléphone bipe.

Le nom de Martin s'affiche sur l'écran. Roulant des yeux, j'ouvre le SMS :

« Angela, je sais que je suis l'ennemi public n°1 en ce moment, mais il faut me croire. Je vous dis la vérité, je n'ai jamais trompé Eli. Jamais je ne ferais une chose pareille. J'ignore qui se cache derrière tout ça, mais tout est faux. Je vous en prie, il faut m'aider à lui faire entendre raison. Moi, elle refuse de m'écouter. Je vous le jure, jamais je ne lui ferais du mal. »

Je ne peux plus lui faire confiance. Il s'est déjà montré incapable de tenir ses promesses. Je tape ma réponse :

« Le mieux que tu puisses faire pour le moment, c'est la laisser tranquille. »

Après avoir envoyé le message, je mets mon téléphone en mode « silencieux » et je reprends les préparatifs du dîner.

Je réalise que, si Martin m'a envoyé un message, il en a probablement envoyé un aussi à Eli. Je vais au salon où je me souviens qu'Eli a laissé son sac à main, et je fouille ce dernier pour récupérer son téléphone. Comme je l'avais pressenti, une notification clignote sur l'écran. Le message est de Martin. Puisqu'elle m'a déjà donné son code PIN – l'année de leur anniversaire de mariage – je le compose et j'efface le SMS sans même le lire.

Je ne tiens pas à ce qu'il la stresse davantage.

Quand elle redescend de la salle de bains, démaquillée, les cheveux humides et brossés en arrière, Eli semble rajeunie mais ses tourments intérieurs sont néanmoins bien apparents.

— Va t'asseoir, dis-je en posant les tartines et le lait chaud sur un plateau. J'arrive.

— Je n'ai pas très faim, répond-elle.

J'espère quand même que l'odeur du pain beurré la mettra en appétit.

— Essaie de manger un peu. Pour me faire plaisir.

Je me retiens de lui rappeler que le bébé a besoin de s'alimenter. Pour l'instant, je sais que je dois concentrer toute mon attention sur elle, et sur elle seule.

Je souris en la voyant grignoter une tartine. Je l'encourage à boire un peu de lait chaud.

— En fait, je crois que je préférerais juste un thé, dit-elle.

Je me lève aussitôt pour aller le lui préparer, et à mon retour je constate qu'elle a renoncé à avaler quoi que ce soit. En revanche, elle accepte de prendre quelques gorgées de son thé. Je savoure cette demi-victoire.

— Et si on regardait un film ? dis-je dans l'espoir de la distraire un peu.

— Je ne suis pas sûre d'avoir ni l'énergie ni la concentration suffisantes. Je ferais mieux d'aller me coucher, si ça ne te dérange pas. Je n'ai pas dormi la nuit dernière.

J'imagine qu'à chaque fois qu'elle repense à « la nuit dernière », elle reçoit une nouvelle gifle en pleine figure. Dormir est peut-être ce qu'elle a de mieux à faire. Elle pourra ainsi échapper à ses idées noires. J'aurais dû faire fondre un somnifère dans son thé. Ceux que j'utilise sont sans danger pendant la grossesse.

— Une bonne nuit de sommeil te fera beaucoup de bien.

Elle reste immobile un instant. Alors que je m'attends à ce qu'elle se lève pour rejoindre sa chambre, elle me dit, d'une toute petite voix :

— Maman, j'ai si peur.

— De quoi, ma chérie ?

— De tout. Que va-t-il se passer ? Avec mon mariage, mon travail. C'est un désastre des deux côtés. Je ne sais vraiment pas comment je vais arranger ça.

— Ce n'est pas forcément à toi de le faire. Pas ce soir en tout cas, ma puce. Et tout ne repose pas sur toi. Il y a des gens autour de toi qui peuvent t'aider à arranger les choses, tu sais.

Elle fond en larmes et je la prends dans mes bras. J'aime le parfum de ses cheveux propres, la sensation de sa tête sur mon épaule. Je la berce en lui murmurant des mots réconfortants. Quand elle ne pleure plus, je la conduis jusqu'à sa chambre et l'aide à s'installer dans son lit en la bordant avec soin. Lorsque j'éteins la lumière, ses yeux sont déjà mi-clos.

— Reste avec moi, souffle-t-elle.

Alors, à la lueur des flammes qui vacillent dans la cheminée, je me hisse sur le lit et m'allonge à côté d'elle. Sa main dans la mienne, j'entends sa respiration qui ralentit, puis elle s'endort.

Je sais que je ne devrais pas dire ça, mais alors que je me laisse gagner par le sommeil à ses côtés, je me sens heureuse comme je ne l'ai pas été depuis bien longtemps.

Angela

Réveillée à l'aube, je sors de la chambre d'Eli sans faire de bruit pour regagner la mienne. Le jour vient de se lever et les trottoirs sont couverts de givre. J'ouvre la fenêtre de ma chambre et respire l'air frais du matin à pleins poumons. La rue sera bientôt grouillante d'activité, mais pour l'instant, je suis seule face à la ville qui se prépare pour une nouvelle journée, avec en fond sonore le ronronnement distant des moteurs de voitures qui, eux aussi, se réveillent et tournent au ralenti. Je ne peux m'empêcher de sourire.

Eli ayant été très calme toute la nuit, je juge préférable de la laisser dormir le plus tard possible. Nous prendrons notre petit-déjeuner à son réveil, puis nous appellerons son représentant syndical. Qui sait, peut-être parviendrai-je ensuite à la convaincre d'aller se balader avec moi, histoire qu'elle reprenne quelques couleurs ? Nous pourrions nous promener au Jardin botanique puis déjeuner au restaurant du musée. Si de nouveaux problèmes surgissent au cours de la journée, nous les traiterons l'un après l'autre. À chaque heure suffit sa peine.

Je descends enfiler mon manteau et pars à la boulangerie du haut de la rue. Bien résolue à inciter

Eli à manger, je réussirai peut-être à aiguiser son appétit en lui proposant ses viennoiseries préférées. Je sais qu'elle a un faible pour les chaussons glacés fourrés à la confiture de Kitty's Kitchen. Ça me donnera aussi l'occasion de parler à « Kitty » elle-même. J'ai toujours trouvé que c'était une chic fille. Avec la tête sur les épaules. Elle avait une influence très positive sur Eli quand elles allaient ensemble à l'école.

Ma fille aurait bien besoin d'une amie en ce moment. Et ce n'est pas comme si elle pouvait décrocher son téléphone pour appeler Rachel. J'aimerais bien faire en sorte qu'Eli renoue avec Kate. Ça l'aiderait à se sentir à nouveau chez elle ici. Peut-être même admettrait-elle qu'en définitive, ce ne serait pas la fin du monde de revenir vivre à Belfast.

La clochette accrochée au-dessus de la porte tinte à mon entrée dans la boulangerie. Kate est en train de plaisanter avec un de mes voisins tout en remplissant un sachet de viennoiseries.

Elle a visiblement l'air beaucoup plus insouciante qu'Eli ne l'a été depuis bien longtemps. Kate paraît toujours aussi décontractée que dans le souvenir que je garde d'elle adolescente, quand elle et ma fille passaient beaucoup de temps ensemble.

— Bonjour, madame Johnston, me lance-t-elle. Qu'est-ce que je vous donne aujourd'hui ?

— Bonjour, Kate. Je voudrais deux de vos excellents chaussons glacés, et un gros scone à la mélasse.

Eli ne peut généralement pas résister à une tartine de scone beurrée.

— Vous vous offrez un petit plaisir, ce matin ? me demande-t-elle avec un grand sourire.

— Eli va loger chez moi quelques jours, dis-je en lui souriant à mon tour. Disons que ça sera un petit plaisir partagé.

— Ah oui, je l'ai vue il y a quelque temps. Elle est passée rapidement. Comment va-t-elle ? Sans vouloir être indiscrète, elle avait l'air en petite forme.

— Eh bien, elle traverse une mauvaise passe, dis-je en me rapprochant de Kate. Peut-être que tu pourrais lui rendre une petite visite, à l'occasion ? Je sais que vous étiez proches toutes les deux, et elle aurait besoin de voir une amie en qui elle a confiance.

Kate hausse les sourcils. À l'évidence, j'en ai assez dit pour susciter son inquiétude et son envie d'en savoir plus. Je la sens prête à m'aider. Mais comme je n'ai aucune envie de partager nos soucis avec les voisins, je n'en révèle pas davantage.

— Bien sûr, me répond-elle. Elle va rester combien de temps ?

— Je ne sais pas exactement. Peut-être un bon moment.

Je caresse le secret espoir que la situation, aussi cauchemardesque soit-elle, fasse que ma fille revienne au bercail.

— Oh, d'accord. Embrassez-la bien fort pour moi, dit Kate en me rendant ma monnaie. Si ça vous va, je passerai après le travail. Il faut juste que je trouve quelqu'un pour aller chercher Liam à la crèche, histoire qu'il ne sème pas la terreur chez vous.

— Ton petit bonhomme sera toujours le bienvenu chez moi, Kate, dis-je avec un sourire. C'est un amour.

Toujours conclure par un compliment.

Elle me gratifie d'un large sourire.

– Dans ce cas, on passera tous les deux tout à l'heure, me répond-elle.

Je me sens le cœur beaucoup plus léger en rentrant à la maison. J'ai l'impression que les choses commencent enfin à reprendre un cours normal.

Les dernières semaines, particulièrement éprouvantes, m'ont vraiment mise à cran. Pour être honnête, j'en étais arrivée à redouter d'être seule. Je me sens espionnée.

Traquée.

Eli n'est pas la seule à avoir reçu des messages importuns.

Louise

L'heure était venue pour moi de lui dire adieu.

Même si c'était mon devoir de le faire, cette perspective me déchirait le cœur. Je me fustigeais pourtant d'avoir nourri des sentiments pour lui.

De m'être autorisé cette faiblesse.

D'avoir péché.

J'allais à la messe tous les matins, et quand l'église se vidait de ses fidèles, qui partaient rejoindre leurs familles, je m'agenouillais au pied de la statue de la Sainte Vierge, implorant son secours et son pardon.

Elle était bien placée pour savoir ce que c'était que de perdre un enfant. Je me demandais si elle en avait conçu de la colère. Comment aurait-il pu en être autrement ? Comment aurait-elle pu voir son fils unique subir toutes ces horreurs sans s'interroger sur l'autorité de son Dieu sur le mal ? Elle était pourtant restée d'une foi inébranlable, et aujourd'hui, j'avais besoin de sa force. Je devais être convaincue de sa présence à mes côtés pour pouvoir passer à l'acte – ça ne pouvait plus attendre. À force d'atermoiements, je mettais mon projet en péril.

Il aurait été trop facile de faire le lien – et j'aurais pris le risque de perdre mon bébé. Je ne pouvais pas me permettre de perdre à nouveau un bébé. Aussi difficile fût-elle, je devais passer à l'étape suivante.

Je me suis prosternée devant la Sainte Vierge et j'ai récité plusieurs fois de suite le *Memorare*:

Je viens à vous, et gémissant sous le poids de mes péchés, je me prosterne à vos pieds.

Ô Mère du Verbe Incarné,

ne méprisez pas mes prières,

mais écoutez-les favorablement, et daignez les exaucer.

Ainsi soit-il.

Angela

J'ai trois e-mails non ouverts dans ma messagerie. Le premier est arrivé il y a deux semaines et demie. Le deuxième, il y a une dizaine de jours. Le troisième, jeudi dernier. Ils proviennent tous du même expéditeur.

Bien sûr, une partie de moi voudrait les ouvrir. Dès que j'ai vu son nom, j'ai eu envie de les lire. Je voulais voir ce qu'il avait à me dire. Comprendre pourquoi il refaisait surface, surtout maintenant.

Fallait-il que je réponde, et lui dire de me laisser tranquille ? Ou alors qu'il s'était trompé d'Angela ? Il y a probablement des centaines d'Angela Johnston dans le monde. Il ne pouvait pas être certain d'avoir contacté la bonne.

Mais je ne veux plus avoir le moindre contact avec lui. Fini.

J'éteins mon ordinateur et le débranche. Je suis à deux doigts de le balancer par terre. Cette manie qu'ont les gens de vouloir rester en contact. Ce que je ne vois pas ne m'atteint pas. Je regrette l'époque où, sans ordinateurs, les gens n'étaient pas en mesure de fouiner dans la vie des autres.

Je vais dans la cuisine, j'allume la radio et je chantonne en écoutant des chansons *soul* des années 1970.

Cela suffirait habituellement à me remonter le moral, mais aujourd'hui je ne suis pas d'humeur. J'ai même les nerfs à fleur de peau. La musique est trop forte, trop intrusive, alors j'éteins la radio. J'ai presque envie de prendre un doigt de whisky pour me calmer.

Mais je me ravise. Il faut que je reste concentrée. Eliana est ma priorité absolue. Je vais lui servir son petit-déjeuner au lit.

Ne sachant pas si elle aura pensé à tout en préparant ses valises, j'ouvre le placard au-dessus de mon micro-ondes et prends la boîte de vitamines prénatales que j'avais achetée « au cas où ». D'ailleurs, je me demande si elle a laissé son carnet de grossesse dans l'entrée. Il serait bon que j'y jette un coup d'œil, pour vérifier que tous ses examens sont à jour. En fait, ce ne serait pas une mauvaise idée de lui faire voir un médecin ici, vu le stress qu'elle a subi ces derniers jours. Je décroche mon téléphone et j'appelle le cabinet de mon généraliste pour demander un rendez-vous en urgence.

— Oui, je sais que ce n'est pas son médecin traitant, mais elle est enceinte de sept mois et demi et elle a eu beaucoup de stress ces derniers temps. Je crains pour la santé du bébé.

La secrétaire soupire mais finit par prendre les coordonnées d'Eli, en disant qu'elle fera au mieux et me tiendra au courant. J'aurais préféré qu'elle me donne un rendez-vous tout de suite, mais c'est mieux que rien.

Je prépare le petit-déjeuner d'Eli sur un plateau et monte à l'étage.

— Je suis réveillée, maman, me dit-elle en m'entendant gravir l'escalier.

J'ouvre la porte d'un coup de coude et entre dans sa chambre.

— Je t'ai pris quelques viennoiseries chez Kitty's. Kate t'embrasse, d'ailleurs. Elle m'a dit qu'elle passerait peut-être en fin de journée.

— Je ne sais pas si je suis d'humeur à voir du monde.

— Mais Kate, c'est différent. C'est une amie, et elle est adorable. Ça te fera du bien. Elle m'a dit que tu étais allée la voir à la boulangerie il y a quelques jours.

Eli rougit.

— Je passais devant, et il pleuvait, précise-t-elle. Mais c'était avant ce qui s'est passé au centre. Oui, elle est adorable, mais c'est au-dessus de mes forces. Je ne veux voir personne. J'ai trop honte.

— Tu n'as rien à cacher. Arrête de te flageller.

— J'ai appelé le syndicat.

Je m'assieds, je prends une grande respiration et j'attends qu'elle développe.

— Ils m'ont dit qu'ils me défendraient, mais pour l'instant on doit attendre les conclusions de l'enquête interne.

Je ne peux pas m'empêcher de poser la question qui me brûle les lèvres.

— Et l'enquête policière ?

— Tout dépend de ce qu'ils trouveront. Ils considéreront peut-être qu'aucune faute pénale n'a été commise, en fonction des éléments qui seront mis au jour. Mais même si je ne suis pas poursuivie pénalement, je risque d'être radiée.

Je sens mon cœur se serrer, cependant je fais ce que n'importe quelle maman ferait dans cette situation : je la rassure en lui disant que cela n'arrivera pas – alors même que je n'en ai strictement aucune idée.

— Dans ce cas, puisque rien ne dépend de toi, mieux vaut essayer de te distraire un peu. Une visite de Kate est exactement ce qu'il te faut. Elle viendra avec son petit bonhomme, c'est chouette, non ?

Eli n'a pas l'air très convaincue.

*

Vers 11 h 30, j'arrive enfin à convaincre Eli de sortir se promener avec moi. Emmitouflées dans nos manteaux d'hiver et munies de gants et bonnets, nous passons devant la grande serre du Jardin botanique. Cette impressionnante structure de verre et d'acier est un but de promenade très apprécié. Nous marchons bras dessus bras dessous. Eli a un peu retrouvé le sourire.

Moi aussi. J'ai réussi à me convaincre que, tant que je les ignore, les e-mails reçus ne portent pas à conséquence.

— Tu avais raison, maman. C'était une bonne idée de sortir prendre l'air. Ça me change la tête. Je n'étais pas venue ici depuis des années.

— Il ne faut pas négliger ce qui est à portée de main.

— Tu as sûrement raison. On a tous tendance à se reposer sur nos acquis, non ? Moi y compris. (Elle marque une pause.) Maman, est-ce que tu penses que j'ai aussi négligé Martin ?

Je m'arrête de marcher et me tourne vers elle. La pâleur de son visage est encore accentuée par le soleil d'hiver.

— Tu ne peux pas dire ça, dis-je en secouant la tête.

— Pourquoi ? C'est possible que ce soit ça, maman. Je sais que tu refuses de penser du mal de moi, mais si ça se trouve, tout est de ma faute. Je n'ai pas été facile à vivre, ces derniers temps. Il s'est peut-être senti rejeté, ou alors je n'ai pas fait grand cas de lui et de tout son travail, à force de m'apitoyer sur mon sort. Je ne peux m'en prendre qu'à moi-même, s'il est allé voir ailleurs.

Sa voix se noue. Dans d'autres circonstances, j'aurais aussitôt été prise de compassion, mais pas cette fois-ci. Là, je suis en colère. À dire vrai, je suis même déçue. Ce n'est pourtant pas un sentiment que j'éprouve fréquemment envers ma fille. Je dégage mon bras du sien et m'écarte d'elle. Comment peut-elle penser une chose pareille ? Comment peut-elle imaginer avoir fait quoi que ce soit qui justifierait que son mari la trompe avec une autre femme ?

— Oh, Eli, il ne faut pas penser ça.

— Et si ce qu'il disait hier était vrai, maman ? C'est moi qui ai changé. Tu sais très bien que je ne suis plus moi-même depuis que je suis enceinte. Ça date peut-être même d'avant, quand nous essayions d'avoir un bébé. J'ai un peu l'impression que tout m'échappe. Sans parler du fait que je suis en permanence malade. Quand d'autres sont radieuses pendant leur grossesse, moi je n'ai fait que décliner.

Je reste silencieuse, ne comprenant toujours pas comment elle peut s'imaginer fautive de quoi que ce soit. Comment en est-elle arrivée à retourner contre elle-même la colère qu'elle éprouvait à l'égard de Martin ? Ce n'est pas ainsi que je l'ai élevée. Je l'ai élevée pour qu'elle soit forte. Pour qu'elle sache qu'elle n'a pas besoin d'un homme dans sa vie. J'ai parfaitement réussi la mienne sans en avoir un.

Au moment où je sens son bras s'accrocher au mien, je prends sur moi pour ne pas me dégager.

— C'était comment pour toi, maman ? Tu étais radieuse quand tu m'attendais ? Ou bien ce n'est qu'un mythe ?

Je mets de côté ma colère et mes peurs.

— J'ai aimé être enceinte. J'ai bien été un peu malade au début, mais pas tant que ça. Mais moi, je n'essayais pas de tout faire. Je n'avais qu'à me concentrer sur ma grossesse. Je n'étais pas obligée de tout mener de front, comme les jeunes d'aujourd'hui.

— Pourtant tu étais toute seule. Rien que ça, ça devait être difficile.

Je repense à la façon dont s'était vraiment passée ma grossesse. Oui, ç'avait été difficile. Je porte la main à mon ventre, comme si la vieille bique que je suis devenue pouvait se rappeler, après toutes ces années, ce que j'avais ressenti en portant mon bébé.

— Ça n'est facile pour personne, ma chérie. Celles qui disent le contraire mentent. Essaie de voir les côtés positifs.

— On ne peut pas dire qu'il y en ait beaucoup.

— Pense au bébé.

Elle hoche la tête, mais je sais qu'elle ne mesure pas sa chance. Avoir un enfant est une bénédiction.

— Mais, Martin, Rachel… mon travail… Tout le reste est…

Elle secoue la tête, incapable de mettre des mots sur son désarroi.

Je m'en veux d'énoncer des platitudes, toutefois ceci je le pense :

— Rien n'arrive sans raison. Et même si tout semble peut-être t'échapper, il n'en est rien. Concernant Martin, tu as pris les choses en main en venant ici, en choisissant de te donner un peu de temps pour respirer, y voir plus clair. Quant au travail, je suis sûre que l'enquête remettra tout en perspective et confirmera que tu es une excellente infirmière et que tu n'as pas agi intentionnellement.

— Il n'empêche, elle est morte, dit Eli, le visage grave.

— Elle serait probablement déjà décédée de toute façon, et après avoir souffert encore plus. Bien sûr, c'est triste qu'elle n'ait pas pu revoir son fils. Mais franchement, tu penses qu'elle aurait aimé que le dernier souvenir qu'il garde d'elle soit associé à ses atroces souffrances quand tu lui as porté secours ? Ç'aurait été horrible pour n'importe qui.

Angela

Eli est en train de remuer son bol de soupe à contrecœur quand retentit la sonnerie de mon téléphone. Je jette un œil sur l'écran et vois que l'appel provient du cabinet de mon médecin traitant. La secrétaire, toujours aussi peu aimable, m'informe que si Eli le souhaite, elle peut venir à partir de 15 heures ; le médecin lui fera un check-up rapide. Je la remercie et raccroche.

– C'était qui ? demande Eli en reposant sa cuillère, ayant apparemment fait une croix sur sa soupe.

– La secrétaire de mon médecin.

– Tu es malade ? me demande-t-elle.

Bizarrement, la lueur de panique que je lis dans ses yeux ne me déplaît pas. C'est agréable de se sentir aimée.

– Mais non, pas du tout. Écoute, ne te fâche pas, mais je me suis dit qu'après tout le stress que tu as subi ces derniers temps, ça ne te ferait pas de mal de voir un médecin pour faire un petit bilan. Tu es affreusement pâle. Ça me rassurerait si tu faisais une prise de sang. Qu'on vérifie notamment ton taux de fer.

— Maman, mon dernier bilan sanguin remonte à trois semaines, et tout allait bien. Je n'ai vraiment pas besoin de voir un médecin.

— Et si tu te sentais à nouveau mal ? Ne penses-tu pas que ce serait bien d'être suivie ici ?

— J'ai eu une crise de panique, maman, murmure-t-elle. Il faut que j'apprenne à les contrôler.

— N'empêche, ma puce, on n'est jamais trop prudente pendant une grossesse, surtout que celle-ci t'en fait voir de toutes les couleurs. Sans parler du stress de ces derniers jours. Ça me semblerait également une bonne idée de faire contrôler ta tension, non ?

— Je te rappelle que je suis infirmière. Je connais les signaux d'alerte à surveiller.

— Je te rappelle aussi qu'avec tout ce que tu as subi, tu n'as pas forcément été au mieux de ta forme récemment…

Son visage se décompose, et elle reste silencieuse quelques instants. Ses yeux se remplissent de larmes, qu'elle essaie de chasser d'un battement de cils. Sa lèvre inférieure tremble imperceptiblement et son menton se fronce. Pour l'avoir si souvent vu, je connais cet air-là par cœur. La plupart du temps, je réussissais à endiguer le flot de larmes avant qu'il ne se forme.

Mais cette fois-ci je reste silencieuse, même si bien sûr je m'en veux un peu de faire pleurer ma fille. Deux grosses larmes roulent sur ses joues. Par contraste, ses yeux rougis rendent sa peau encore plus diaphane.

— Je m'inquiète beaucoup pour toi, Eli, c'est juste ça. Tu es tout pour moi, tu le sais bien, alors je veux simplement m'assurer que tout va bien. Est-ce que tu peux me faire plaisir ? Tu me connais, c'est mon côté maman poule. On n'a été que toutes les deux pendant si longtemps, alors je… eh bien, disons que je t'aime très fort et que si tu acceptes de faire ça pour moi, j'essaierai par la suite de me faire plus discrète. Désolée, ma puce.

J'ai conscience d'en faire un peu trop en battant ma coulpe.

— D'accord, maman, dit-elle. Merci pour tout ce que tu fais.

— Je t'en prie, ma chérie, je suis là pour ça.

Elle pleure de plus belle mais je sens sa main prendre la mienne. Je réponds à son geste par trois petites pressions, censées signifier « je t'aime fort ». C'est un code secret que nous partageons depuis qu'elle est enfant. Mon père faisait de même avec moi quand j'étais petite. C'est une des rares choses de mon enfance que j'ai pu transmettre à Eli.

*

Le son rythmé et puissant, tel un cheval au galop ou un train prenant de la vitesse. Celui d'une vie prête à voir le jour. C'est un être minuscule et fragile, mais néanmoins bien vivant. Chaque pulsation me rappelle que des jours meilleurs sont à venir. Ma petite-fille. Avec l'arrivée de ce bébé, mon bonheur sera complet. Cette âme innocente ne mesurera probablement jamais tout ce qu'elle apportera à ma vie. Après avoir été tant attendue, elle est d'ores et déjà aimée.

Mon cœur s'accélère pour s'accorder au rythme de ce cœur minuscule. Je me vois déjà la prendre dans mes bras, la bercer pour l'endormir. Dans la chambre que je n'ai jamais pu offrir à Eli quand elle était bébé, je lui chanterai des comptines et lui murmurerai des prières en embrassant doucement sa petite tête fleurant bon le lait, le talc et l'innocence.

Innocence. Voilà ce que ma petite-fille représente à mes yeux. L'occasion de repartir à zéro, d'aider ma fille à devenir la meilleure mère possible. Et, pour la deuxième fois, la chance de pouvoir accueillir dans ma vie un petit être qui m'aimera d'un amour inconditionnel.

— Votre bébé me paraît en pleine forme, déclare le Dr Laurence. Le cœur bat bien.

Eli remercie le médecin et se redresse sur la table d'examen. Après avoir essuyé le gel dont son ventre a été enduit, elle remet son chemisier en place.

— Je t'avais dit que tout allait bien, me fait-elle.

Je fonds en larmes, heureuse qu'il en soit ainsi.

Je ne laisserai rien – pas même ces fichus e-mails – gâcher mon bonheur.

Louise

Je dus lutter pour ne pas céder à la panique quand la femme enceinte a disparu. Je m'étais demandé si c'était une punition qu'on m'infligeait. Après deux nuits entières passées à attendre qu'elle rentre chez elle, j'avais été gagnée par la nervosité. Au début, pas de façon négative. C'était davantage de la fébrilité. Avais-je mal estimé le terme ? Était-elle déjà partie à l'hôpital pour accoucher ? Même si cela n'aurait pas été idéal, j'aurais pu m'en accommoder. Cela aurait simplement accéléré mes plans. Ou alors j'aurais attendu que le bébé soit un peu plus grand. Ce n'était pas idéal, mais pas dramatique non plus. Du moment que l'objectif final restait le même.

Puis je craignis qu'il ne soit arrivé quelque chose. À elle, ou au bébé. Je savais que c'était possible. J'étais bien placée pour le savoir. Me revenaient à l'esprit de sombres images : les hochements de tête négatifs ; les regards compatissants du personnel médical ; et moi qui aurais voulu qu'on me laisse me vider de mon sang et mourir.

Mais la vie ne serait pas à nouveau aussi cruelle avec moi. Dieu et la Sainte Vierge ne le seraient pas non plus. J'avais prié. Je leur avais adressé mes suppliques. J'avais allumé des cierges, d'innombrables cierges. Le sacristain m'avait même gentiment invitée à m'en écarter, afin que d'autres fidèles puissent eux aussi former leurs vœux.

J'avais appelé l'hôpital – contactant aussi bien le service prénatal que la maternité – et demandé à lui parler en me faisant passer pour sa sœur. Manifestement désorientés, ils m'avaient indiqué qu'elle ne faisait pas partie de leurs patientes. Ils avaient dû trouver étrange que sa sœur ne soit pas au courant. Mais j'avais joué la carte de la naïveté avec chacun de mes interlocuteurs.

— Oh, excusez-moi. Elle est peut-être encore en salle de surveillance prénatale, avais-je dit à l'infirmière de la maternité qui m'avait répondu d'un ton bourru.

J'avais ensuite suggéré à son homologue du service prénatal que ma sœur avait pu aller directement en salle de travail.

Bêtement, je me moquais de passer pour une folle. Je savais pourtant que je devais me contrôler, ne pas attirer l'attention. Mais là, c'était différent. Je savais quoi qu'il en soit que mon bébé n'était pas encore né, que la naissance n'était pas imminente, et qu'il n'était pas en danger.

Mais j'ignorais toujours où se trouvait la femme. J'ai bien songé à demander à son mari, toutefois cela aurait probablement éveillé les soupçons sur moi. J'ai donc tenu ma langue et décidé de chercher à en savoir davantage sur sa famille. Il fallait que je trouve qui ils étaient, et où ils vivaient. Je devais élargir mon périmètre de recherche. Je ne pouvais pas échouer.

J'allais tout faire pour ne pas échouer.

Angela

La sonnette retentit peu après 17 h 30.

Kate. Tellement émue d'avoir entendu battre le cœur de ma petite-fille, j'en avais oublié qu'elle devait passer.

— Oh, maman…, dit Eli. Tu peux lui dire que je dors, ou trouver une autre excuse ? Je crois que je n'ai pas l'énergie de parler.

Là encore, je vais devoir faire preuve de cruauté pour son bien. Parfois, je la connais mieux qu'elle ne se connaît elle-même. Je suis sa mère, après tout.

— Écoute, ma chérie, parler avec une amie d'enfance, je pense que c'est ce qu'il y a de mieux pour te remonter le moral. Vous devez avoir beaucoup de choses à vous dire, depuis le temps.

Faisant fi de ses protestations, je rejoins l'entrée. Je devine la silhouette de Kate et de son fils à travers la porte vitrée.

Sourire aux lèvres, je les invite à entrer.

— J'ai apporté des cupcakes du magasin, dit Kate en me tendant une petite boîte carrée.

— Et ma maman m'a dit que ces fleurs étaient pour vous, m'annonce le garçonnet en me mettant sous le nez un bouquet d'œillets avec davantage de bonnes intentions que de bonnes manières.

Cheveux bruns, yeux bleus, grand sourire jusqu'aux oreilles ; c'est un très beau petit garçon. J'ai hâte de voir à nouveau un enfant gambader dans la maison.

Je m'accroupis pour me mettre à sa hauteur.

— Eh bien, merci beaucoup, jeune homme. Elles sont magnifiques.

— Maman, est-ce que je peux avoir un cupcake ? demande-t-il en se tournant vers sa mère avec un air irrésistible.

— Oui, Liam, bien sûr, répond sa mère en riant. Dans cinq minutes. Mais d'abord, allons voir ma copine.

Liam hoche la tête et sourit, tout en frottant ses baskets l'une contre l'autre.

— D'accord, maman.

— Comme tu es décidément un bon petit garçon, je pense qu'on va te donner un cupcake tout de suite, avec un verre de jus de fruits ou de lait si tu veux.

— Un verre de lait, s'il vous plaît, me demande-t-il en me fixant de ses grands yeux bleus.

— Oh, Kate, ton petit garçon est un amour.

Elle incline la tête sur le côté en souriant, comme le font les parents quand, fiers de leur progéniture, ils ne veulent pas avoir l'air de trop se vanter.

— Je ne suis pas sûre que vous diriez ça à l'heure du coucher, tempère-t-elle en riant.

— Profite bien de ces moments, Kate, car très vite il ne voudra plus que tu t'approches de son lit, ou refusera que tu t'approches de lui tout court ! J'aimais beaucoup raconter des histoires à Eli pour l'endormir.

C'était vraiment un moment privilégié… Maintenant, mon grand, que dirais-tu de venir avec moi ? Je vais te donner ton lait et nous préparerons du thé pour ta maman et Eli.

— Eli c'est ta copine, maman ? demande-t-il à Kate, qui acquiesce.

— Oui, on allait à l'école ensemble, comme toi et Darragh.

— Elle est au salon, dis-je à Kate.

À voix basse, j'ajoute qu'elle n'est pas dans son assiette.

— Je vais voir ce que je peux faire, glisse Kate en fronçant les sourcils.

— Alors, Liam, maintenant on va mettre ces cupcakes sur une jolie assiette. Et tu sais quoi ? Je crois que j'ai des crayons de couleur et du papier quelque part. On pourrait dessiner. Moi je ne suis pas très forte en dessin, mais tu pourrais m'aider.

— Mon papa il dit que je sais très bien colorier entre les traits, déclare-t-il solennellement.

— J'en suis certaine, dis-je en le guidant jusqu'à la cuisine. Tu m'as l'air d'être un garçon très intelligent.

— Je sais écrire mon nom en entier. Et pourtant je ne suis même pas encore à la grande école.

— Ouah ! dis-je, ravie de profiter un peu de sa présence.

Rien n'est plus gratifiant que de passer du temps avec des enfants. Ils sont si confiants, si malléables. L'innocence même.

— Installe-toi à la table pendant que je mets les fleurs dans un vase. Et après, on fera un peu de coloriage.

— Et on mangera nos cupcakes ?

— Bien sûr, dis-je en riant. Tu pourras même choisir en premier.

Je remplis un vase d'eau et y plonge le bouquet d'œillets. Je n'aime pas trop ces fleurs. Je trouve qu'elles font bon marché. Mais après tout, c'est l'intention qui compte, ne soyons pas mauvaise langue. Je remplis ensuite la bouilloire et sors la théière et les mugs.

— Bon, dis-je en ouvrant plusieurs tiroirs l'un après l'autre, maintenant, qu'est-ce que j'ai fait de ces crayons ?

Je sais que j'en ai un paquet quelque part, datant de la visite d'une amie qui était venue accompagnée de ses petits-enfants. Après avoir fini par remettre la main dessus, je les pose avec le papier devant Liam, que j'installe correctement en rapprochant sa chaise de la table. Puis je lui sers un verre de lait.

— Et voilà, jeune homme, dis-je en le laissant choisir un cupcake au glaçage chocolaté dans la boîte que Kate a apportée. Je vais donner son thé à ta maman, et ensuite, on pourra dessiner.

Il lève les yeux vers moi et sourit. Ses dents sont déjà couvertes de chocolat.

Je passe brièvement dans le salon, le temps de déposer le plateau à thé, et constate que les filles sont en train de discuter. Pour de bon. Kate tient la main d'Eli. C'est exactement ce que j'avais souhaité. Tandis que je regagne la cuisine pour m'asseoir à côté de Liam, je ressens un certain contentement.

Je me sers moi aussi un verre de lait et croque à pleines dents dans un cupcake. Il rit en voyant ma bouche toute barbouillée de chocolat.

— Alors, qu'est-ce qu'on dessine, Liam ?

— Hmm, fait-il en affichant sur son visage une expression de réflexion exagérée qui me fait rire. Eh bien, ma maman et mon papa et ma mamie me disent tous que le Père Noël va bientôt venir. Alors on pourrait peut-être faire un dessin de Noël.

— Mais oui, ça me paraît une bonne idée, dis-je en le regardant prendre un crayon rouge pour dessiner les contours d'un Père Noël ventripotent. Est-ce que tu as déjà écrit ta lettre au Père Noël ?

— Ma maman m'a aidé parce que je ne sais pas encore faire toutes les lettres.

— Elle est gentille, ta maman. Et qu'est-ce qu'il va t'apporter, le Père Noël ?

— Heu… un nouveau vélo, avec un casque pour être en sécurité, et une télé pour ma chambre, si je suis vraiment bien sage.

— Je suis sûre que tu as été très sage, Liam, dis-je en le voyant se concentrer sur son coloriage en tirant la langue.

Une télévision dans une chambre d'enfant, vraiment ? Je ne peux m'empêcher d'avoir une pensée réprobatrice en songeant que cela signerait la fin des petites histoires avant de dormir.

Je me mets à mon sapin de Noël, auquel je dessine des branches bien pointues, vert bouteille. Je lui ajouterai une étoile si je retrouve le crayon jaune.

— Et toi, qu'est-ce qu'il va t'apporter, le Père Noël ? me demande Liam en me fixant de ses yeux bleus perçants.

— Eh bien, si je suis vraiment très sage, il m'apportera un petit bébé qui viendra vivre ici pour toute la vie.

Ses yeux s'écarquillent.

— Comme un petit frère ? Ma maman m'a dit que peut-être j'en aurai un, ou une petite sœur, le Noël prochain. Alors tu as un bébé dans ton ventre, comme ma tatie ? Elle a un ventre aussi gros que celui du Père Noël.

— Eh bien, en fait c'est ma fille Eli, la copine de ta maman, qui a un bébé dans son ventre. Je serai sa mamie.

— Mais les bébés n'habitent pas chez leur mamie, me dit-il en me considérant de la tête aux pieds.

Ce gosse est intelligent.

— Parfois, si. Si leurs mamans veulent changer de maison. Mais Liam, c'est un très, très gros secret, alors il faut le garder pour nous. Sinon, ça risque de ne pas arriver.

Je porte mon index à mes lèvres et fais « chut ! ».

Liam fait de même, un morceau de chocolat collé à son doigt.

Peut-être que je n'aurais pas dû en dire autant à un enfant de trois ans. Je m'en veux aussitôt, mais je n'ai pas pu m'en empêcher. Je suis si contente, voyez-vous. Il fallait que ça sorte. Je vais peut-être avoir un nouveau petit bébé à la maison…

Mon enfant et son bébé, sous mon toit.

Angela

Je suis en train de zapper d'une chaîne à l'autre pour essayer de trouver quelque chose que nous pourrions regarder, Eli et moi, quand elle apparaît, livide, dans l'encadrement de la porte.

Je crains aussitôt pour la santé du bébé, alors même que quelques heures seulement se sont écoulées depuis que j'ai entendu ses adorables petits battements de cœur.

— Eli, que se passe-t-il ? Est-ce que c'est le bébé ? dis-je tandis qu'elle s'approche pour s'asseoir sur le canapé, visiblement dans l'incapacité de se tenir debout plus longtemps.

Elle me regarde en plissant les yeux puis secoue la tête.

— Le bébé va bien, marmonne-t-elle. Il ne s'agit pas du bébé.

Je remarque alors qu'elle tient son téléphone à la main, et mon sang ne fait qu'un tour. A-t-elle parlé à Martin ? Que se sont-ils dit ?

— Il s'agit de mon travail, poursuit-elle, interrompant mes pensées. Rachel a appelé quand j'étais dans ma chambre. Je suis convoquée au centre demain au sujet de ce qui s'est passé avec Mme Doherty. Son fils sera là. Ainsi que l'équipe de direction. Oh, maman. Je vais être virée, c'est ça ? Tu crois que je vais être radiée ? Si ça se trouve, la police sera là aussi… Et je vais être obligée de revoir Rachel. Je ne vais pas y arriver…

Je la sens au bord d'une nouvelle crise d'angoisse, incapable de contrôler ses émotions. Je ne connais que trop bien ce sentiment d'être dépassé par ce qui vous arrive. Quand vous n'avez qu'une envie, fuir et disparaître dans un trou.

— Ne t'inquiète pas, ça va aller, je te le promets, dis-je en tentant de la rassurer tant bien que mal. N'arrête pas de respirer. Essaie de reprendre ton calme. Respire avec moi.

Elle a le souffle coupé, interrompu par de violents tremblements qui la font expulser l'air de façon saccadée et l'obligent à une pause après chaque expiration. Puis elle prend une bouffée d'air précipitée. C'est comme si elle avait oublié la plus naturelle des fonctions du corps. Je l'encourage à compter dans sa tête à chaque inspiration, puis à expirer comme si elle soupirait, lentement, en restant centrée sur elle-même.

— Personne n'est infaillible, ma chérie, dis-je pour l'apaiser. Personne. Ils vont forcément entendre raison et faire preuve de compréhension. Ils te pardonneront et tourneront la page, car à aucun moment tu n'as eu l'intention de faire du mal à quiconque.

En disant cela, je me demande si c'est elle ou moi que j'essaie de convaincre.

*

Eli est sur des charbons ardents toute la soirée. Elle me demande si elle devrait appeler Martin pour lui parler de sa convocation. Il risque de s'inquiéter, suppose-t-elle. À moins qu'il ne soit trop fâché pour accepter de lui parler. À cette idée, elle paraît saisie d'un intense désarroi.

Je lui demande si elle pense que ça lui fera du bien. Saura-t-il trouver les mots pour la réconforter, ou bien le simple fait de lui parler la renverra-t-il à ses soucis conjugaux ? Et s'il est fâché, comme elle le craint, n'y a-t-il pas un risque que cette conversation ne fasse qu'empirer les choses ?

Je finis par réussir à l'en dissuader. Elle est fatiguée et elle a la migraine. Je lui suggère donc de se coucher tôt et lui prépare un thé dans lequel je glisse un sédatif pour que sa nuit soit la meilleure possible. Une fois qu'elle est endormie, j'éteins son portable et débranche le téléphone fixe pour que rien ne vienne la déranger. La journée de demain s'annonce difficile.

*

Au moment où nous nous mettons en route pour Derry, peu après 9 heures, je la vois bâiller. Aurais-je un peu forcé sur la dose ? J'espère qu'elle sera d'attaque pour son entretien. Je fais une pause le temps qu'elle prenne un café, même si elle en a déjà bu un ce matin et ne devrait pas en abuser. Je tiens à ce qu'elle ait les yeux en face des trous.

Son représentant syndical la retrouvera au centre. Rachel aussi sera présente. Eli me confie avoir le ventre noué à l'idée de la voir.

— Je me demande comment je vais pouvoir la regarder. Je sais bien qu'il n'est pas absolument certain qu'elle soit sa maîtresse, mais bon…

— Le plus important, c'est de rester concentrée sur le motif de ta convocation. Ne la laisse pas gagner, Eliana. Ne lui donne pas l'impression d'être abattue.

— Elle a toujours été une véritable amie pour moi, du moins le pensais-je. Je la considérais comme une alliée. Mais maintenant, comment l'imaginer m'apporter son soutien quand je la soupçonne de coucher avec mon mari ?

Je voudrais qu'Eli réalise que Rachel ne pourra jamais être une menace pour elle. Eli la surpasse en tout. Je n'ai pas oublié son comportement lors du mariage d'Eli et de Martin. Ivre morte, elle avait passé la soirée à pleurnicher sur sa part de gâteau. Pris de pitié, quelqu'un l'avait discrètement fait sortir du restaurant pour la ramener chez elle avant que son mascara ne dégouline davantage sur ses joues.

Plus tard, Eli m'avait expliqué que Rachel, en pleine séparation, traversait une très mauvaise passe. Peu m'importait. Il n'y a aucune excuse à se donner ainsi en spectacle, surtout au mariage de son amie. Quand on est incapable de se tenir en société, on reste chez soi.

— Prenons les choses dans l'ordre, l'une après l'autre. Aujourd'hui, ta priorité c'est ton travail. Considère Rachel comme une collègue et fais ton possible pour ne pas penser au reste.

Elle m'adresse un demi-sourire et se tourne à nouveau vers la vitre.

Louise

Tout était en place. Notre nouvelle maison, ainsi que le logement provisoire que j'avais choisi en attendant la naissance du bébé. J'avais même vendu ma voiture – pour à peine plus que ce que j'en aurais obtenu à la casse, mais après avoir retiré mes économies de mon compte d'épargne, j'avais réussi à en acheter une autre. Elle n'était guère mieux que la précédente, néanmoins elle nous avait menées jusqu'à notre nouvelle maison sans encombre.

Je venais de la garer devant l'immeuble où j'allais loger en attendant le jour J. L'appartement était plutôt sinistre. D'abord, le chauffage ne fonctionnait pas, et j'avais beau aérer, il y régnait une odeur de moisissure persistante.

La moquette était maculée de taches collantes et humides, le matelas du lit une place, dans l'unique chambre de l'appartement, était crasseux. Je m'étais non seulement empressée de le recouvrir de couvertures, mais j'avais aussi prévu de dormir dans un sac de couchage. Je m'en accommoderais. Tout ce qui m'importait, c'est que le loyer était très bas et qu'il n'y avait pas de caution à verser. Je pouvais donc partir sans avoir à donner de préavis. Le propriétaire ne m'avait même pas demandé de pièce d'identité. Je ne laisserais pas la moindre trace.

Il ne me restait plus qu'à rendre les clés de la maison où j'avais vécu avec Peter. Il l'avait mise en vente et m'avait donné une somme d'argent forfaitaire au lieu de me verser une pension alimentaire. Ce n'était pas une fortune, mais cela me suffirait à payer le loyer de mon nouvel appartement pendant quelques mois, le temps de me trouver une source de revenus. J'avais l'intention de suivre des cours de comptabilité, pour apprendre un métier que je pourrais exercer à domicile, sans avoir à quitter mon bébé.

Mais là, quelque chose me contrariait. La femme enceinte n'était toujours pas rentrée chez elle. Je ne pouvais pas passer à l'étape finale sans savoir où elle se trouvait.

J'avais beau suivre son mari dans l'espoir de trouver des indices, il ne me semblait pas avoir changé ses habitudes.

Certes son apparence était moins soignée, voire parfois un peu négligée, mais je n'avais remarqué aucun changement dans ses allées et venues.

Mes différentes recherches, qui avaient mobilisé toutes les ressources de la bibliothèque municipale ainsi que la passion des autochtones pour les commérages, m'avaient seulement permis de découvrir qu'elle n'était pas originaire de la région. Elle venait du centre du pays.

Se pouvait-il qu'elle soit tout bonnement partie rendre visite à de la famille ? Elle était pourtant censée rester chez elle, auprès de son mari, en attendant la naissance du bébé.

Je ressentais désormais un besoin physique de tenir mon enfant dans mes bras, de serrer son petit corps chaud contre le mien. Il me tardait de humer sa douce odeur de bébé, d'être caressée par le petit souffle d'air qui s'échapperait de ses lèvres minuscules. J'avais hâte que les miennes puissent enfin embrasser le duvet de sa petite tête tandis qu'elle gigoterait contre moi en produisant ces adorables gargouillis propres aux bébés – quand ils sont en vie.

J'avais besoin de connaître ces gestes avec mon enfant. Je devais chasser de ma mémoire le souvenir d'un baiser vain, d'un bébé qui ne bougeait ni ne respirait. Ses lèvres minuscules avaient noirci et ses joues, au lieu d'être roses, avaient une teinte grisâtre, presque bleue. Aucun souffle ne s'en était échappé. Aucune chaleur. Il n'y avait que ce petit corps anormalement froid. Cet être inanimé que je tenais dans mes bras, que j'avais porté dans mon ventre et qui m'avait été enlevé. Physiquement, du moins. Car ce petit corps inerte, je le portais toujours dans mon cœur. Je savais que je ne pourrais m'en défaire qu'après l'avoir remplacé par celui d'un nouveau bébé. Le mien.

Je priais pour que Dieu renvoie la femme chez elle au plus vite. Et je me promettais de ne plus la perdre de vue.

Angela

Tandis que nous patientons devant le centre, main dans la main, je suis gagnée par la nervosité.

Je suis inquiète pour Eli. Me revient en mémoire son premier jour d'école : nous nous tenions toutes les deux l'une à côté de l'autre, main dans la main comme aujourd'hui, devant un bâtiment en briques rouges. Je portais un long imperméable beige, un jeans et des bottines noires. Une tenue très simple, rien de sophistiqué. Les bottines avaient pour unique fonction de protéger mes pieds de la pluie de septembre.

Eli portait un imperméable rose vif, des moufles violettes et un bonnet à pompon violet. Elle avait levé la tête vers moi en plissant les yeux derrière sa frange, que j'avais eu la bêtise de couper moi-même, avec une moitié légèrement plus longue que l'autre.

— Je suis obligée d'y aller, maman ? m'avait-elle demandé.

Instinctivement, j'aurais voulu lui répondre que non. Bien sûr qu'elle n'était pas obligée d'y aller. Rien ne l'obligeait à agir contre son gré. Sauf qu'elle ne pouvait pas ne pas aller à l'école. Il lui fallait maintenant quitter le cocon familial pour se mêler à d'autres enfants, d'autres adultes, se confronter à d'autres influences. Il fallait que je la laisse y aller. Que je l'y encourage, même. Alors j'ai affiché mon plus beau sourire, et j'ai serré sa main. Trois petites pressions…

— Bien sûr que tu le dois, ma chérie. Et tu vas leur montrer comme tu es formidable. Tu vas leur montrer que tu sais déjà écrire ton nom. Et pas seulement Eli. Mais Eliana en entier, avec ton nom de famille. Je suis sûre que tu seras la seule de ta classe à savoir écrire tout ça.

Elle avait levé les yeux vers moi en fronçant les sourcils, le temps de trouver ce qu'elle allait me dire.

— Mais tu ne peux pas m'apprendre tout le reste ? Comme tu m'as appris à écrire mon nom ?

— Oh, ma chérie, ton institutrice connaît bien plus de choses que moi, et elle vous enseignera de façon beaucoup plus rigolote. Et quand tu rentreras de l'école, nous pourrons nous amuser sans nous soucier d'avoir des choses ennuyeuses à apprendre. Aujourd'hui, si tu veux, on pourra se faire un chocolat chaud.

— Avec des chamallows ?

— Bien sûr. Et de la crème.

Elle n'avait pourtant pas eu l'air totalement convaincue. Ma petite fille était comme ça. Toujours à réfléchir, à se poser des questions.

— Tu seras à la maison quand je rentrerai de l'école ?

— Pour rien au monde je ne voudrais être ailleurs, ma chérie. Je serai toujours là pour toi. Toujours.

J'avais alors vu ma fillette, haute comme trois pommes, prendre une grande respiration et bomber le torse.

— Bon, d'accord, maman. On va y aller alors.

Elle avait serré ma main, et j'ignore qui de nous deux avait eu le plus besoin d'être rassurée.

Aujourd'hui, devant l'entrée du centre, je ressens exactement les mêmes émotions. Je sais au fond de moi que ma fille n'a d'autre choix que d'y aller et qu'elle devra affronter l'inconnu. Je sais aussi que je ne pourrai en aucun cas le faire à sa place ou rendre cette épreuve moins difficile. Et je doute que la promesse d'un chocolat chaud fasse beaucoup d'effet, cette fois-ci.

— J'ai mal au cœur, me dit-elle d'une voix à peine audible.

— Quoi qu'il arrive, nous ferons face, ma chérie. Quoi qu'il arrive, ça ne changera rien au fait que tu es quelqu'un de formidable. Une bonne personne.

Elle me gratifie du même regard peu convaincu que celui qu'elle m'avait adressé quand elle avait quatre ans.

— Bon, allez, j'y vais. Qu'on en finisse.

Elle me lâche la main et me précède de quelques pas, puis elle me tient la porte vitrée pour me laisser entrer.

Avant de pénétrer à l'intérieur du hall, je n'avais pas d'idée précise sur ce à quoi pouvait ressembler un centre de soins palliatifs. J'imaginais tout au plus un environnement stérile, où régnaient la mort et l'agonie. Je m'attendais à trouver du personnel à l'air grave, des familles éplorées dans les couloirs. J'avais tort, bien sûr. C'était un lieu chaleureux et accueillant. Presque familial.

Une femme à qui je donne la cinquantaine se tient à la réception. En nous voyant arriver, elle s'approche de nous et prend Eli dans ses bras. Je les entends chuchoter à voix basse, sur un ton qui se veut rassurant. Quand elles se libèrent de leur étreinte, la femme se tourne vers moi.

— Madame Johnston, venez donc avec moi, je vais vous faire un thé ou un café. Vous avez de la chance, une de nos familles vient de nous apporter des scones tout frais.

Je me braque.

— En fait je pensais accompagner Eli, dis-je en regardant ma fille pour obtenir son assentiment.

Mais elle me fait non de la tête.

— Maman, ça ne va pas être possible. Lorraine s'occupera de toi.

— Enfin, tu ne peux pas y aller toute seule ! Pas dans ton état.

— Je ne serai pas seule. Je serai avec mon représentant syndical. Et d'autres membres du personnel.

Je suis très mécontente. Je pensais qu'on m'autoriserait à l'accompagner et que je pourrais la défendre bec et ongles, comme seule une mère sait le faire. Je n'ai aucune envie d'être reléguée dans une cuisine avec une tasse de mauvais thé et un malheureux scone. Au diable les scones faits maison.

— Tout le monde ici apprécie énormément Eliana, surenchérit Lorraine.

J'ai envie de lui dire de se mêler de ce qui la regarde, mais je ne veux pas faire de scandale.

— Je dois me débrouiller seule, maman. Ça va aller, je te le promets.

Je la trouve si courageuse que mon cœur meurtri se remplit de fierté.

— D'accord, dis-je avant de l'embrasser une dernière fois.

Lorraine me conduit ensuite à la cuisine du personnel pour me préparer un thé.

— Ne vous inquiétez pas, madame Johnston. Les gens ici savent qu'Eli est une excellente infirmière, m'assure-t-elle en sortant une théière du placard. Ses collègues et elle doivent parfois travailler dans des conditions vraiment très difficiles, c'est une honte. Mais il ne fait de doute pour personne que jamais elle n'aurait pu faire du mal à une patiente intentionnellement.

— Bien sûr que non.

J'ai répondu sèchement. Je dois prendre sur moi pour garder mon sang-froid, bien qu'il m'en coûte. Tous mes muscles sont tendus. Je suis à cran, et je n'ai aucune envie de rester là à faire la conversation.

— Ce que je voulais dire, c'est que même si je sais qu'elle vit une grossesse difficile… eh bien, je ne pense pas que cela ait pu avoir une incidence sur la qualité de son travail.

— Non, assurément.

— Votre fille est très compétente, poursuit Lorraine. Souhaitez-vous du lait, du sucre ?

— Juste un peu de lait, s'il vous plaît, m'entends-je répondre alors que je n'ai guère envie d'avaler quoi que ce soit.

— Ça ne devrait pas durer trop longtemps, dit Lorraine en me tendant une brique de lait avant de s'asseoir en face de moi.

Je la remercie de façon laconique. Je n'ai aucune envie de broder. Je jette un œil à l'horloge accrochée au mur. Voilà déjà cinq minutes que la réunion a commencé.

Je sens son regard sur moi. Elle est probablement en train d'essayer de me jauger. Très mal à l'aise, je baisse les yeux.

— Excusez-moi, reprend-elle. J'ai l'impression de vous avoir déjà vue quelque part. On se connaît ? Avez-vous fréquenté l'école St. Mary ?

— Non, dis-je en sentant mon cœur s'accélérer.

Je voudrais être avec Eli. Pas ici.

— J'aurais juré qu'on s'était déjà rencontrées. J'ai une très bonne mémoire des visages, d'habitude. Ou alors à Creggan ? J'ai grandi dans le quartier, aux Heights. Je dirais que nous avons à peu près le même âge. Quel est votre nom de jeune fille ? Laissez-moi quelques minutes, et je suis sûre de vous remettre.

— On ne s'est jamais rencontrées, dis-je d'un ton tranchant, agacée par son insistance. Je ne suis pas de Derry, j'ai grandi à Belfast. Je pense que vous me confondez avec quelqu'un d'autre.

Je vois à sa tête qu'elle n'est pas totalement convaincue. Je déteste les gens comme elle, toujours à fouiner.

Je regarde à nouveau l'horloge : dix minutes seulement ont passé, comment est-ce possible ?

— Vous devez attendre cette naissance avec impatience, continue Lorraine.

— Bien sûr.

— Vous serez grand-mère pour la première fois ?

— Oui.

J'aimerais bien qu'elle arrête de me questionner ainsi. Pourquoi se sent-elle autorisée à me poser toutes ces questions ? Je prends une nouvelle respiration, cette fois-ci à grand-peine. J'ai comme un poids sur la poitrine. Est-ce aussi ce que ressent Eli, ces derniers jours, depuis que le ciel lui est tombé sur la tête ? Ai-je infligé ça à ma propre fille ?

— Eli est ma fille unique, lui réponds-je. Donc oui.

— C'est bien ce que je me disais ; qu'Eli était fille unique. Eh bien, un premier petit-enfant, c'est toujours spécial. Moi, le premier, je l'ai pourri gâté. Attention, je les aime tous, cela va sans dire, mais lui, il aura toujours une place spéciale dans mon cœur.

— J'imagine.

Je sais que je suis en train de me montrer désagréable. Lorraine, quoiqu'un peu trop curieuse, est tout à fait charmante et pleine de bonne volonté. Elle essaie simplement d'entretenir la conversation. Mais moi, je voudrais qu'elle me fiche la paix. Qu'elle me laisse seule.

— Une chose est sûre, ce bébé sera entouré de beaucoup d'amour. Ici, nous l'attendons tous avec énormément d'impatience. Voilà bien longtemps qu'on n'a pas eu de bébé, au centre.

— Eh bien, je pense qu'on va déjà voir comment les choses se passent aujourd'hui. Chaque chose en son temps.

Si j'arrive à mes fins, il est certain que ce bébé restera loin d'ici.

— Je suis sûre que tout va bien se passer, répète Lorraine, d'une voix plus calme.

Je crois qu'elle a compris que je ne voulais pas lui parler. Je voudrais qu'elle fiche le camp. Qu'ils me fichent tous la paix, avec leur commisération factice.

Un silence pas franchement complice s'installe entre nous. Je regarde l'horloge toutes les trente secondes. Est-ce qu'elle retarde ? J'ai trop chaud. Le chauffage est réglé au maximum, pour contrer le froid hivernal. J'aurais envie d'ouvrir les fenêtres en grand et de respirer un peu.

À mon grand soulagement, le silence est interrompu par une sonnerie de téléphone.

— Ah, ça doit être pour moi, dit Lorraine. Pas de repos pour les braves, qu'ils disent.

Je lui adresse un demi-sourire.

— Vous avez quelques magazines ici, au cas où vous voudriez lire un petit peu en attendant Eli.

Elle sort sans attendre ma réponse, et je soupire de satisfaction.

Je jette un œil à la couverture du premier magazine qui me tombe sous la main : « Je pensais pouvoir faire confiance à ma sœur, mais elle a tenté de bousiller ma vie. » La une, écrite en énormes caractères rouges et jaunes, est aussi tape-à-l'œil que racoleuse. Je me demande quelle serait la version de la sœur en question – je suis bien placée pour savoir qu'aucune histoire n'est aussi simple qu'elle n'en a l'air.

Angela

Je fixe le reste de mon thé froid, observant de petits caillots de lait remonter à la surface du liquide brun clair, quand j'entends la porte de la cuisine s'ouvrir en grinçant. Je lève les yeux aussitôt et retrouve enfin ma fille : pâle, l'air fatigué, les yeux rougis.

— On y va, maman ? Je suis morte.

Je ne désire rien tant que la faire monter dans la voiture et partir sur les chapeaux de roues. Mais je ne veux pas avoir l'air de céder à la panique.

— Qu'est-ce qu'ils t'ont dit ? dis-je en me levant pour l'embrasser.

Elle se blottit dans mes bras.

— Ils ne peuvent établir un lien direct entre le surdosage et sa mort, vu l'état critique dans lequel elle se trouvait. A priori, l'administration du sédatif n'est pas le principal facteur ayant entraîné le décès. La dose était certes élevée, mais pas fatale, dit-elle en commençant à sangloter. Je ne vais pas être radiée, et il n'y aura pas de poursuites pénales. En revanche, ils m'ont mise en congé de maternité. Ils veulent que je prenne un peu de temps pour moi.

J'éprouve un soulagement immédiat. Personne ne portera plainte contre elle. Ils ne me l'enlèveront pas.

— On nc pouvait espérer meilleure issue…

— N'empêche qu'elle est morte, maman. Elle n'a pas pu dire au revoir à son fils, et lui non plus. Je devrai vivre avec ça toute ma vie.

— Tu as pu parler à son fils ?

Elle hoche la tête et pleure de plus belle.

— Il m'a dit que sa mère ne m'aurait jamais rien reproché, car elle lui disait toujours beaucoup de bien de moi. Il m'a remerciée d'avoir fait tout mon possible pour apaiser ses souffrances.

Je sens les larmes me monter aux yeux. Je suis si fière de ma fille.

— Du coup, je me sens encore plus coupable, ajoute-t-elle en se dégageant de mon étreinte. S'il te plaît, maman, partons vite d'ici. J'ai de nombreuses décisions à prendre. Il faut notamment que je sache si je veux revenir travailler ici.

— Ce n'est pas le moment de prendre des décisions hâtives.

En disant cela, j'ai un peu honte de réaliser que ma sollicitude à son égard cède dangereusement le pas à un autre sentiment : l'excitation due à la possibilité que se défasse un autre lien rattachant ma fille adorée à cette ville.

Au moment où nous nous apprêtons à sortir du centre, j'entends une voix appeler Eli, qui s'arrête pour se retourner. C'est Rachel. Même si elle est en uniforme et non en train de siroter une vodka-Coca, je la reconnais aussitôt. Je presse la main d'Eli pour tenter de la rassurer en silence.

Eli marche à sa rencontre mais elles restent à portée de voix, ce qui me permet de les entendre.

— Comment ça va à la maison ? demande Rachel.

Eli se tend.

— Je vais passer quelques jours à Belfast, répond-elle.

Quelques jours ? J'en doute. Je reste silencieuse, les yeux tournés vers la sortie. Je n'ai qu'une envie, partir.

— Tu sais que je suis là si tu as besoin de parler, dit Rachel.

Elle a l'air sincère. Je ne sais pas comment fait Eli pour garder son sang-froid, mais elle y parvient. Ma fille hoche simplement la tête puis tourne les talons et se dirige vers moi. Sans embrassades ni au revoir amical. Rien. Elle se contente de me rejoindre puis nous franchissons la porte et regagnons ma voiture.

Au moment où je mets le contact, je pousse un soupir. On s'en est sorties. Une épreuve de surmontée.

Mais il nous en reste encore une, bien plus redoutable.

— Est-ce que tu veux passer récupérer quelques affaires supplémentaires, Eli ?

— Ça me paraît souhaitable. Je ne peux quand même pas porter indéfiniment le même soutien-gorge de grossesse, ni continuer à mettre un jour sur deux les deux seuls hauts que j'ai pris. D'ailleurs, je ne suis pas sûre qu'ils m'aillent encore longtemps. Je vais bientôt devoir me résoudre à porter ma chemise de nuit par-dessus mes leggings !

Elle rit du bout des lèvres. Même s'il est peu forcé, ce rire me fait quand même chaud au cœur.

Angela

J'ai une boule au ventre en apercevant la voiture de Martin garée dans l'allée menant chez eux.

Il est à la maison. J'avais pourtant pris les devants en lui envoyant un SMS un peu plus tôt, pour le prévenir que nous allions passer récupérer quelques affaires, lui suggérant aussi qu'il était sûrement préférable pour eux deux qu'il ne soit pas présent. Avec le recul, je me rends compte que c'était une très mauvaise idée : il n'a pas parlé à sa femme depuis plusieurs jours ; elle ne répond pas à ses messages – encore faudrait-il qu'elle les reçoive – et il meurt d'envie de la revoir.

Si je n'avais rien dit, il aurait probablement été au travail, et nous aurions pu entrer et sortir sans risquer de le croiser.

— On n'est pas obligées d'y aller, dis-je.

Eli se tourne vers moi. J'ajoute rapidement :

— Si tu ne le sens pas, on peut toujours faire demi-tour. On ira acheter les affaires qu'il te manque à Belfast. Tu n'es pas obligée de t'infliger ça, après la journée que tu viens de passer.

— Il faut bien qu'on se parle un jour, me répond-elle.

— Oui, mais pas forcément aujourd'hui. (Vais-je lui paraître trop autoritaire ?) Ou alors tu peux rester dans la voiture. Je peux y aller à ta place si tu me dis ce dont tu as besoin.

Elle marque une courte pause et, l'espace d'un instant, elle semble envisager cette possibilité. Mais elle se contente de faire non de la tête.

— Maman, j'ai presque trente-quatre ans. Il est grand temps que je me débrouille toute seule. Y compris pour les choses qui fâchent.

Je n'ai rien à redire à cela, même si je préférerais qu'il n'ait pas l'opportunité d'essayer de la convaincre de son innocence. J'opine donc simplement de la tête mais insiste pour l'accompagner, au cas où elle aurait besoin de moi.

Dès que nous franchissons la porte d'entrée, nous sommes assaillies par une forte odeur de renfermé. La pièce à vivre donne l'impression qu'une horde d'étudiants enragés y a pris ses quartiers. Sur les plans de travail de granit, nous trouvons pêle-mêle des emballages de plats préparés, des bouteilles de bière vides ainsi qu'une bouteille de whisky à moitié entamée. Eli porte sa main à sa bouche et, déclarant qu'elle ne se sent pas bien, se dépêche d'aller ouvrir les portes-fenêtres. Un air glacial envahit la pièce.

Les coussins du canapé sont en désordre, un jeans et une paire de chaussettes ont été jetés devant la table basse et, sur cette dernière, à moitié mangée dans sa boîte, gît une pizza à la surface de laquelle du fromage durci devenu jaunâtre surnage parmi des petites flaques d'huile.

Le sol est jonché de papiers divers et la cheminée constellée de cendres et de copeaux de bois indique qu'il ne s'est pas donné la peine de passer la balayette après l'avoir rechargée en bûches. Le carrelage est maculé d'empreintes boueuses et une porte de placard a été laissée ouverte. Mais aucune trace de Martin.

— Oh, maman, si je m'attendais à ça ! Il doit vraiment être mal.

— Tu ne vas quand même pas le plaindre, Eliana Johnston. Après tout, il ne peut s'en prendre qu'à lui-même.

Elle soupire, se frotte le ventre et balaie la pièce du regard. Se sent-elle encore chez elle ici ?

— Je pensais vraiment qu'il m'aimait, dit-elle en s'approchant des portes-fenêtres pour prendre une grande bouffée d'air.

J'ai l'impression d'entendre un craquement dans l'escalier, mais il semble qu'elle n'ait rien remarqué. Je sais qu'il me faut tourner la situation à mon avantage.

— Je n'ai aucun doute là-dessus, Eliana. Comment pourrait-il en être autrement ? Comme beaucoup d'hommes, il veut le beurre et l'argent du beurre. Tu mérites mieux. Et ta fille mérite mieux qu'un père adultère.

— Ta fille ?

La voix de Martin vient de résonner dans l'entrée. Je me retourne et le vois qui s'approche de nous, l'air défait. Il porte un T-shirt taché, un pantalon de pyjama et une barbe de trois jours.

Je feins la surprise.

— Oh ! Martin, je ne t'avais pas vu… Je ne savais pas que tu étais là. Désolée, je n'aurais pas dû…

Eli a l'air pétrifiée. Il l'avait suppliée de ne pas chercher à connaître le sexe de leur enfant. Elle sait donc à quoi s'attendre.

— Ta fille ? répète-t-il. Comment le sais-tu, Eli ?

Il est manifestement ébranlé de découvrir qu'elle ait pu trahir sa confiance.

— Écoute, Martin, je ne pense pas que cela vaille la peine de te mettre dans tous tes états. On est simplement passées récupérer quelques affaires, et on part juste après.

Il lève la main pour me faire taire et s'avance vers Eli.

— Comment es-tu au courant ? répète-t-il.

— Il fallait que je sache, dit-elle. Tu as bien vu le mal que j'avais à appréhender cette naissance.

— Tu m'avais promis, proteste-t-il. (Je ne saurais dire s'il est en colère ou vexé, à moins que ce ne soit un mélange explosif des deux.) Comment as-tu pu faire ça dans mon dos ?

C'est exactement la question que je voulais qu'il pose.

— Tu es bien mal placé pour dire ça, dis-je en m'approchant d'Eli pour lui prendre la main. Après ce que tu as fait. Et avec une des meilleures amies de ta femme, par-dessus le marché. Je me demande comment tu peux encore te regarder dans une glace. Et elle aussi. Toi et cette traînée devriez avoir honte.

Je sens Eli qui me serre la main, m'enjoignant en silence d'arrêter. Je réplique par trois petites pressions pour lui rappeler combien je l'aime. Elle peut compter sur mon soutien absolu. Je vais me battre bec et ongles pour elle.

Martin lève les yeux au ciel.

— Tout ceci est absurde. Parfaitement absurde.

Il se passe les mains dans les cheveux. Comme ils n'ont pas l'air d'avoir été lavés depuis longtemps, ils restent plaqués sur son crâne. Moi qui avais toujours trouvé mon gendre plutôt bel homme, là, il me paraît répugnant. Au milieu de ce capharnaüm, j'espère que c'est aussi ainsi que ma fille le voit.

— Je n'ai pas le courage d'avoir cette conversation, dit Eli. Tout ce que je veux, c'est rentrer à la maison.

— Quelle maison ?

L'expression l'a fait bondir. Il prend une bouteille de bière vide sur la table basse et la balance par terre. Elle se brise sur le carrelage en mille morceaux orangés qui s'éparpillent aux quatre coins de la pièce.

— Ta maison, c'est ici. Avec moi. Ta famille. Si tu pouvais, un jour, nous faire passer avant ta mère…

Je sens la colère monter en moi. Je suis à deux doigts de hurler que c'est lui qui me l'a volée. Dès qu'elle l'a rencontré, c'est lui qu'elle a fait passer en premier. Mais je ne peux prendre le risque d'avoir cette conversation maintenant. J'ai les nerfs tellement à vif que je pourrais dire quelque chose que je regretterais. Je plaque une main sur ma bouche pour étouffer un sanglot factice. L'effet escompté ne se fait pas attendre.

— Bon sang, Martin ! crie Eli. Si quelqu'un a quelque chose à se reprocher ici, c'est bien toi. Tu m'as trompée, je te le rappelle ! Oui, j'ai demandé à connaître le sexe de notre enfant, mais il fallait que je le sache pour pouvoir commencer à l'aimer. Or toi, rien ne pourra jamais justifier que tu sois allé voir ailleurs. Et je te demanderai de ne pas mêler ma mère à tout ça.

Elle me prend la main et nous passons devant Martin, qui s'est assis sur le canapé, l'air abattu, au milieu de ses détritus.

— Je ne te mens pas, Eli ! hurle-t-il.

Mais je sais qu'elle ne l'écoute plus.

— Fiche-moi la paix, Martin. Je vais prendre quelques affaires et je m'en vais. Surtout, surtout, je veux que tu me fiches la paix, maintenant.

Sa détermination m'impressionne. Pourtant, une fois que nous sommes arrivées au sommet de l'escalier, je l'entends sangloter. Elle marque une pause de quelques secondes à peine, comme si son chagrin devait s'exprimer en une seule salve, puis elle se ressaisit.

— Dépêchons-nous, maman. Qu'on puisse partir au plus vite.

Nous entrons donc dans la chambre, qui se trouve dans le même désordre que la salle à manger. La couette est en boule au milieu du lit. Les draps sont défaits. Les coussins sont éparpillés dans la pièce, de même que des vêtements sales accumulés depuis deux jours. J'aperçois aussi un petit tas de serviettes de bain humides et malodorantes.

Quelques bouteilles de bière vides traînent sur la table de chevet de Martin, ainsi que des paquets de chips abandonnés et une soucoupe dans laquelle deux mégots ont été écrasés.

Je fronce le nez.

— Qu'est-ce que je peux faire, Eli ?

Perdue dans ses pensées, elle ne me répond pas mais pénètre dans le dressing, d'où elle extrait une valise de taille moyenne. Je souris intérieurement – c'est du sérieux. Elle la pose par terre et ouvre plusieurs tiroirs pour choisir vêtements et sous-vêtements.

— Des chaussures, dit-elle en s'approchant de l'armoire avant d'en sortir des bottines et des baskets, ainsi que deux tuniques pendues à leurs cintres.

Elle jette le tout sans cérémonie dans la valise.

— Tu ne prends pas des affaires pour le bébé ? dis-je nerveusement.

— J'ai encore beaucoup de temps devant moi.

— Mais tu dois avoir un sac de prêt pour la maternité, non ? Je te connais, Eliana. Ça ne serait pas mal de le prendre aussi, au cas où. Tu ne sais pas encore combien de temps tu resteras à Belfast.

Elle marque un temps d'arrêt. Pendant quelques instants, elle ne jette plus ses affaires précipitamment dans la valise et n'arpente plus la pièce de manière hystérique comme si sa simple présence ici lui répugnait. J'en arrive à craindre que, dépassée par la situation, elle décide de ne plus partir mais de rester ici « pour le bien du bébé ».

— Eli ? dis-je d'une voix douce. Je sais que tout ça est très angoissant, mais chaque chose en son temps, hein ? Ne l'oublie pas.

Elle tourne lentement la tête vers moi, avant de se lever laborieusement, chancelante, peinant encore à trouver le nouveau centre de gravité que lui confère son gros ventre.

— Tu as raison. C'est ce que je vais faire. Je vais le chercher dans la chambre du bébé.

Je pousse un soupir de soulagement au moment où elle quitte la pièce.

Je promène à nouveau mon regard dans la chambre, jusqu'à ce que je les voie qui brillent sur la commode. Les boutons de manchettes. Ceux, en platine et sertis d'un diamant, qu'Eli lui a offerts le jour de leur mariage. Je l'avais aidée à les choisir. Elle était si heureuse à l'époque, pleine d'espoir. Moi aussi, d'ailleurs. Je m'étais convaincue que nous nous dirigions tous les trois vers une fin heureuse, et que, non contente de ne pas perdre ma fille, j'allais gagner un fils. Grosse erreur. Je m'étais bien fait avoir. En définitive, j'étais en train de tout perdre. Mais c'est terminé, maintenant. Je n'allais quand même pas me laisser faire.

Martin ne mérite pas Eli. Il ne l'a jamais méritée. Et il ne mérite certainement pas ma petite-fille. Je prends les boutons de manchettes et les glisse dans ma poche, dont je ferme le zip.

— As-tu besoin d'aide ?

Pour toute réponse, je la vois sortir de la pièce d'à côté, chargée d'un sac à langer gris qu'elle porte en bandoulière.

— Allons-y, dit-elle tandis que je m'empare de la valise avant de descendre l'escalier.

Martin nous attend en bas des marches. Je le vois se décomposer au moment où il aperçoit le sac à langer. Je ne reste pas insensible à ce qu'il ressent. Je sais que c'est difficile pour lui. Mais il l'a bien cherché.

— Je regrette ce que j'ai dit, dit-il d'une voix calme.

Eli marque une pause et le regarde droit dans les yeux. L'espace d'un instant, je me demande si elle ne va pas se laisser émouvoir par la mine dépitée de Martin et choisir de faire passer la détresse de ce dernier avant ses propres intérêts. Je retiens mon souffle.

— Il faut que je parte, Martin, dit-elle. Laisse-moi partir.

Abattu, il se retire dans le salon. Quant à moi, je prends la valise pour l'entraîner dehors. Je m'attends à ce que ma fille craque, mais elle reste stoïque, remarquablement calme.

— Maman, je me disais que j'allais prendre ma voiture.

Ça ne me réjouit guère, surtout qu'elle a eu son lot d'émotions. Je voudrais la garder à mes côtés.

— Oh, je ne suis pas sûre que ce soit une très bonne idée, ma chérie. Cette épouvantable journée t'a épuisée.

— J'ai besoin d'avoir un peu de liberté si je reste à Belfast quelque temps. Je veux pouvoir aller et venir à ma guise.

— Tu pourras emprunter ma voiture…

Mais elle a l'air déterminée, et je ne veux pas me disputer avec elle. Tenant à rester l'héroïne du jour, je me résous donc à accepter.

— Non, tu as raison, ça peut se comprendre. Prends ta voiture. Mais sois prudente au volant, d'accord ? Je suis un peu inquiète. Je resterai derrière toi.

Au moins, si je la vois, peut-être pourrai-je faire en sorte qu'il ne lui arrive rien.

— Je suis toujours prudente au volant, dit-elle en fouillant dans son sac pour en extraire son trousseau de clés, qu'elle pointe en direction de sa voiture afin de la déverrouiller.

Je l'aide à ranger ses sacs dans le coffre et m'assure qu'elle a bien vérifié son niveau d'essence.

— Tu es sûre d'avoir tout pris ? dis-je encore, tandis que nous nous tenons toutes les deux dans l'allée.

Je rechigne à la laisser partir.

— J'ai tout ce qu'il faut. Au pire, on s'arrangera.

Elle m'embrasse sur la joue et s'installe au volant de sa voiture. Je reste là un instant, le temps qu'elle mette le contact et ajuste sa ceinture.

Une fois assise dans mon propre véhicule, je prends une grande respiration et tente de reprendre mes esprits. Je jette un œil aux rétroviseurs. J'aperçois alors au loin comme une silhouette. Perchée dans les arbres. S'agirait-il de quelqu'un qui se cache ? Ou bien des ombres jouent-elles avec mon imagination ?

J'ai des sueurs froides, la peau qui se hérisse. J'ai la sensation d'être espionnée. Ma poitrine se serre. J'ai l'impression de ne plus pouvoir respirer.

Je regarde autour de moi. Les ombres dansent, je n'arrive pas à distinguer où l'une se termine et l'autre commence. On nous espionne, cela ne fait aucun doute. Je sens qu'on me regarde. La tête me tourne. Je m'évanouis.

J'ai été stupide d'ignorer ces e-mails.

Louise

Je l'avais revue. Elle était repassée chez elle. J'étais si excitée que j'avais failli me faire prendre.

Je m'étais trop approchée. Erreur stupide.

Quand j'imagine que j'aurais pu tout faire capoter, si près du but…

Avec chaque jour qui passait, j'étais de plus en plus à cran et, parfois, j'eus vraiment peur de perdre la tête.

Je commençais à avoir des hallucinations. Je voyais des choses qui n'existaient pas.

Des gens qui n'étaient pas là.

J'entendais des voix. Qui prêchaient le bien ou le mal.

Une d'entre elles prêchait la parole de Dieu :

Heureux les affligés,

Car ils seront consolés.

Une autre me soufflait que je ne devais pas craindre le Diable, car j'étais assurément en train d'accomplir Ses œuvres.

Il fallait que je me ressaisisse, et vite. Sinon, je n'aurais pas été apte à devenir mère. J'avais suffisamment perdu pied par le passé pour savoir que cela pouvait facilement se reproduire.

Angela

— Mon Dieu, ça va, maman ?

La voix d'Eli me ramène à la réalité. Je sens ma poitrine se détendre et prends une grande inspiration. Mon soulagement est tel que je suis au bord des larmes.

— Tu es très pâle. Et en nage. Maman, laisse-moi t'ausculter.

Ses yeux sont pleins d'inquiétude et d'amour pour moi. Avec sa main dans la mienne, je sens ma respiration revenir à la normale, mon rythme cardiaque se calmer. Tout en ayant des mots réconfortants, Eli prend mon pouls et pose la main sur mon front.

— Que s'est-il passé, maman ?

— Je… Je crois que j'ai vu… quelque chose. Mais ce n'était probablement qu'une ombre dans les arbres.

Je ne veux surtout pas qu'elle aille vérifier par elle-même et se mette en danger.

Elle se tourne vers le champ qui se trouve derrière moi, à droite de la maison. Il fait encore jour ; la visibilité est assez bonne malgré la pluie. Je regarde dans la même direction : personne ne semble s'y trouver. Je distingue bien les ombres des arbres, mais rien de plus. Il ne faut sûrement pas chercher plus loin.

— Je ferais peut-être bien de prévenir Martin, dit-elle. Ou alors la police. Et si c'était l'auteur des lettres anonymes ? On pourrait le surprendre, maman.

Je fais non de la tête. Hors de question qu'elle appelle Martin ou la police. Je me sens bête, maintenant. Il ne s'agissait probablement que d'ombres. Il est impossible qu'il soit remonté jusqu'ici. Parfaitement impossible. Comment aurait-il pu savoir où nous nous trouvions ?

Eli se mord la lèvre. Une manie qu'elle a prise dans son enfance.

— Je pense vraiment que l'on devrait…

— Eli, s'il te plaît, j'ai juste envie de rentrer à la maison. Je suis certaine que c'était simplement le stress des derniers jours. Je me suis fait un sang d'encre à ton sujet. Sans compter que je n'ai guère dormi cette nuit. Plus j'y repense, plus je me dis que c'est mon imagination qui m'a joué un tour.

— Oh, maman, ça me désole que cette histoire te stresse autant, toi aussi.

— Ça va aller, Eli. Allons-y. Ta vieille mère a juste fait des siennes. Mets-toi au volant et partons. Une bonne fois pour toutes.

— Je vais quand même appeler Martin, au cas où il y aurait bien eu quelqu'un dans ces arbres, dit-elle avant de s'apprêter à regagner la maison.

Je dois l'en dissuader.

— Je ne veux pas que tu te remettes dans tous tes états en y retournant. Ce que tu as vécu tout à l'heure a été suffisamment difficile comme ça. Je vais l'appeler, moi. C'est plus sûr.

Elle marque un temps d'arrêt puis acquiesce.

— D'accord, si tu penses que c'est mieux.

— Je l'appelle et après je me mets en route. Vas-y, prends le volant.

Elle s'éloigne à contrecœur tandis que je sors mon portable. J'attends qu'elle démarre, et dès que sa voiture est hors de ma vue, je remets mon téléphone au fond de mon sac.

Je ne vais sûrement pas appeler Martin Hughes, ni qui que ce soit d'autre.

*

Le sang me bat les tempes. Ce n'est guère une surprise, après la journée que j'ai eue. J'aurais envie de m'installer dans le canapé avec un grand verre de vin rouge – voire deux. Mais c'est impossible. Je ne peux pas prendre le risque d'être pompette au moment où Eli pourrait avoir besoin de moi.

Ma colère à l'égard de Martin a atteint son paroxysme. Quel manipulateur ! J'imagine qu'après avoir reçu mon message lui suggérant de s'absenter, il a eu tout le temps de mettre en scène ce tableau du « mari éploré incapable de s'en sortir sans sa femme ».

Tellement pathétique. Tellement cliché. Il utilise tous les ressorts possibles et imaginables pour apitoyer Eli. Mais là, en critiquant ouvertement son attachement pour moi, il est vraiment allé trop loin. Ma fille est aussi loyale que moi, et elle ne laissera personne m'attaquer sans réagir.

Surtout s'il s'agit de l'homme qui l'a trompée avec sa meilleure amie.

Ce type est vraiment lamentable.

Dire que nous lui avions fait confiance, pendant tout ce temps. Nous avions vraiment cru qu'il s'intégrerait parfaitement à notre dynamique familiale.

C'eût été mieux pour tout le monde qu'on reste toutes les deux.

On ne peut pas faire confiance aux hommes. J'en sais quelque chose. Je ne vais certainement pas le laisser la manipuler davantage.

Eli prenant un bain, j'ai le temps d'agir. Je monte l'escalier à pas de loup et entre dans la chambre de ma fille. Avisant son sac à main pendu au pied de lit, j'en scrute l'intérieur pour trouver son portable. Une lumière bleue clignote, signalant des messages non lus. Je prends le téléphone et l'emporte dans ma chambre, le déverrouille en tapant son mot de passe.

Il y a évidemment un message de Martin.

Et, évidemment, je m'empresse de le lire. La pression sur mes tempes s'accentue à mesure que je lis ses mots désespérés :

« Eli, je t'en supplie. Il faut qu'on se parle. Je suis désolé d'avoir mal réagi tout à l'heure. C'est juste que j'ai très peur de te perdre. Je ne sais pas comment te prouver ma fidélité. Rachel ? C'est une pure folie. Je t'aime, j'aime notre bébé. Je sais que ç'a été tendu entre nous ces derniers temps, mais pour arranger les choses, il faut qu'on parle. En tête à tête, Eli. Je sais que tu es très proche de ta mère, mais là, il s'agit de nous deux. Tu ne peux pas simplement faire une croix sur nous deux. S'il te plaît, appelle-moi. Tu es la femme de ma vie. Tu le seras toujours. Pour le meilleur et pour le pire, tu te souviens ? »

Exaspérée, je rédige une réponse et clique sur « ENVOYER » :

« Martin, laisse-moi tranquille. Fiche-moi la paix. Je n'ai plus envie d'arranger les choses. Quelque chose s'est brisé. Et ça date d'avant ta trahison. »

Je démonte la coque arrière du portable pour enlever la carte SIM et glisse cette dernière dans ma boîte à bijoux. Quant au téléphone, je le range dans une boîte à chaussures que je cache en haut de mon armoire. Elle ne verra jamais ce message, et ne saura jamais que j'y ai répondu.

Maintenant, il faut que je prenne mon courage à deux mains et que j'affronte le contenu de ces e-mails. Je ne peux pas faire l'autruche plus longtemps.

Eli

Maman m'a semblé à cran toute la soirée. Je dois reconnaître qu'on le serait à moins. Cette journée a été épouvantable du matin jusqu'au soir. Je culpabilise de l'avoir mêlée à tout ça. En fait, je culpabilise pour *tout* en ce moment. J'ai l'impression de détruire tout ce que je touche. C'est comme si j'étais sur des montagnes russes et qu'on refusait de m'en faire descendre. Je ne sais pas combien de temps cela va durer, et le harnais de sécurité a l'air d'être HS.

L'épisode dans la voiture, tout à l'heure, m'a vraiment fichu la trouille. À un moment, je me suis demandé si elle n'allait pas avoir une crise cardiaque, tant elle était pâle et moite de sueur. Elle avait l'air terrorisée. Moi aussi, je l'étais, à l'idée que je puisse la perdre elle aussi, en plus de tout le reste.

À l'évidence, le stress commence réellement à la gagner. Comment aurait-il pu en être autrement ? Elle était aux premières loges quand la pierre a été projetée dans la fenêtre. Elle a vu mon visage au moment où j'ai reçu le SMS. Et ce matin, alors qu'elle me conduisait à ma convocation, elle a tenté de me réconforter durant tout le voyage entre Belfast et Derry.

J'ai tellement honte. J'ai non seulement failli à mon devoir envers Mme Doherty quand elle avait le plus besoin de moi, mais j'ai craqué, et j'ai déçu ma mère. Elle qui a toujours été si fière de moi. Comment pourrait-elle l'être encore, désormais ? Entre mon travail et le désastre de mon mariage, j'ai sacrément dû retomber de mon piédestal.

Même si elle m'assure que je peux rester chez elle aussi longtemps que je le souhaite, je suis sûre qu'elle n'avait pas prévu d'accueillir sa fille à nouveau sous son toit, enceinte qui plus est, à cause d'un mariage qui prend l'eau de toutes parts. Une fille ayant commis un homicide – quoi qu'en dise l'enquête interne.

Je la sens irritée depuis que je suis redescendue après mon bain. Elle paraît tendue.

Quand je lui demande si tout va bien, elle plisse les yeux un instant. Je m'attends presque à ce qu'elle me réponde qu'évidemment que non, que tout part à vau-l'eau. Mais il n'en est rien.

— Je suis juste un peu fatiguée, répond-elle sans toutefois me regarder droit dans les yeux.

Elle semble ne pas tenir en place, virevolte d'une chose à une autre. Elle lance une lessive. Passe la serpillière. Prépare un thé. Une tasse de thé est la solution qu'elle propose en toutes circonstances. Quand elle m'en apporte une, je n'ai pas le cœur de lui dire que je ne pense pas pouvoir la boire. Alors je l'accepte et la sirote à toutes petites gorgées, tandis qu'elle s'assied à l'autre bout du canapé, apparemment perdue dans ses pensées.

— Tu es sûre que ça va, maman ? Tu me le dirais, si quelque chose te tracassait, n'est-ce pas ? Tu te sens mieux après ton coup de mou de tout à l'heure ?

— Pour l'amour du Ciel, Eli, arrête de t'inquiéter. Tu vas finir par me donner la migraine.

Son ton est si cassant que j'en suis toute décontenancée. Je sens les larmes me monter aux yeux, mais me retiens de pleurer. Si elle est dans cet état, c'est à cause de moi.

Je termine mon thé, formule quelques excuses et vais me coucher. Elle n'essaie pas de me retenir, et ne m'invite pas non plus, comme elle en a l'habitude, à rester bavarder quelques minutes de plus. Elle se contente de hocher la tête, sans avoir l'air de m'avoir vraiment entendue, et se tourne à nouveau vers la cheminée.

Ce n'est qu'une fois arrivée en haut de l'escalier que je mesure à quel point je suis fatiguée. J'ai à peine la force de me brosser les dents.

Au moment de me mettre au lit, me rappelant que je dois recharger mon téléphone, je tends le bras pour prendre mon sac. Martin me taquine toujours à propos du poids de mon sac à main. Quand je lui demande de me le passer, il fait mine de s'être déchiré un muscle. Il exagère sûrement mais il arrive cependant que des choses se perdent, dans tout mon fatras.

Je fourrage dedans. Un carnet. Mon portefeuille. Un paquet de mouchoirs. Des reçus. Une plaquette entamée de pastilles Rennie. Une petite brosse à cheveux, du fond de teint, deux rouges à lèvres. Mes clés, bien sûr. Du courrier professionnel que je dois archiver. Une ou deux cartes de rendez-vous. Un emballage vide de bonbons à la menthe. Mais pas de portable.

J'étais sûre de l'avoir mis dans mon sac. J'essaie de me remémorer le fil de la journée.

Je l'avais avant ma convocation au centre. Je l'ai mis sur « silencieux » juste avant de monter en voiture. Il est resté dans mon sac pendant tout le trajet. J'avais mon sac quand je suis passée chez moi prendre des affaires : l'aurais-je alors sorti de mon sac ? Je n'en ai aucun souvenir. Il est possible que j'aie reçu un mail, mais j'ai le cerveau tellement embrumé que même si on me mettait un pistolet sur la tempe, je ne suis pas sûre que je m'en souviendrais avec une absolue certitude.

Je suis trop fatiguée pour redescendre maintenant. Il a dû tomber dans la voiture. Il peut y rester jusqu'à demain matin. Je me sens tout engourdie et la tête me tourne un peu. Je m'allonge et me laisse gagner par le sommeil. Demain sera un autre jour.

*

À mon réveil, j'entends ma mère vaquer à ses occupations dans la cuisine, à l'étage en dessous. Des bruits ordinaires, familiers, mais néanmoins différents de ceux auxquels je suis habituée à Derry. Ma mère écoute Radio Ulster, qui met à l'antenne des intervenants nord-irlandais débattant de l'actualité. Elle a toujours été du matin et s'active dès le saut du lit. Elle n'est pas du genre à traîner sur le canapé en chemise de nuit. Une fois levée, elle est d'attaque en moins de dix minutes : la machine à laver est lancée ; l'aspirateur passé dans toutes les pièces, que ce soit nécessaire ou non ; les fenêtres grandes ouvertes. Ensuite, porte-monnaie en poche, elle file faire quelques courses et revient avec son journal – qu'elle survole à peine, ces derniers temps – et une brique de lait.

Ce rituel a quelque chose de rassurant – du moins était-ce le cas jusqu'à récemment. Ce matin, allongée dans mon lit, je me sens tout sauf rassurée. Certes, j'ai dormi, mais j'ai fait de drôles de rêves. Dérangeants, même. Dans l'un d'eux, j'entendais un bébé crier. Ce bébé, je savais que c'était le mien, mais malgré tous mes efforts, je n'arrivais pas à le trouver. Je crois que j'ai passé la nuit à me tourner et à me retourner dans mon lit.

Je m'extrais difficilement de mon sommeil et m'adosse au mur. Je suis immédiatement assaillie par la nausée du matin, et c'est mon envie de vomir qui me précipite hors du lit.

Je me fais un bain de bouche, préférant ne pas prendre le risque de me brosser les dents et de réveiller mon réflexe pharyngé hypersensible. Puis je descends, accueillie par une odeur de café qui me donne aussitôt un haut-le-cœur.

— Maman, as-tu vu mon portable ? dis-je en entrant dans la cuisine.

Assise à la table, sa tasse de café entre les mains, maman lit la rubrique *people* du journal. Elle est habillée et chaussée, ses cheveux poivre et sel sont soigneusement coiffés. Elle lève les yeux vers moi et fait non de la tête.

— Tu veux que je t'appelle pour le faire sonner ?

Elle me semble un peu moins irritable, ce matin.

— Oui, je veux bien, dis-je en m'installant à table, ne sachant pas si je dois tenter d'avaler quelque chose.

Maman prend son portable et appelle mon numéro. Je m'attends à entendre la sonnerie de mon téléphone, mais non, silence total.

— Je suis tombée directement sur ta messagerie. Ta batterie doit être à plat. Te rappelles-tu quand tu as vu ton portable pour la dernière fois ?

— Je ne sais plus trop. Ma tête est une vraie passoire en ce moment, dis-je en fixant des yeux la tartine de pain complet qu'elle est en train de manger. Je l'ai peut-être laissé dans la voiture. J'irai vérifier un peu plus tard.

Je me lève pour glisser une tranche de pain complet dans le grille-pain.

— J'espère ne pas l'avoir laissé chez moi. Je ne pense pas, mais en ce moment, je ne peux jurer de rien.

— De toute façon, ça ne te ferait pas de mal d'être sans pendant quelque temps. Histoire de faire un vrai break. Je ne comprends pas comment vous, les jeunes d'aujourd'hui, vous supportez d'être connectés vingt-quatre heures sur vingt-quatre. Vous passez votre temps sur vos portables. En plus, je ne suis vraiment pas sûre que toutes ces ondes soient très bonnes pour vos cerveaux. Eli, tu travailles avec des patients atteints de cancer, tu devrais savoir ce genre de choses mieux que personne.

— Tu sais, maman, les portables sont devenus indispensables, de nos jours. Pour le travail, et pour tout le reste…

Je marque une pause. Pour le travail ? Je sens mon estomac se nouer. On ne peut pas dire que le travail va beaucoup m'occuper, ces temps-ci. Je n'aurai donc guère besoin d'un portable. Qui m'appellerait, de toute façon ? Mon futur ex-mari ? L'amie avec qui il m'a trompée ?

Je beurre ma tartine – très légèrement. Tout en regardant le beurre fondre sur le pain grillé, je me verse une tasse de thé et m'assieds. Mais mon appétit s'envole aussi vite qu'il était arrivé.

— Alors, dit ma mère, qui referme son journal, déclarant qu'elle n'y a rien trouvé d'intéressant à lire de toute façon, qu'est-ce qu'on va faire, aujourd'hui ? Est-ce que ça te dirait qu'on retourne se balader du côté de Victoria Square ? Sinon, il y a un nouveau café qui vient d'ouvrir juste à côté de…

— En fait, maman, je pensais plutôt y aller mollo, aujourd'hui. Peut-être que je pourrais aller voir Kate, après sa journée de travail.

L'air décontenancé, elle se tend un peu.

— Pourquoi ne l'inviterais-tu pas à venir prendre le thé, elle et son adorable petiot ? Je suis sûre que je pourrais préparer un petit quelque chose. Et son gamin est vraiment à croquer.

Il n'y a pas à dire, on peut difficilement trouver un enfant plus adorable que Liam. Mais en fait, je sens que j'ai besoin de sortir m'aérer. J'ai quand même l'impression que la tension qui s'installe entre nous est surtout due au fait que nous avons passé beaucoup de temps enfermées entre quatre murs la semaine dernière. On a toutes les deux besoin de souffler.

Je serais tout de même ravie de revoir Kate. J'ai vraiment été bluffée, lors de sa visite l'autre jour, de la façon dont nous nous sommes retrouvées, comme si on s'était quittées la veille. Quand, en me prenant dans ses bras, elle m'avait dit que tout finirait par s'arranger, quelque chose dans le timbre de sa voix m'avait poussée à la croire. Nous avions d'abord rapidement parlé de l'école et de ce qu'étaient devenus nos anciens amis. Puis, lorsqu'elle m'avait demandé comment j'allais, en me fixant de ses yeux marron avec beaucoup de sincérité, je lui avais tout raconté.

Kate ne connaît pas Martin. En fait, elle ne connaît pas vraiment celle que je suis devenue, et peut donc d'autant mieux juger objectivement de la situation. Notre conversation m'a donné l'espoir que, quelle que soit l'issue de tout ça, je m'en sortirai.

— Tu sais, maman, je pense que ce serait bien si je sortais un petit peu. Histoire de m'aérer la tête. En plus, tu dois en avoir un peu marre de m'avoir tout le temps dans tes pattes. Tu as aussi ta vie. Pourquoi n'irais-tu pas voir une amie ? Comme ça, ce soir, on pourra se raconter les derniers potins glanés chacune de notre côté. Je peux même demander à Kate qu'elle nous mette des gâteaux de côté, pour qu'on se fasse un petit plaisir au dîner.

Ma mère s'efforce de ne pas paraître vexée de ne pas faire partie de mes projets. Mais elle échoue lamentablement. J'ai l'impression qu'en essayant de la consoler, je ne fais que la stresser encore davantage.

— Non, me répond-elle sèchement. Fais ce que tu veux de ton côté et ne t'inquiète pas pour moi. Même si j'ai tout annulé pour être ici avec toi, je suis sûre que je trouverai à m'occuper.

Je lui redis que je l'aime en essayant de mettre sa réaction passive-agressive sur le compte du stress, et lui propose de faire une balade avant le déjeuner. Ce n'est qu'une timide tentative d'apaisement mais elle a l'air moins fâchée.

D'abord, je dois appeler la boulangerie pour voir si Kate est libre en fin de journée. Ça m'énerve de ne pas pouvoir lui envoyer un simple texto. Décidément, je ne peux pas me passer de portable, contrairement à ce que pense ma mère.

Debout dans l'entrée pendant que maman passe la serpillière dans la cuisine, je repense à toutes les fois où j'ai appelé Martin depuis cet endroit. À toutes ces conversations qui duraient des heures alors même que nous venions de nous quitter. Les choses étaient tellement plus simples, à l'époque. Nous étions tous les deux moins compliqués. La vie aussi était moins compliquée. Nous étions tellement amoureux. Il y a de ça une semaine, j'aurais encore pu dire que nous étions amoureux. Certes, les choses étaient difficiles, mais nous nous aimions. Me trompais-je ?

Tout à coup, je réalise qu'il me manque. Je regrette ce que j'ai dit et fait hier. Je ferais peut-être bien de l'appeler. Si ça se trouve, il est tombé sur mon téléphone. Je pourrais lui demander de me l'envoyer par la Poste. Au moins, ce serait un motif légitime de l'appeler – sans aucun lien avec le bazar dans lequel on se trouve.

Mais j'entends ma mère qui m'appelle, et je laisse le téléphone où il est. Elle ne comprendra jamais. Elle n'a jamais eu ce que nous avons. Ce que nous *avions*.

Parfois, je me surprends à penser qu'elle pourrait être jalouse de Martin, et de la relation que j'avais avec lui.

Louise

Le jour est arrivé où j'avais atteint le point de non-retour. Il devenait impératif que je franchisse le dernier cap. Alors j'appelai Peter pour lui dire que j'étais enfin prête à partir et que s'il souhaitait passer récupérer les clés, il devrait le faire avant midi. Sinon, je les laisserais sur la table de la cuisine.

Il était arrivé peu après 11 heures. Il avait dit à son chef qu'il devait sortir faire une course. C'était comme si faire ses adieux à son ex-femme était une formalité dont il devait s'acquitter – et non la fin de tout ce que nous avions partagé.

Il était resté debout, nerveux, dans l'entrée de la maison où nous avions vécu ensemble, et que nous avions été si heureux d'acheter. Je ne pouvais pas m'empêcher de penser que tout ça était bien triste.

Qu'était-il arrivé à ces deux êtres qui avaient cru dur comme fer qu'ils resteraient ensemble envers et contre tous ?

Certes, lors de nos vœux de mariage, nous nous étions promis de rester ensemble pour le meilleur et pour le pire. Mais le pire n'incluait pas forcément l'horreur absolue que nous avions dû vivre par la suite. Aucun couple n'y survivrait. Dieu saurait le comprendre.

— Tu t'en vas vraiment ? avait demandé Peter, et j'avais acquiescé.

— J'ai besoin de tourner la page. Je pourrais finir six pieds sous terre comme lui, si je restais ici.

J'avais senti ma voix se briser et lu la même douleur dans les yeux de mon mari.

— Tu seras un bon père, Peter.

Dieu sait si j'aurais voulu pouvoir lui dire de ne pas s'en faire pour moi. Lui dire que je serais maman. Que tout irait bien pour moi, et mieux encore. Mais c'était impossible. Je ne pouvais partager ce nouveau tournant de ma vie avec personne, pas même avec lui. Je me suis donc contentée de tendre la main pour la poser sur son torse, et j'ai senti son cœur battre avec force.

— Tu sais, Lou, au fond de moi, je t'aimerai toujours, avait-il dit.

J'avais hoché la tête sans un mot, de peur de ce que j'aurais pu dire, ou surtout, ressentir.

Avant même que je m'en rende compte, il s'était penché vers moi et m'avait embrassée. Ces lèvres que j'avais si souvent embrassées effleuraient les miennes. Le souffle court, je l'avais encouragé à continuer, alors que j'avais juré à la Sainte Vierge de ne plus commettre le péché d'adultère. Nous avions beau être encore mariés, notamment aux yeux de l'Église, je savais fort bien que c'était mal. Il était amoureux d'une autre femme. Elle portait son bébé. Sa place était auprès d'elle. Je ne pouvais m'autoriser à tomber dans ses bras une fois de plus. Nous n'aurions jamais dû céder à la tentation comme nous l'avions fait ces dernières semaines. Ça ne faisait que rendre les choses encore plus difficiles.

Je l'avais gentiment repoussé.

— On ne peut pas recommencer, Peter. Tu es quelqu'un de bien, je ne peux pas te laisser la tromper à nouveau.

Il avait pris un air triste, mais résigné.

— Je comprends.

— Moi aussi, au fond de moi, je t'aimerai toujours, avais-je ajouté.

Je lui devais tant. Je lui devais cette famille que nous avions failli avoir, et cette ribambelle d'enfants qui auraient dû courir autour de nous à ce moment précis.

— Tu me donneras ta nouvelle adresse ? avait-il demandé.

— Je ne pense pas que ce soit utile, avais-je répondu.

— Peut-être, mais j'ai du mal à accepter l'idée de ne plus jamais pouvoir te contacter.

— C'est probablement mieux ainsi. Je ne vais qu'à Galway, ce n'est pas le bout du monde. Et puis je reviendrai rendre visite à ma famille. Qui sait, on se rencontrera peut-être par hasard.

— Qui sait, avait-il répété en prenant les clés que je lui tendais.

Après avoir marqué une pause, il m'avait dévisagée puis avait hoché la tête. Je savais que c'étaient là nos adieux.

De même que je savais que je lui avais menti.

Mais ce péché, je n'avais eu d'autre choix que de le commettre.

Eli

En arrivant chez Kate, m'étant éloignée de seulement trois kilomètres de chez ma mère et sa pesante présence, je ne peux m'empêcher de ressentir un certain soulagement.

Kate habite une des maisons mitoyennes sans prétention que l'on trouve dans la banlieue de Belfast. Il y a un jardinet à l'avant et j'aperçois un trampoline qui occupe l'essentiel de l'espace à l'arrière.

Sa maison dégage une impression de sécurité. C'est le genre de maison dont nous rêvons tous, enfants. Elle ne gagnera aucun concours d'architecture, contrairement à la nôtre, mais elle a ce quelque chose de simple et de chaleureux dont je réalise que la mienne, malgré son indéniable cachet, est dépourvue.

Dans cette maison, on se sent immédiatement « chez eux ». Les murs sont tapissés de photos d'elle, de son mari, de Liam, mais aussi de leur famille. Un gros golden retriever hirsute, dont j'apprends qu'il s'appelle Molly, ronfle sous la table de la cuisine tandis que Kate s'active à préparer le thé. Tout dans cette maison respire le bonheur familial, des dessins aimantés sur le frigo aux photos de vacances collées aux placards, en passant par les portraits de mariage accrochés au mur de l'entrée, au-dessous desquels sont parfaitement alignées trois paires de bottes de pluie. Maman Ourse, Papa Ours, et bien sûr, Bébé Ours.

Je porte machinalement la main à mon ventre barbouillé. Ma fille connaîtra-t-elle la même sécurité que Liam ? Boira-t-elle son lait à table en balançant les jambes sous sa chaise, tout en parlant à mes amies à toute allure ?

— Je suis vraiment contente que tu sois passée, dit Kate en me tirant de ma rêverie. J'ai beaucoup pensé à toi.

Elle s'assied et pose devant moi un mug estampillé « Meilleur Papa du Monde », une brique de lait et un sucrier.

— Désolée de ne pas te servir dans de la porcelaine chic. Ici, c'est à la bonne franquette.

— Merci de m'accueillir. C'est génial de pouvoir sortir un peu. Aussi adorable que soit maman, c'est un peu étouffant d'être seule avec elle.

— J'imagine, dit Kate en s'asseyant en face de moi. Si je devais retourner chez ma mère, je suis sûre qu'une de nous deux ne survivrait pas aux premières vingt-quatre heures. Elle est formidable, mais surtout à petites doses.

J'éclate de rire, sans retenue. Ça fait du bien. Je me souviens parfaitement de la mère de Kate. Adorable mais stricte. Kate se plaignait souvent de sa sévérité quand on était jeunes, mais il y avait toujours eu beaucoup d'affection entre elles.

— Eh bien, disons que même si maman est une vraie crème, elle peut parfois être un peu envahissante.

En plus, je pense que tout ce qui m'arrive en ce moment commence à l'affecter. Je me suis dit qu'elle aussi avait sûrement besoin de souffler un peu.

— Ça doit être difficile, pour elle comme pour toi, dit Kate.

— Oui, et c'est un euphémisme. Avec tout ce stress, c'est un miracle qu'elle n'ait pas fait une crise cardiaque ou que je n'aie pas accouché prématurément. Encore que maman serait ravie si le bébé arrivait plus tôt que prévu. Et enchantée que j'accouche à Belfast plutôt qu'à Derry.

— En effet, elle a vraiment l'air hyper impatiente que la petite naisse.

— Tu n'as pas idée, dis-je en souriant. Elle prend son rôle de future grand-mère très au sérieux. Je t'ai dit qu'elle avait transformé sa chambre d'amis en nursery tout équipée ? Avec chauffe-lingettes et tout et tout. Dire qu'à la maison, on n'a même pas encore commencé à s'en occuper. Je suis surprise qu'elle ne t'ait pas proposé une visite guidée quand tu es venue.

Je ris à nouveau, ainsi que Kate, mais nos rires sonnent un peu faux.

— C'est un peu *too much*, non ? dis-je, en espérant secrètement que Kate me réponde que non, pas du tout, que c'est au contraire une adorable attention.

Elle m'adresse un demi-sourire accompagné d'un haussement d'épaules gêné, puis plonge les yeux dans sa tasse de thé.

— C'est ce que tu penses, n'est-ce pas ?

Cette fois je ne ris plus du tout. Et Kate non plus.

— Les biscuits ! s'exclame-t-elle en sautant de sa chaise. J'ai oublié de les apporter.

Le dos tourné vers moi, elle fourrage dans ses placards alors que sa boîte de biscuits est clairement visible.

— Kate, ça fait peut-être un moment que nous n'avons pas passé du temps ensemble, mais je sais encore deviner quand tu me caches quelque chose.

— Je ne voudrais pas me mêler de ce qui ne me regarde pas, dit-elle en se retournant, un paquet de biscuits fourrés à la main.

— Il y a quelque chose que je devrais savoir ?

Elle me regarde, puis Liam, qui est en train de dessiner une voiture avec des roues violettes et un toit orange vif.

— Mon chéri, lui dit-elle, et si tu prenais tes biscuits pour les manger dans la salle à manger, au cas où Molly se réveillerait avec une petite faim ?

Elle lui chatouille le ventre, ce qui le fait rire aux éclats.

— Maman, est-ce que je peux regarder *Toy Story* ? demande-t-il.

— Bien sûr mon trésor, répond-elle en l'accompagnant jusqu'au salon, me laissant seule et pleine d'appréhension.

Je sais que Kate voit ma mère régulièrement, à la boulangerie. Est-elle au courant de quelque chose que j'ignore ?

Quand elle revient, elle se dirige vers le frigo et décroche un dessin de Liam, qu'elle me tend. C'est un Père Noël au large sourire, doté d'un ventre surdimensionné.

— Qu'est-ce que c'est ? Je suppose que c'est Liam qui l'a dessiné mais…

— Retourne-le.

Au verso, je découvre un autre dessin : une dame aux cheveux bruns et courts, mains et pieds comme des pommes de terre, doigts et orteils en forme de bâtons. Je distingue une autre silhouette dans son ventre : un bébé.

Je ne comprends toujours pas. Serait-ce Marie et l'Enfant Jésus ? Je lève un sourcil en me tournant vers Kate.

— Liam a beaucoup de talent, mais je ne vois pas où tu veux en venir.

— Liam a fait ce dessin quand on est venus vous voir chez ta mère. Lorsque je lui ai demandé qu'il me l'explique, il m'a raconté que « Langela » lui avait dit que le Père Noël lui apporterait un bébé qui viendrait habiter chez elle pour toute la vie.

Le bébé – le mien – me donne un coup de pied, et mon estomac se tend, avant de se nouer.

— Peut-être que… Enfin, tu sais, les enfants mélangent parfois un peu tout.

— Peut-être, dit Kate. Je lui ai dit que c'était toi qui allais avoir un bébé, mais il m'a expliqué que ta mère lui avait confié un secret : le bébé allait habiter chez sa grand-mère, pour de vrai.

Je commence à avoir la tête qui tourne.

— Écoute, ce n'est peut-être qu'une impression, mais quand ta mère est venue à la boulangerie pour me demander de passer te voir, elle m'a dit que tu resterais peut-être chez elle « pour un bon moment ». Alors qu'après, quand je suis venue te voir et qu'on a discuté, toutes les deux, eh bien… j'ai eu l'impression que même si tu ne comprenais pas vraiment ce qui se passait, tu espérais quand même retourner à Derry.

— Disons que là-bas, j'ai mon travail… Enfin, *j'avais* mon travail, dis-je d'une voix hésitante. Et puis, il y a Martin…

Je la vois qui remue sur sa chaise, mal à l'aise.

— Eli, il faut que je te dise autre chose. Et si je t'en parle, c'est uniquement au nom de notre amitié, pas pour t'inquiéter. Tu sais, les gens chuchotent beaucoup, par ici. L'autre jour, un de mes clients m'a demandé de tes nouvelles. Il voulait savoir si tu avais trouvé un avocat.

Ma peau se hérisse.

— Quoi ? Je n'ai pas besoin d'un avocat.

De quoi parlait-elle ?

Kate prend une grande respiration.

— Eli, ta mère cherchait à ce qu'on lui recommande un bon avocat spécialisé dans les divorces.

Je secoue la tête. Ma mère ? Ma mère aurait fait ça ?

— C'était quand ?

On n'a jamais évoqué la question du divorce. Pour moi, ça n'est même pas une option. Du moins pour l'instant. Je ne comprends pas. Je sais que ma mère aime bien anticiper, mais là, quand même, elle va un peu vite.

— Eh bien, c'est ça le hic, dit Kate. Il m'en a parlé hier, mais il m'a dit que ta mère s'était renseignée auprès de lui il y a deux semaines. Il voulait revenir vers elle plus tôt, mais il a été très occupé. Je ne pensais pas que c'était déjà tendu entre Martin et toi à ce moment-là. Ne m'as-tu pas dit que tu avais reçu la première lettre anonyme la semaine dernière ?

— Si. Ton client doit se tromper. Je ne vois pas d'autre explication.

— Peut-être. (Elle n'a pas l'air très convaincue.) Si je le revois, je lui demanderai s'il peut me dire exactement quand elle lui a posé la question. Ça te va ?

Je hoche la tête, mais j'ai l'estomac de plus en plus noué et les jambes qui flageolent. Rien de tout ça ne fait sens.

— Et donc, comment ça se passe, avec Martin ? s'enquiert-elle. Est-ce que vous en êtes au stade de devoir contacter des avocats ?

Je fais non de la tête, puis je hausse les épaules.

— Je ne pense pas. En tout cas, pas pour le moment.

Je lui explique où nous en étions hier. Certes, la crise est extrêmement sérieuse, mais je ne me sens pas encore prête à prendre des décisions définitives. Pour le moment. Il reste tant de choses à soupeser.

— Est-ce que vous avez eu l'occasion de parler, rien que vous deux ? poursuit-elle. Tu ne penses pas que ça pourrait vous aider ?

— Je ne sais pas. Peut-être que oui.

— Tu veux l'appeler pendant que tu es ici ? Sans que ta mère puisse t'écouter ?

— J'ai perdu mon portable. Je l'ai peut-être oublié à Derry. Pourtant, j'étais persuadée de l'avoir gardé avec moi…

— Tu peux prendre le fixe, tu sais, me souffle Kate.

— Je ne sais pas si ma mère serait d'accord, dis-je sans y réfléchir, du moins jusqu'à ce que je voie Kate pencher la tête sur le côté en m'adressant un regard compatissant.

— Eli, je n'ai aucun doute sur le fait que ta mère t'aime et qu'elle soit pleine de bonnes intentions. En revanche, je ne suis pas sûre que ce soit une bonne idée qu'elle se mêle de tes problèmes conjugaux, surtout si tu as envie de sauver ton mariage. Et j'ai le sentiment que c'est le cas.

Je reste muette, ne sachant comment analyser toutes ces informations. Un bébé chez elle pour la vie ? Un avocat spécialisé dans les divorces ? Je repense aussi à sa présence envahissante, à sa mauvaise humeur des derniers jours. Elle s'est même montrée cassante, ce qui n'est pas du tout son genre.

– Appelle-le, répète Kate. Appelle-le d'ici. Je vais te chercher le fixe. Pendant ce temps-là, je regarderai *Toy Story* avec Liam. Je ne dis pas que ta mère te veut du mal, Eli, mais je pense qu'il t'appartient de décider ce que tu souhaites pour ton mariage, pour ton bébé, et pour toi-même.

Eli

Le cœur battant la chamade, je compose le numéro de Martin sur le téléphone fixe de Kate. Comme convenu, elle m'a laissée dans la cuisine avec ma tasse de thé, désormais tiède, pour que je puisse appeler mon mari en cachette. Je n'ai toujours pas la moindre idée de ce qui se passe dans ma vie.

Les mots de Kate résonnent dans ma tête alors que j'achève de taper le numéro. Certes le témoignage d'un enfant de trois ans n'est pas des plus fiables, mais entre ça, ce que ma mère a dit à la boulangerie, et cette histoire d'avocat, le tableau n'est guère reluisant.

Dès que je perçois la tonalité, je suis submergée par l'envie d'entendre sa voix.

— Allô ? répond-il, l'air interloqué.

Rien d'étonnant à ce qu'il le soit, il ne connaît pas ce numéro.

— Martin, dis-je, la voix brisée.

— Eli, c'est toi ? J'ai essayé de t'appeler mais je tombe tout le temps sur ta messagerie. Je me suis dit que tu m'avais peut-être bloqué, après ton dernier SMS…

— Quoi ? Mais non, je ne t'ai pas bloqué. J'ai perdu mon portable. C'est la raison pour laquelle je t'appelle, pour vérifier si je ne l'aurais pas oublié à Derry. Chez nous.

Il marque une pause.

— Non, non… Mais pourtant, n'étais-tu pas à Belfast quand tu m'as envoyé ton SMS, hier soir ?

— Je ne t'ai pas envoyé de SMS, dis-je, plus désemparée que jamais. Tu dois faire erreur. Mais écoute, Martin, je suis chez une amie et je n'ai pas beaucoup de temps. Je voulais juste te dire… Il faut qu'on parle, en toute franchise. Je suis vraiment désolée d'avoir demandé à connaître le sexe du bébé dans ton dos. J'avais besoin de savoir, mais je ne voulais pas que tu sois contrarié de l'apprendre trop tôt. J'ai eu tort. Je voulais te garder la surprise. Maintenant je réalise que j'aurais dû t'en parler. Je n'étais vraiment pas dans mon assiette, ces derniers temps. J'ai le sentiment de t'avoir repoussé. Rien d'étonnant à ce que tu m'aies…

— Je ne t'ai jamais trompée, proteste Martin, blessé. Ni dernièrement, ni avant. Et sûrement pas avec Rachel. Je ne peux pas te le prouver, et ça me rend dingue, mais je suis honnête en te disant cela. On est en train de nous mener en bateau, Eli. Quelqu'un nous veut du mal. Quelqu'un veut nous pousser à la rupture. Je ne sais pas qui, ni pourquoi, mais celui qui est derrière tout ça est en train d'y parvenir, non ?

Une petite voix répète ses mots dans ma tête. *Quelqu'un nous veut du mal. Quelqu'un veut nous pousser à la rupture.*

Quelqu'un.

Je ne réponds rien, incapable de parler.

— Tu me crois, n'est-ce pas ? demande-t-il.

— J'ai envie de te croire…

Je suis sincère en disant cela. Mais en même temps, je n'arrive pas à envisager ce que ça implique. Le visage de ma mère m'apparaît comme dans un flash. Je suis prise de nausées.

— Il faut que j'y aille, Martin. Je ne peux pas poursuivre davantage cette conversation. Je suis désolée.

Je raccroche avant même d'avoir entendu sa réponse.

Quelqu'un me ment.

Mon mari. Ma mère. Ou alors les deux.

Je sens que je vais devenir folle.

Eli

Je suis dans tous mes états après ma conversation avec Martin. Quand Kate me rejoint dans la cuisine, je lui dis à quel point j'ai trouvé Martin désespéré.

— Il n'arrête pas de me répéter qu'il ne m'a pas trompée. Soit c'est un menteur de génie, soit…

— Depuis que tu le connais, y a-t-il quoi que ce soit qui ait pu te faire croire que c'était un menteur de génie ?

Malgré le sérieux de la question, je ne peux pas m'empêcher de rire. Non. Martin Hughes est un piètre menteur. Il n'a jamais été fichu de garder un secret. J'ai toujours pu lire en lui comme dans un livre ouvert. J'arrive toujours à voir s'il me cache quelque chose. Il a le regard fuyant, sa voix devient bizarre, et il rougit – son teint pivoine jurant alors avec ses cheveux roux.

Je lui réponds donc que non. Jusqu'à la semaine dernière, je n'avais absolument jamais douté de lui. Je lui faisais une confiance absolue.

— Et est-ce que quelqu'un aurait des raisons de vous en vouloir ? Ou alors pourrait profiter de votre rupture ?

Mon esprit ne cesse de revenir à la même personne. À celle qui obtiendrait ce qu'elle souhaite

– mon retour à Belfast ; sa petite-fille sous son toit. Tout de même, ma mère a beaucoup de défauts, mais pourrait-elle être à ce point calculatrice ? Elle a toujours été maman poule, parfois même un peu collante. J'en veux pour preuve la façon dont elle ne m'a pas quittée d'une semelle de toute la semaine. Ou bien sa réaction, au centre, quand je lui ai dit qu'elle ne pourrait pas m'accompagner lors de mon entretien. Je m'étais efforcée de rester aimable, alors que j'avais été à deux doigts de lui demander si elle pensait sérieusement que ce serait professionnel, de ma part, de venir avec ma mère.

En même temps, elle avait vraiment eu l'air terrorisée par l'épisode de la pierre jetée à travers la fenêtre. Avait-elle simulé ? Pourtant, elle avait tout fait pour me rassurer lorsque les premières lettres anonymes étaient arrivées. Toute ma vie, j'avais pu compter sur elle. Était-il vraiment possible qu'elle soit derrière tout ça ?

Je ne réponds pas, incapable de formuler mes interrogations à voix haute.

— J'aimerais pouvoir répondre à ta place, Eli, dit Kate. Ma pauvre, tu n'as vraiment pas besoin de ça en ce moment. Ta grossesse est déjà suffisamment difficile.

L'inquiétude que je lis dans ses yeux me semble si sincère que je ne peux retenir mes larmes. J'indique à Kate qu'il est préférable que je m'en aille. J'ai besoin d'un peu de temps pour moi avant de retourner chez ma mère.

Sur le seuil de sa maison, elle me prend dans ses bras et m'assure que je peux compter sur elle si j'ai besoin de parler. J'ai beaucoup de chance de l'avoir.

— Tu sais, ajoute-t-elle, je suis désolée si j'ai remué le couteau dans la plaie en te parlant de ta mère, mais vu le contexte… Eh bien, disons que je n'aurais pas eu la conscience tranquille si je ne t'avais rien dit. Mais bon… Prends soin de toi.

Pour rentrer, je choisis le chemin des écoliers, et roule jusqu'à Lough Shore Park, à Jordanstown, où je reste quelque temps à regarder un ferry entrer dans le port de Belfast. La voix désespérée de mon mari continue de résonner dans mes oreilles. Envers et contre tous, mon instinct persiste à me dire de le croire. Ma mère répliquera sans doute que je suis trop clémente. Voire que je manque de courage. Il faut avouer qu'il est plus facile de le croire et de retourner à ma petite vie confortable, avec notre fille, plutôt que d'avoir à tout recommencer.

S'il disait la vérité, alors je n'aurais aucune raison de partir. Nous avions été si heureux.

Je m'appuie sur le volant, me servant de mes avant-bras comme d'un coussin pour accueillir ma tête. Le bas du volant s'enfonçant dans mon ventre, je sens ma fille me donner un coup de poing pour me signifier son inconfort. Je lui murmure quelques mots pour la rassurer.

— Je sais, mon bébé. Mais crois-moi, reste au chaud le plus longtemps possible. Les choses sont bien plus simples, là où tu es.

*

Sur le chemin du retour, je me remémore la conversation que j'ai eue avec Martin.

M'a-t-il bien dit avoir reçu un SMS de moi ? Je n'en ai envoyé aucun – ça, j'en suis sûre à 100 %. Et une seule personne aurait pu le faire à ma place. Il n'y a qu'une seule personne qui connaisse mon mot de passe.

Si ma mère a pu faire une chose pareille à mon insu, de quoi encore serait-elle capable ?

Je n'ai aucune envie de rentrer, pourtant je sais que je n'ai pas le choix. En me garant devant chez elle, je vois les rideaux bouger. Je me tends aussitôt. Ma mère. Si protectrice. Avait-elle vraiment l'intention de détruire mon mariage ?

C'était impensable. En ouvrant la porte, je la trouve dans le hall d'entrée, où elle était justement « en train d'épousseter le guéridon ».

— Il n'est pas un peu tard pour faire le ménage ?

— Eh bien, il est un peu tard aussi pour rentrer, Eliana. Je ne pensais pas que tu prendrais autant de temps. Je me suis fait un sang d'encre. Kate et toi auriez pu deviner que j'allais me faire du souci.

Son visage est dur et son regard noir. Elle tord légèrement son plumeau à force de le triturer.

— J'ignorais que j'avais des horaires à respecter.

— C'est quand même la moindre des politesses de dire à quelle heure on rentre. Tu ne peux pas aller par monts et par vaux, surtout dans ton état.

— Mon état, comme tu dis, ne m'empêche pas de faire plein de choses, et c'est le cas d'innombrables femmes. Et on se porte très bien. Merci.

— Oui, mais pour toi c'est plus compliqué. Tu as tes nausées et tu subis un stress affectif considérable. Va savoir ce que tu aurais pu faire.

Je sens mes épaules se crisper un peu plus.

— Comme quoi, maman, hein ? Tu t'imaginais quoi ? Que j'allais danser *Le Lac des cygnes* ? Ou bien que j'étais partie sauter à l'élastique ? Ou alors tu pensais peut-être que j'allais me foutre en l'air, avec la petite ? Tu penses sérieusement que j'aurais pu lui vouloir du mal ?

Je n'arrive même pas à croire qu'elle puisse me poser la question.

— Tu as quand même avoué que tu avais du mal à t'attacher à cette enfant. Dieu sait ce dont tu es capable. Tu préférerais quoi ? Que je ne me soucie pas du tout du sort de ce bébé ? Dieu sait si elle aura déjà un début difficile dans la vie, avec un papa adultère et une maman qui n'en a rien à faire d'elle.

Je n'en crois pas mes oreilles. Je sens la colère monter en moi, ainsi qu'une douleur aiguë qui se propage dans mon corps. Je suis obligée de me retenir pour ne pas prendre ce qui me tombe sous la main et le balancer à l'autre bout de la pièce. Comment ose-t-elle ? Comment ose-t-elle utiliser ma difficulté à m'attacher à mon bébé pour dire des horreurs pareilles ? Et affirmer que je « n'en aurais rien à faire » ? Même si les choses sont difficiles, mon instinct maternel, à ce moment précis, fonctionne à plein. J'aime ce bébé. Quoi qu'il arrive, je sais que je serai là pour ma fille. Je la protégerai. De toutes mes forces.

Comment ose-t-elle ?

— C'est parce que je t'aime que je te dis ça, ajoute-t-elle d'une voix contrite.

Aurait-elle compris qu'elle est allée trop loin ?

— Tu ne réalises pas à quel point c'est difficile pour moi aussi, renchérit-elle. Il n'y a pas que toi, Eli.

Tu n'imagines pas ce que tu me fais vivre ! dit-elle, la voix brisée.

Dans d'autres circonstances, si je ne m'étais pas sentie si attaquée, si vulnérable, si mes certitudes n'avaient pas à ce point vacillé, je me serais mise en quatre pour la réconforter. Mais là, après ce qu'elle vient de me dire, elle ne va pas s'en tirer à si bon compte en me faisant son numéro de Calimero, et croire que je vais lui pardonner aussi facilement. Pas cette fois.

Quant à ses larmes, j'en viens à me demander si elles ne font pas partie de ses manœuvres pour me manipuler. Si j'y réfléchis bien, elle met toujours en place le même stratagème. D'abord la culpabilisation. Ensuite les larmes. Et enfin, tout ramener à elle, en me rappelant ses sacrifices pour moi.

« Tu es tout ce que j'ai, Eliana. »

« Je t'ai consacré toute ma vie, Eliana. »

« Si tu m'aimais, Eliana. »

Il faut que je m'en aille avant de dire ou faire quoi que ce soit que je puisse regretter. Je lui passe devant et monte à l'étage.

— Puisque c'est si dur pour toi, maman, je partirai demain matin. Peut-être que j'irai chez Kate. Ou alors, je rejoindrai mon mari, avec qui je m'apprête à élever ma fille de la manière la plus indigne qui soit.

— Ce n'est pas ce que je voulais dire…, dit-elle en écarquillant les yeux.

Est-ce de la panique que j'y lis ? De la colère ? Pour l'instant je n'en sais rien, et je m'en fiche.

— Je vais me coucher, maman. Je pense qu'on s'est tout dit pour ce soir.

Pour faire bonne mesure, je claque même la porte de ma chambre derrière moi, ma fureur ne faisant qu'augmenter au moment où je remarque que le loquet que j'avais installé quand j'avais dix-huit ans a disparu. S'il était encore là, je l'aurais actionné pour m'assurer qu'elle ne puisse plus venir m'enquiquiner de la soirée.

Au lieu de quoi, je me jette sur mon lit malgré mes sept mois de grossesse et je hurle dans mon oreiller.

Angela

Le claquement de la porte me fait prendre conscience que je suis allée trop loin. J'ai perdu mon sang-froid et ce que j'ai dit à Eliana est impardonnable.

Si je n'arrive pas à l'amadouer en pleurant, c'est vraiment que la situation est grave. Non pas que mes larmes soient factices. Là, elles sont bien réelles. J'ai tellement peur. Après avoir joué à ce jeu depuis si longtemps, j'ai l'impression de commencer à m'en lasser au moment même où je devrais être le plus déterminée.

Je sais qu'au fond d'elle elle croit Martin. Il a toujours été si bon pour elle. Pourquoi la trahirait-il maintenant ? Ce n'est pas dans sa nature.

Mais voyez-vous, je m'étais dit que si je lui présentais suffisamment de « preuves », elle finirait par avoir la pire opinion de lui qui soit, et aurait le courage de le quitter.

Je sais que c'est égoïste de ma part, mais c'est aussi mon droit. Pendant trente-trois années, toute ma vie a tourné autour de ma fille, et je serais censée renoncer à tout ça ? Voilà ce que je serais supposée dire : « Allez, va, vis ta vie. Laisse ta pauvre mère seule à Belfast, ne te soucie plus d'elle. »

La vérité, c'est que je suis terrorisée à l'idée d'être seule. Je ne sais pas vivre seule. Et la naissance du bébé ne fera qu'accroître ma solitude. Je sais comment ça se passe, pour l'avoir constaté avec mes amies dont les filles sont parties. Dès qu'un mari et un bébé entrent en scène, elles sont aussitôt accaparées par les cours de musique, les fêtes d'anniversaire, les sorties au zoo ou les vacances en familles, et n'ont plus jamais le temps de revenir dans la maison de leur enfance.

J'avais tout abandonné pour Eli. Si je ne le regrettais pas un seul instant, j'avais cependant toujours imaginé qu'il me reviendrait – en contrepartie, pour ainsi dire – de pouvoir jouer le rôle de « mamie gâteau ».

Si seulement Martin n'avait pas insisté pour ouvrir son agence à Derry.

Si seulement, pour commencer, j'étais restée en Écosse et n'étais jamais revenue dans ce pays pourri.

Je ne peux m'en prendre qu'à moi-même.

Ces e-mails ne font que le confirmer. Bientôt, quelqu'un me réclamera Eli et je ne pourrai pas lutter.

Ce que j'ai fait, je l'ai fait par amour pour ma fille. Mais je ne suis pas sûre qu'elle s'en rende compte. Pas dans l'immédiat en tout cas. Peut-être que ce sera différent quand elle sera maman elle aussi, et qu'elle ressentira ce lien indéfectible avec sa fille.

En attendant, je dois tout faire pour m'en tenir à mon plan d'action initial. Quand bien même elle se rebifferait. Il faut qu'elle comprenne que, parfois, affection est synonyme de fermeté. Une mère doit parfois être dure pour faire passer le message.

Jusqu'ici, ç'a été plus facile que je l'aurais pensé. Je n'avais guère eu de mal à convaincre quelqu'un, contre une petite rétribution, de remettre la première lettre anonyme au centre en main propre. La nièce d'une connaissance, étudiante à Derry. Je lui avais dit que c'était une lettre de remerciement contenant un bon cadeau, et que je craignais qu'elle ne soit perdue par la Poste. Comme elle passerait dans le coin de toute façon, je lui avais demandé si elle aurait la gentillesse de la déposer pour moi. Pour la remercier, j'avais glissé dans sa main un billet de cinq livres, « pour qu'elle s'offre une bière ».

Quelle heureuse coïncidence que Martin ait été en déplacement à Londres au moment où elle avait reçu la lettre. Il en résultait que je pouvais passer plus vite à l'étape suivante.

Bien sûr, je m'étais un peu sentie coupable devant sa réaction hystérique quand elle avait vu la fenêtre fracassée. J'avais dû faire vite pour que tout s'enchaîne correctement. D'abord il avait fallu faire en sorte que la pierre passe à travers la fenêtre, puis que je rentre le plus vite possible pour remettre l'alarme.

Mais je ne me sentais pas suffisamment coupable pour ne pas retirer une certaine satisfaction de savoir que ma fille se méfiait de plus en plus de Martin. Je voyais le fossé entre eux se creuser à vue d'œil.

Je dois dire que l'idée de prendre une photo dans leur chambre pour simuler une effraction avait été un coup de génie.

Quant à la deuxième lettre, je l'avais envoyée histoire de maintenir la pression, pour assurer mes arrières.

Et je sais que j'ai encore un autre tour dans mon sac ou, pour être exacte, dans ma poche.

Bon, il est vrai que c'est un peu tendu, en ce moment. Mais ça ne pouvait pas être simple d'un bout à l'autre, et c'est encore jouable. D'abord, il faut que je me rabiboche avec Eli. Au moins un petit peu. Je vais lui apporter un petit cadeau de réconciliation. Une tasse de thé. Dans laquelle j'aurai versé un peu de sédatif, bien sûr. Au cas où il lui prendrait *vraiment* l'envie de partir.

Louise

Je savais qu'il y avait une chose que je ne pourrais jamais surmonter, en quittant la ville.

Refaire ma vie signifiait m'éloigner du cimetière, où je venais me recueillir quasiment tous les matins, en embrassant la couverture dans laquelle nous avions enveloppé notre petit. Je m'imaginais souvent ce que je ressentirais en portant dans mes bras un fils en pleine santé, au lieu de ce linge atrocement vide.

Il est étrange que des bras vides puissent sembler plus lourds que des bras pleins. J'y pensais chaque jour, car chaque jour me rappelait son absence.

Chaque jour, je me répétais qu'il ne pouvait pas être là. Sous terre. Ce bébé qui m'avait donné des coups de pied, qui avait gigoté et fait des galipettes dans mon ventre. Cette force de vie, ce petit être qui avait failli faire de nous des parents – non, il ne pouvait pas reposer là, sous terre. Certes, sa tombe n'était qu'un lieu de recueillement, l'endroit où je pouvais venir pleurer. Tandis que lui était toujours avec moi. Il le serait à jamais. Bien sûr, je portais aussi les autres en moi. Mais sa mort avait été de loin la plus cruelle de toutes.

Pourtant, l'idée de m'éloigner de l'endroit où reposait mon enfant me déchirait le cœur et tiraillait ma conscience. J'essayais de ne pas trop penser au fait que j'allais le quitter pour toujours. J'essayais de ne pas me demander qui allait s'occuper de son petit carré de pelouse, ou de fleurir sa petite tombe qui portait mon nom ainsi que cette inscription que j'avais fini par haïr : « Envolé trop tôt » – comme si ç'avait été aussi paisible que ça. Comme si ça n'avait pas été brutal, sanglant, épouvantable. Scalpels et sutures. Perfusions. Sang. Beaucoup de sang. Comme s'il n'y avait pas eu les hurlements – bien que lui soit toujours resté silencieux.

J'avais supplié les médecins de le sauver. Mais à mon réveil, il était déjà froid. Ses lèvres avaient noirci. Je l'avais enveloppé de mes bras pour tenter de le réchauffer. J'avais prié pour obtenir un miracle. Je me souviens avoir imploré Dieu pour qu'Il me prouve son existence en ramenant mon enfant à la vie. Il l'avait bien fait avec Lazare. Si je priais de toutes mes forces, peut-être accéderait-Il à ma demande…

J'avais tant aimé mon bébé. Et je l'aime encore. Moi qui lui aurais tout donné, et plus encore, je n'en avais jamais eu la chance. Et là, il fallait que je me prépare à le quitter pour toujours, sans jamais regarder en arrière. Quelle mère étais-je pour faire une chose pareille ?

La dernière fois que j'étais allée au cimetière, j'avais gratté la terre autour de sa tombe et j'en avais rempli un petit pot à confiture. Cette terre, il l'avait nourrie. Après avoir glissé le pot dans mon sac, j'avais embrassé la stèle qui portait son nom. Noah. Mon merveilleux Noah. Même dans sa nuit éternelle, ce nom lui allait bien. C'est comme s'il avait été créé pour lui seul. J'avais murmuré son prénom – « mon merveilleux Noah ». Puis je m'étais rassise sur l'herbe froide et j'avais essayé de fixer chaque détail dans ma mémoire. Il n'y avait personne à la ronde. Nous étions seuls, tous les deux. Alors j'avais dit son nom à voix haute.

Enfin, je l'avais hurlé en direction du ciel en faisant le serment de ne plus jamais le prononcer.

Le prochain nom de bébé que je susurrerais serait celui de l'enfant que j'élèverais jusqu'à l'âge adulte.

Angela

Eli est endormie. Je reste assise quelques minutes à observer sa respiration régulière. Je l'envie. Le sédatif que j'ai mis dans le thé, qu'elle a fini par accepter après mes excuses suppliantes, va lui permettre de prendre une bonne nuit de sommeil.

Nous ne nous sommes pas dit grand-chose le temps qu'elle finisse sa tasse. Assise au bord du lit, je lui avais répété que j'étais convaincue qu'elle adorerait sa fille. Je m'étais laissé emporter par la colère. Il fallait qu'elle sache que jamais je ne penserais d'elle une chose pareille.

Elle était restée silencieuse, se contentant de hocher la tête de temps à autre.

Lorsque je lui avais redit combien je l'aimais, elle n'avait rien répondu, mais elle m'avait remerciée pour le thé. C'était mieux que rien.

Quant à moi, je ne suis pas sûre de bien dormir ce soir – et je ne peux pas me risquer à prendre un somnifère. Il faut que je garde tous mes esprits. Je vais peut-être me faire un café, histoire de rester alerte. Nous ne sommes plus en sécurité. De toutes parts, des gens veulent s'en prendre à nous. On cherche à nous enlever ce que nous avons.

Des personnes que nous prenions pour des amis et dont j'aurais dû me méfier.

Je commence à réaliser que tous ceux à qui je demande de l'aide finissent par me trahir.

Il n'y a qu'une seule personne sur qui je puisse compter pour ne pas perdre Eli : moi.

Eli

Je suis réveillée par le bruit de la rue. Je cligne des yeux et, le temps de retrouver mes esprits, je réalise qu'il fait déjà jour. Je dirais qu'il est au moins 9 heures. Luttant pour garder les paupières ouvertes, je me demande depuis combien de temps je n'ai pas dormi aussi tard.

La tête lourde, je me retourne pour vérifier l'heure sur mon portable – il me faut quelques secondes pour me souvenir que je l'ai égaré. À travers mon cerveau embrumé, quelque chose me turlupine, semblant tirer des fils invisibles dans mon esprit. Je ressens une espèce de pulsation derrière les yeux. Mes bras et mes jambes me donnent l'impression d'avoir été lestés. Ensuquée, voilà très exactement comment je me sens. Sur un plan physique autant qu'émotionnel. Et je suis toujours aussi fatiguée.

J'ai beau m'efforcer de les garder ouverts, mes yeux se ferment tout seuls. Tandis que je sombre à nouveau, je me demande si je n'ai pas attrapé la grippe.

Je me réveille en sursaut un peu plus tard et lutte à nouveau pour me ressaisir complètement.

J'ai l'esprit toujours aussi embrouillé. Comme si j'avais oublié quelque chose et ne parvenais pas à remettre la main dessus. Je sens mon bébé bouger.

On dirait un petit coup de coude pour me dire: « Allez, maman, lève-toi. » Pourtant, même un coup bien senti dans ma vessie ne suffit pas à me sortir totalement de mon sommeil.

Maman. Un fil relié à ma mère vient d'être tiré. Mon cerveau s'efforce de l'agripper. Il est arrivé quelque chose. Je me rappelle vaguement m'être disputée avec elle hier soir – je revois son visage plein de remords, un peu plus tard.

Et Martin, est-ce que je lui ai parlé ? Tout me semble flou. Je me mets tant bien que mal en position assise, luttant contre ma forte envie de m'allonger pour dormir encore un peu plus. Je réalise que j'ai faim, ainsi qu'un besoin pressant d'aller aux toilettes.

Je me hisse debout, chancelante ; les murs de la chambre tanguent légèrement autour de moi. Quelque chose ne tourne pas rond, je le sens. Je porte la main à mon front – méthode rudimentaire pour vérifier ma température – mais il n'est pas chaud. La douleur que je ressentais derrière les yeux commence à s'estomper, cependant j'ai toujours l'impression d'être enveloppée dans du coton, dont il me faut m'extirper en détachant chaque fibre l'une après l'autre.

J'ouvre la porte de ma chambre et me dirige vers la salle de bains, prenant soin de me tenir aux murs pour ne pas tomber. La maison est silencieuse, mais là encore, j'entends distinctement mon sang circuler dans mes veines. Ma fille m'envoyant un coup de pied pour me rappeler à l'ordre, je continue ma progression.

Une fois arrivée dans la salle de bains, je m'asperge la figure d'eau dans l'espoir de réveiller mes sens.

En me regardant dans le miroir, j'ai l'impression d'être floue. Je touche le miroir, histoire de vérifier qu'il est bien là, qu'il est réel – et moi aussi, par la même occasion. Maintenant, je commence à avoir mal au cœur, que ce soit à cause de l'hyperemesis, du stress, de la faim, ou de je ne sais quoi d'autre.

J'appelle ma mère, d'une voix faible et suraiguë. Il faut que je m'assoie en attendant d'avoir totalement repris mes esprits. Puis je retourne dans ma chambre et m'assieds au bord du lit, fixant des yeux les rideaux fermés. Je réalise qu'ils ne sont plus assortis à la couleur des murs, comme avant. Quand j'étais petite, la pièce entière n'était que rose, princesses et fleurs.

Je ne sais toujours pas quelle heure il est.

— Bonjour, marmotte.

La voix de ma mère me ramène brutalement au présent. Je me tourne vers elle et son visage passe petit à petit du flou au net.

— Tu as fait un sacré roupillon, me dit-elle.

Elle tient dans les mains un plateau où j'aperçois du thé, des tartines et un verre d'eau.

— Quelle heure est-il ?

— Oh, il est encore assez tôt. À l'évidence tu avais besoin de dormir, de toute façon. Tu dois avoir faim. Je t'ai apporté des tartines, du thé et un verre d'eau afin que tu prennes tes cachets.

— Je pense que je vais prendre une douche, pour commencer.

Avec un peu de chance, ça me réveillera.

— Mange déjà quelque chose, ma chérie. Je ne voudrais pas que tu tombes dans les pommes dans la douche. Je serais bien incapable de t'en sortir. Allez, installe-toi bien sur le lit et mange quelque chose.

J'accepte la tasse de thé que me tend ma mère.

Elle s'assied et me regarde manger. Je l'observe à mon tour, ne sachant si je connais ou non cette personne. Je vois son sourire. Les lignes douces des rides sur son visage.

Je la regarde à mon tour. Elle m'a préparé une demi-tartine beurrée recouverte de confiture de fraises, exactement comme elle le faisait quand j'étais enfant. Cette femme m'a tout donné, et surtout, elle s'est donnée à moi. Elle s'est entièrement consacrée à moi.

C'est elle, aussi, qui m'a dit ces choses horribles et blessantes, hier soir. Elle aussi dont je ne sais plus trop si je dois lui faire confiance. Ça commence à me revenir, maintenant. Je suis assise dans la cuisine de Kate. Une histoire d'avocat ? J'ai mal à la tête, à force d'essayer de me souvenir et de rester éveillée. Il y a quelque chose qui cloche. Vraiment.

— Et maintenant, Eli, n'oublie pas de prendre tes cachets. Ensuite, tu pourras passer sous la douche et nous verrons comment organiser notre journée.

Je hoche la tête et bois une nouvelle gorgée de thé. Je mange aussi un bout de tartine, mais elle a un goût de sciure. Ma mère me fixe toujours. Ses yeux ne me quittent pas. Je n'ai plus la force de porter la tasse. Garder les yeux ouverts me demande un effort insurmontable.

— Je suis encore super fatiguée, dis-je dans un souffle.

— À mon avis c'est le contrecoup de tout ce stress, ces derniers jours. Ce n'est pas étonnant. Toute la semaine, c'est l'adrénaline qui t'a fait tenir.

— Peut-être, dis-je en reposant la tasse pour me caler sur l'oreiller.

— Le bébé bouge comme il faut ?

Sa voix interrompt mon demi-sommeil brumeux. J'ouvre les yeux et vois qu'elle a les yeux rivés sur mon ventre.

— Oui, dis-je en posant la main dessus, comme pour le protéger.

Mon bébé. Cet enfant dont elle me disait que je n'en avais rien à faire. Petit à petit, d'autres souvenirs me reviennent.

— C'est bien, dit ma mère, qui s'est remise debout. C'est parfait. Maintenant, repose-toi jusqu'à ce que tu ne te sentes plus fatiguée, dit-elle en sortant de la pièce, avant de refermer la porte derrière elle.

Tandis que je sombre à nouveau dans le sommeil, d'autres choses encore me taraudent. Ma mère. Un bébé pour la vie. Chez elle. La nursery. Mon portable perdu. Martin. Au moment où mes paupières se ferment malgré moi, je suis quasiment certaine d'entendre le bruit d'une serrure qu'on verrouille.

*

Quand je me réveille à nouveau, il fait nuit. J'ai la bouche sèche et la vessie à nouveau pleine. Je plisse les yeux en essayant de m'habituer à l'obscurité. Après m'être retournée pour allumer la lampe de chevet, je me redresse péniblement dans le lit. J'entends toujours des bruits de circulation – il doit être dans les 17 heures. Si seulement je pouvais regarder l'heure sur mon portable. Pourquoi ne porte-t-on plus de montres, de nos jours ? Le verre apporté par maman un peu plus tôt étant toujours sur la table de chevet, je bois toute l'eau qui reste, heureuse de pouvoir étancher ma soif.

J'ai fait de drôles de rêves. Moitié rêves, moitié bribes de conversations. Les voix étaient très réalistes. À un moment, je suis certaine d'avoir entendu Martin qui demandait à me voir, ou à me contacter ; moi, j'essayais de l'appeler mais j'étais retenue par quelqu'un qui m'empêchait de bouger. Je hais ce genre de rêves. Je déteste l'état dans lequel ils me laissent lorsque je me réveille, le cœur lourd. Il me manque. J'ai besoin de lui. Il faut que je retourne à Derry. Sans ma mère.

Ma mère. Voilà que ça recommence. Je me remets à ruminer. N'ai-je pas entendu le bruit d'un verrou tout à l'heure ? Était-ce la porte de ma chambre ?

Je sors du lit. Je caresse mon ventre et suis aussitôt gratifiée d'un léger coup de pied qui me réjouit. En effleurant l'endroit où le petit pied a cogné, je suis, à ma grande surprise, submergée par l'émotion.

Je tourne la poignée, mais j'ai beau tirer, la porte ne bouge pas. J'essaie à nouveau, en vain. Je regarde en haut, où j'avais installé mon loquet pour pouvoir me couper du monde. Évidemment il n'y est plus.

Autant que je sache, il n'y a jamais eu d'autre verrou qui fonctionne sur cette porte. Nous n'avions jamais eu les clés des chambres. Elles avaient disparu bien avant qu'on emménage. Ou est-ce que je me trompe ?

Alors que je m'acharne à nouveau sur la poignée, je réalise tout à coup qu'elle a été changée. Elle est flambant neuve. Étincelante. Et elle a forcément été installée avec son propre verrou.

Mon cœur s'emballe. Ma fille me donne un nouveau coup de pied. Je suis aussitôt envahie par une vague d'amour protecteur. Si je n'ai aucune idée de ce qui se passe, je sais en revanche que la personne la plus importante ici est l'enfant qui croît dans ma chair. Ce petit être innocent qui, manque de chance, se retrouve aujourd'hui en terrain miné.

— Ça va aller, dis-je en frottant mon ventre avant de repartir à l'assaut de la poignée.

Je donne de grands coups dans la porte, en tapant de toutes mes forces. J'appelle ma mère et exige qu'elle vienne m'ouvrir. *Immédiatement.*

Ne pas paniquer.

Il faut que je reste calme. Je ne dois surtout pas imaginer le pire. Mais que suis-je censée imaginer, au juste ?

J'entends les pas de ma mère dans l'escalier.

Sa voix est calme, imperturbable, parfaitement normale.

— J'arrive, ma chérie.

— Je suis enfermée, maman. Que se passe-t-il ?

J'entends le cliquetis de la clé dans la serrure, puis elle ouvre la porte, le visage serein.

— En voilà un raffut. Tu vas t'esquinter la gorge et les mains.

— Maman, pourquoi m'as-tu enfermée ? Que se passe-t-il ?

Je sors aussitôt de la chambre en la bousculant un peu sur mon passage.

— Désolée, ma chérie. C'est l'habitude. Comme c'est maintenant dans ta chambre que je range mes objets de valeur, je ferme toujours la porte à clé en sortant de cette pièce.

Elle me dit ça comme si c'était l'explication la plus rationnelle qui soit, alors qu'à ma connaissance elle n'a jamais rangé ses objets de valeur ailleurs que dans sa propre chambre. En haut de son armoire, dans de vieilles boîtes à chaussures. Et je sais qu'elles y sont toujours.

— Tu as fait mettre de nouveaux verrous, dis-je en me dirigeant vers la salle de bains.

— Et alors ? Tu sais bien que les anciennes serrures ne fonctionnaient pas, me répond-elle comme si la situation était parfaitement normale.

— À ce que je sache, celui-ci fonctionne parfaitement bien, dis-je en lui indiquant d'un signe de tête le verrou de la porte de la salle de bains. Alors, si tu veux bien…

— Ce n'est pas comme si je ne t'avais pas faite, dit-elle.

Elle tourne cependant les talons.

— Quelle heure est-il ?

— 18 heures passées, me répond-elle en haussant la voix depuis le palier. (J'ai l'impression qu'elle m'attend.) Tu as vraiment dormi comme une marmotte !

— Je pense que je vais prendre ma douche maintenant, maman. Tu peux aller faire chauffer de l'eau pour le thé ? Je descends dans dix minutes.

— C'est mieux que je reste ici, répond-elle calmement. (Je me crispe.) Vu que tu es un peu patraque, je préfère rester dans les parages, au cas où tu aurais besoin de moi. D'ailleurs, tu tiens vraiment à fermer cette porte à clé ?

J'ai la peau qui se hérisse. Là, elle dépasse vraiment les bornes.

— Ça va aller, maman, dis-je, même si j'ai effectivement les jambes qui flageolent un peu.

Je n'en suis tout de même pas au stade où j'aurais besoin d'une aide à domicile.

— Je t'ai apporté des serviettes propres, m'annonce-t-elle quelques instants plus tard en frappant à la porte de la salle de bains.

Je prends soin de refermer le verrou dès que je lui ai pris les serviettes des mains. Je l'entends qui proteste.

Je me lave rapidement, me rince les cheveux et m'enroule dans une serviette, admirant un court instant mon ventre protubérant. Au moment où je rouvre la porte, je découvre ma mère assise par terre dans le couloir, en train de lire sur son Kindle, comme si c'était la chose la plus naturelle du monde.

— Tu vois, je t'avais bien dit que je m'en sortirais, dis-je. Tu n'avais pas besoin de rester assise à m'attendre ici. Je descends dès que je suis habillée.

— Je t'ai sorti quelques affaires propres, me répond-elle du tac au tac.

— Maman, tu n'ignores pas que je suis capable de choisir mes vêtements toute seule, n'est-ce pas ?

Je n'ai pas réussi à dissimuler mon agacement.

— Tu devrais faire attention à la façon dont tu me parles, Eli. Malgré ton âge, tu me dois encore le respect, me rabroue-t-elle d'un ton sec, le visage fermé.

Je me rappelle son attitude et ses propos d'hier soir, qui m'avaient poussée à lui dire que je partirais aujourd'hui. Je suis mal à l'aise. En arrivant dans ma chambre, je trouve un pyjama et des sous-vêtements propres sur mon lit.

— En fait, je pensais plutôt mettre des vêtements de jour. Mais merci quand même.

— Ah bon ? Pourquoi ? Il est bientôt 19 heures, il va être l'heure d'aller au lit.

— J'ai dormi toute la journée, je ne risque pas d'avoir sommeil de sitôt. De toute façon, j'avais pensé retourner voir Kate.

En vérité, il devient *urgent* que je retourne la voir. Il y a vraiment quelque chose qui ne tourne pas rond, ici.

— Je ne suis pas sûre que ce soit une bonne idée, me dit ma mère en apparaissant dans l'encadrement de la porte. Il fait mauvais, la nuit est tombée, et il est évident que tu n'es pas au mieux de ta forme. Imagine le souci que je me ferais. Il vaut mieux que tu restes à la maison avec moi. J'ai attendu toute la journée que tu te réveilles. Je me disais : et si on se passait un film ? Ou alors, on pourrait regarder les albums photos de ton enfance. Tu te souviens, Eli, comme on s'amusait toutes les deux, quand tu étais petite ? À l'époque, tu me disais que j'étais ta meilleure amie.

Quelque chose dans son attitude me met de plus en plus mal à l'aise. Je sens mon anxiété redoubler. Serait-il donc possible qu'elle ait été, dès le début, derrière tous ces mensonges concernant Martin ? Elle a vraiment l'air décidée à tout faire pour que je reste chez elle.

— Maman, ça me ferait vraiment du bien de prendre un peu d'air frais…

— D'accord, si tu le dis. Dans ce cas, je viens avec toi, décrète-t-elle sur un ton qui, je le devine, n'admet aucune contestation.

Pour être tout à fait honnête avec moi-même, elle commence sérieusement à me faire flipper.

Eli

Il faut que je mange quelque chose. Si je suis trop dénutrie, mes nausées ne feront qu'empirer, et il n'y a rien de plus douloureux que de vomir en ayant l'estomac vide. Alors je vais dans la cuisine et regarde ce qu'il y a dans les placards.

Bien évidemment, maman me suit à la trace et elle ne me quitte pas des yeux.

— Pourquoi n'irais-tu pas t'asseoir devant le feu pendant que je te prépare des œufs brouillés ?

J'ai beau protester et lui dire que je peux le faire moi-même, à son expression je devine que rien ne l'arrêtera. Alors je cède.

En quittant la pièce, je remarque la présence sur le plan de travail d'une boîte Kitty's Kitchen.

— Tu es allée voir Kate aujourd'hui ? dis-je en haussant les sourcils.

— Ah, non, répond ma mère en fouettant vigoureusement les œufs dans un bol en métal. Elle est passée tout à l'heure avec son petiot. Elle voulait papoter avec toi. Mais je lui ai dit que tu dormais.

— Je vais lui passer un petit coup de fil, alors, puisque je l'ai ratée.

Ma mère arrête ce qu'elle était en train de faire et se tourne vers moi en agitant sa fourchette dégoulinante de blanc d'œuf.

— Eli, je ne sais pas comment te le dire, mais je trouve qu'elle en fait un peu trop, non ?

— C'est-à-dire ?

J'ai peine à ne pas hausser le ton.

— Elle est toujours fourrée ici, toujours à te demander de venir… Tu ne l'avais pas vue depuis des années, et maintenant, c'est Kate par-ci, Kate par-là. Tu n'as plus que ce prénom à la bouche. Et puis, je ne sais pas si on lui a appris les bonnes manières, mais en tout cas ça ne se fait pas de venir à l'improviste, sachant que tu étais en petite forme. Elle se mêle de ce qui ne la regarde pas, Eli. Très bientôt, toute la rue va savoir que ton mariage bat de l'aile.

— Elle réagit juste en amie, maman. Je suis sûre qu'elle aurait appelé avant de passer, si je n'avais pas égaré mon téléphone.

Elle plisse les yeux et je vois ses lèvres se pincer. Un imperceptible changement dans l'expression de son visage trahit son agacement.

— Bon sang, tu ne pourrais pas arrêter de me seriner avec cette histoire de portable ? Autrefois, on vivait très bien sans. On n'a pas tous besoin d'être joignables à toute heure du jour et de la nuit, tu sais. Cette manie qu'ont les gens de s'appeler pour un oui ou pour un non, incapables de se passer de ces fichus appareils… Vive la technologie moderne ! Si tu veux mon avis, c'est le meilleur moyen de se faire fliquer.

Je soupire.

— Écoute, je vais juste appeler Kate pour lui demander de quoi elle voulait me parler, après on pourra prendre notre thé et on passera la soirée ensemble.

— Si tu y tiens. Mais je te le dis comme je le pense, Eli, cette fille ne me plaît pas trop. Je préfère ne pas la voir chez moi.

La migraine me gagne. C'était pourtant ma mère qui, il y a seulement deux jours, avait proposé à Kate de venir ici et même insisté pour que je lui parle. Et maintenant, elle voudrait que je prenne mes distances ? Je décide malgré tout d'appeler Kate. J'imagine qu'elle doit s'inquiéter pour moi – et de toute évidence, à juste titre.

Je referme la porte de la cuisine derrière moi pour avoir un peu d'intimité, mais à peine ai-je commencé à composer le numéro de Kate que j'entends ma mère l'ouvrir de nouveau.

Kate décroche au bout de trois sonneries, son ton enjoué redevenant sérieux dès qu'elle reconnaît ma voix.

— Il paraît que tu es passée ? Désolée, je dormais, dis-je sur un ton faussement léger qui ne reflète en rien mon état d'esprit.

— Exact. Comment ça va ?

— Bof, juste un peu fatiguée. J'ai dormi toute la journée. Et maman me surveille. Je ne peux pas faire un pas sans l'avoir derrière moi. Je crois qu'elle a peur de me laisser sortir ce soir, dis-je d'un ton léger.

J'espère que Kate sera assez perspicace pour lire entre les lignes et sentir qu'il y a quelque chose qui cloche.

— Alors ça n'a aucun rapport avec la visite de Martin ? me demande-t-elle.

Martin ? De quoi me parle-t-elle ? Il n'est pas venu me voir, impossible. Ma mère m'aurait réveillée si ç'avait été le cas, non ?

— Je ne crois pas être au courant, dis-je en m'efforçant de ne rien laisser paraître de mon émotion, sachant que maman m'écoute.

— Lorsque je suis passée aujourd'hui... eh bien, je suis sûre que c'était lui, je l'ai reconnu. Même si je ne l'ai jamais rencontré, je sais très bien à quoi il ressemble, grâce à ton profil Facebook. Il avait l'air tellement contrarié que je me suis dit que vous vous étiez disputés. J'en ai déduit que c'était peut-être la raison pour laquelle ta mère m'avait dit que tu « dormais ». Je n'ai pas osé insister, après tout, on n'est plus aussi proches qu'avant...

— J'ai dormi toute la journée, incapable de garder les yeux ouverts, dis-je, le cœur battant à tout rompre.

Je repense à ces rêves bizarres. J'avais eu l'impression d'entendre sa voix – s'agissait-il en fait davantage que de rêves bizarres ? Si ça se trouve, il avait vraiment fait le voyage jusqu'ici. Mes yeux se braquent sur la porte de la cuisine, derrière laquelle se trouve ma mère. Mon cœur s'emballe.

— Eli, est-ce que tu peux parler librement, là ?

Elle a compris.

— C'est exactement ça ! (J'ai soudain pris un ton jovial.) Si elle le pouvait, je crois que maman m'enfermerait chez elle pour me dorloter jusqu'à la naissance du bébé.

— Bon sang, Eli, est-ce que tu peux sortir un peu, là ? Ne serait-ce que pour passer chez moi ? On pourrait parler un moment.

— Aïe, en fait elle est justement en train de nous préparer du thé, histoire de s'assurer que je vais grignoter quelque chose. Et après, on doit regarder de vieux albums de photos qu'elle a ressortis. De toute façon, qui aurait envie de mettre un pied dehors par une nuit pareille ? Je ne voudrais pas qu'elle s'inquiète.

— D'accord…, répond Kate, et je comprends qu'elle aussi s'inquiète. Eli, je ne voudrais pas avoir l'air de dramatiser, mais est-ce que tu crois que tu es en danger ?

Bonne question. Je pense surtout que ma mère est manipulatrice, et qu'elle devrait se faire aider. Et il est certain que je redoute de l'affronter – mais de là à penser qu'elle pourrait me vouloir du mal…

Non. Pas maman…

— Je pense qu'elle veut juste être certaine que je prenne bien soin de moi, et du bébé. Je vais rester avec elle ce soir.

— Essaie de t'échapper demain. Au pire, tu peux passer à la boulangerie. Elle ne va quand même pas t'empêcher de sortir faire un petit tour à pied dans le quartier, si ? On pourra discuter un peu. Et si je n'ai pas de nouvelles de toi, je passerai te voir quand j'aurai fini ma journée. Je resterai plantée devant votre porte jusqu'à ce qu'on ait pu se parler, d'accord ?

— C'est super gentil, Kate. C'est adorable de parler de notre amitié en ces termes. Je vais garder ces belles paroles dans un petit coin de ma tête.

Silence au bout du fil. J'imagine mon ancienne copine de classe, que je n'avais pas vue depuis des années avant ce week-end, en train de se demander dans quel guêpier elle s'est fourrée.

— Eli, si jamais tu as besoin de moi, à n'importe quelle heure du jour ou de la nuit, tu m'appelles, OK ?

— Promis. Je t'embrasse, Kate. Merci.

À l'instant même où je raccroche, ma mère passe la tête dans l'embrasure de la porte pour m'annoncer que le thé est prêt.

Angela

Eli ne m'a pas laissé le choix. Il fallait que je l'enferme dans sa chambre. J'ai également dû m'assurer qu'elle dorme le plus longtemps possible. J'avais besoin de réfléchir.

Mais je sais bien que je ne vais pas pouvoir compter sur les sédatifs encore très longtemps. J'ai quand même pris un risque en lui donnant une dose aussi forte. J'ai paniqué tout l'après-midi pendant qu'elle dormait, terrifiée à l'idée que j'aie pu aller trop loin. Si la dose avait été excessive, ç'aurait pu être mauvais pour le bébé.

Si seulement elle ne s'était pas montrée aussi agressive hier soir et ne m'avait pas menacée de partir ! Si seulement elle comprenait que j'agis dans son intérêt. Mais cette sotte pense être mieux placée que moi pour savoir ce qui est bon pour elle.

Je l'entends parler au téléphone avec Kate. Je ne peux pas lui demander de mettre fin à cette conversation, au risque d'éveiller sa suspicion. Mais je ne suis pas très à l'aise.

J'ai l'impression que nous sommes toutes les deux en train de jouer la comédie et que nous faisons comme si tout était parfaitement normal. Je ne serais pas loin de m'en convaincre, si je ne voyais pas la façon dont elle me regarde quand nos yeux se croisent.

J'ai remarqué qu'elle tressaille imperceptiblement lorsque je m'approche d'elle. Quelque chose s'est brisé entre nous, sans que je sache si je pourrais le réparer, ni comment.

J'ai le désagréable pressentiment qu'elle sait quelque chose, mais j'ignore quoi… Le seul moyen de le savoir serait de lui poser la question.

Or, bien sûr, si je lui pose la question et qu'au final elle ignore ce que j'ai fait, ça lui mettra la puce à l'oreille. Elle devinera que je lui ai menti. Et que j'ai agi d'une façon que certains pourraient trouver contestable.

Mais alors, ils n'auraient rien compris.

La situation est telle que personne n'en sortira gagnant.

Le château de cartes que j'ai soigneusement édifié, et qui tenait debout depuis trente ans, menace désormais de s'effondrer.

Si je la perds maintenant, je la perds pour toujours. Je n'avais pas le choix, c'était le seul moyen de ne pas craquer ! Sinon, je risquais de m'écrouler et de finir par terre, en boule, pour tenter d'échapper à cette petite voix intérieure qui me susurrait que tout était fini.

Je suis en train de lui beurrer une tartine quand Eli revient dans la cuisine. Il faut que je paraisse dans mon état normal, d'un calme absolu. Elle s'installe à table, l'air agité.

— Je t'ai fait une tartine comme tu les aimes, dis-je en lui tendant une assiette, tout en m'asseyant en face d'elle.

— Merci, répond-elle en chipotant dans ses œufs brouillés, qu'elle écrase avec sa fourchette, avant d'en prendre une infime bouchée.

— Kate te passe le bonjour. J'irai la voir demain matin. Elle veut me donner des affaires dont elle ne se sert plus, pour le bébé.

Eli a le regard fuyant. Je sens mes mains se crisper sur mes couverts ; mon corps se tend.

— Mais j'ai déjà tout prévu, ici. La chambre de la petite est pleine à craquer.

— C'est gentil de sa part de me le proposer. Je ne voulais pas paraître impolie en refusant…

— En plus, elle a eu un garçon. Qu'est-ce qu'elle pourrait bien avoir à te donner pour ta fille ? Vraiment, Eliana, je ne la sens pas, cette Kate. Je te l'ai déjà dit. Je ne pense pas qu'on puisse lui faire confiance.

Et pour cause. N'a-t-elle pas permis à Eliana d'appeler Martin depuis chez elle, hier soir ? C'est lui-même qui me l'a dit quand il a déboulé chez moi. Quel culot. Je n'en étais pas revenue, de le voir se pointer pour demander à parler à Eli. Je n'aurais pas cru qu'il aurait le cran de venir.

Mais de là à le laisser entrer…

— Elle est sortie, lui ai-je dit.

— Pourtant sa voiture est là, a-t-il protesté en indiquant la Nissan de sa femme d'un signe de tête.

— Elle a des jambes, tu sais, ai-je sèchement répondu.

— Dans ce cas, peut-être que je pourrais l'attendre chez vous ? a-t-il demandé avec un haussement de sourcils plein d'espoir.

— Je ne pense pas que ce soit une bonne idée, ai-je répliqué en m'appuyant légèrement contre la porte pour l'empêcher, le cas échéant, de rentrer par la force. Elle ne veut pas te parler, Martin.

— Mais elle m'a appelé hier soir !

C'est à ce moment-là que ça avait fait tilt : elle l'avait appelé de chez Kate.

— Eh bien, c'était hier soir. Ce matin, les choses étaient très claires dans son esprit.

— Quand même, je préférerais l'attendre, a-t-il continué en faisant mine de vouloir entrer.

— Martin, je te demande de partir. Sinon, j'appelle la police pour leur signaler que tu nous harcèles, ma fille et moi. Crois-moi, dans la mesure où quelqu'un t'accuse déjà d'adultère et qu'Eli a reçu des menaces, ça risque de faire désordre.

— Angela, vous savez très bien que ces allégations sont sans fondement. Posez la question à Eli, je pense que maintenant elle vous dira la même chose.

— Ma fille m'a affirmé qu'elle ne voulait plus entendre parler de toi, et c'est tout ce qui m'importe. Alors arrête de te torturer – et nous aussi par la même occasion – et laisse-nous tranquilles.

— Eli est ma femme, et elle porte mon enfant ! a-t-il éructé, hors de lui.

— C'est aussi ma fille, Martin, et Dieu m'est témoin, je ne te laisserai plus jamais lui faire du mal, tu m'entends ?

— Je n'ai jamais rien fait de mal ! a-t-il hurlé.

Mais je savais que c'était faux. Cet égoïste ne réalisait pas que c'était à moi, et non à ma fille, qu'il avait fait du mal.

— Va-t'en, lui ai-je dit en claquant la porte, avant de paniquer à l'idée que le bruit ait pu réveiller Eli.

Je suis restée quelque temps dans l'entrée, à l'affût du moindre son pouvant provenir du premier étage. Une fois rassurée, je me suis postée à la fenêtre, juste à temps pour voir la voiture de Martin démarrer.

Mais je sais qu'il finira par revenir, tôt ou tard.

Il faut que je règle ça une fois pour toutes.

— Eli, dis-je en adoptant mon ton de mère inquiète le plus parfait, je ne veux pas ajouter à ton stress, mais il faut que je te dise quelque chose.

Elle se tourne vers moi et, pour la première fois depuis notre dispute de la veille, elle ne fuit pas mon regard.

— Tu dois connaître la vérité.

Louise

Je surveillais sa maison. Pendant quelques jours elle avait semblé vide, puis je vis de nouveau de la lumière à l'intérieur, la voiture dans l'allée, et la silhouette d'une femme pâle aux traits tirés qui effectuait des allées et venues devant la fenêtre, en berçant un bébé dans ses bras. S'offrait à moi, éclairée par le plafonnier, l'icône même de la maternité.

Comme dans une publicité.

Son mari partait chaque matin peu avant 9 heures. S'il ne rentrait pas déjeuner à midi, il était de retour juste après 17 heures – pas question de travailler tard avec un nourrisson. Je remarquai qu'elle n'était jamais habillée avant qu'il ne rentre. Elle lui tendait le bébé dès qu'il franchissait la porte et il prenait alors le relais des va-et-vient devant la fenêtre, jusqu'à ce qu'il soit l'heure de fermer les rideaux. Fin du spectacle pour la journée.

Je les avais vus commencer à faire les cent pas dans le salon dix jours plus tôt. C'est à ce moment-là que j'avais décidé qu'il ne fallait plus traîner. Le jour que j'attendais depuis si longtemps, que j'avais planifié et appelé de mes vœux, dans mes prières, était enfin arrivé.

J'avais acheté un bouquet de fleurs, m'étais teint les cheveux en roux et m'étais fait un chignon. J'avais chaussé la paire de lunettes achetée à la pharmacie. Ce déguisement était certes un peu léger, j'en conviens, mais j'espérais que cela suffirait pour tromper ses yeux exténués.

J'avais enfilé une robe, un manteau, une paire d'horribles chaussures bas de gamme – marron, à lacets – que j'avais trouvée dans une friperie. Je les jetterais une fois partie.

Je me garai à deux rues de chez eux. J'avais un grand sac avec moi, dans lequel j'avais mis une couverture, un classeur et un carnet de grossesse. Il n'y avait aucune raison qu'elle se rende compte que c'était le mien et non le sien.

Je vis son visage exténué. La fatigue lui donnait un regard sans expression. Elle regardait devant elle, les yeux dans le vide, en faisant les cent pas devant la fenêtre.

C'est à croire qu'elle priait pour qu'on lui prenne son enfant.

Une petite fille.

Ma fille.

J'avais eu le temps de voir un ballon rose. Des cartes de vœux roses. Des fleurs – des œillets roses. Et une couverture rose.

C'était le destin.

Je l'avais toujours su.

Ma petite Eliana était prête pour que je l'emmène chez elle.

Eli

Maman quitte brusquement la pièce pour monter à l'étage et me laisse en plan, sans que j'aie la moindre idée de ce qu'elle s'apprêtait à me dire. Est-elle sur le point d'avouer ce qu'elle a fait ? Ou même de s'excuser ?

Si elle s'excuse, peut-être parviendrai-je à lui pardonner, voire à comprendre.

Une fois redescendue, elle pose devant moi une enveloppe blanche. Exactement pareille aux autres. La même écriture. Mais celle-ci est timbrée. Sans cachet. Mes mains se mettent à trembler.

— Elle est arrivée tout à l'heure pendant que tu dormais, me dit-elle. Sur le moment, j'ai failli la jeter. Je ne jugeais pas utile de te tourmenter davantage, étant donné que tu allais quitter Martin de toute façon. Mais ensuite je me suis dit que tu pourrais t'en servir comme preuve, tu sais, pour l'audience devant le juge.

J'ouvre l'enveloppe et un bouton de manchette en tombe. Un de ceux que je lui ai offerts en cadeau de mariage. Cette fois-ci, le message fait cinq lignes :

J'ai pensé que tu voudrais récupérer ceci.
Je l'ai trouvé dans les affaires
de cette traînée que j'ai pour petite amie,
après le déplacement de ton mari en Angleterre.
Apparemment il n'a pas passé ses nuits seul.

— Oh, Eli, dit-elle, je suis tellement, *tellement* désolée. Quel salaud.

Elle a l'air parfaitement naturelle. Parfaitement sincère. C'est bien ma mère que j'entends. Elle est totalement crédible. Totalement normale. Et pourtant, ce bouton de manchette prouve non seulement que mon mari ne me ment pas, mais que c'est *elle* qui me ment. Et qu'elle me ment depuis le début.

C'est à peine si j'arrive à la regarder, et encore moins à respirer.

— J'ai besoin d'être seule, dis-je en bredouillant, avant de retourner dans ma chambre aussi vite que me le permettent mes jambes flageolantes.

Je ferme la porte et m'assieds.

Vertiges et nausées me gagnent. Je maîtrise tant bien que mal mes haut-le-cœur et tente de reprendre mon souffle, luttant contre ce qui a tout l'air d'une crise de panique, à moins que ce que je ressens au plus profond de moi ne soit quelque chose de plus viscéral. De la peur ? Oui, c'est ça, voilà ce que m'inspire l'idée que ma mère puisse être à ce point tordue. Dérangée. Foncièrement mauvaise. Et elle prétendait « protéger son ourson » ? Aujourd'hui, cette expression enfantine me soulève le cœur. Rien de ce qu'elle a fait ne saurait être considéré comme une attitude protectrice à mon égard. Elle m'a trahie, et de la pire des manières.

La seule personne dont je n'aurais jamais pensé qu'elle puisse me faire du mal est en train de jouer à un jeu malsain – et ce jeu vise à détruire mon mariage. Maintenant. Au moment précis où nous allons avoir un enfant. Elle sévit au moment où je suis le plus vulnérable – tout comme mon mariage – et elle a mis au point un écran de fumée si vicieux que j'en suis venue à plaquer Martin.

Je suis effondrée. J'essaie de respirer, de retrouver mon calme. Pour moi, et pour mon bébé. Ce bébé pour qui il m'aura fallu si longtemps avant de ressentir de l'attachement, mais que je désire aujourd'hui protéger plus que tout au monde. Martin me manque tellement que j'ai envie de hurler – à supposer que cela serve à quelque chose. J'ai envie de l'appeler, mais je suis coincée ici sans portable, avec ma mère qui est à l'affût de mes moindres gestes.

Et je suis folle de rage. La colère m'étreint. C'était donc *elle*. C'est elle qui est derrière tout ça. Ce fichu bouton de manchette, personne ne l'a posté, et il n'a jamais fini dans les bagages de quiconque après un séjour à Londres. Car il se trouvait sur la commode de ma chambre il y a encore deux jours, quand je suis passée y récupérer des vêtements supplémentaires. Tandis que je faisais mon sac, j'avais vu les deux boutons briller dans la lumière du soleil. J'étais tellement furieuse contre Martin que j'avais moi-même failli les prendre. Dans un geste aussi stupide que puéril, l'envie m'avait saisie de me venger en reprenant le cadeau de mariage que je lui avais fait. Et voilà qu'un de ces deux boutons de manchettes se retrouve ici, chez ma mère, accompagné d'un message en tout point semblable aux précédents.

Je ne sais plus qui elle est, et pis encore, je ne sais jusqu'où elle pourrait aller. Elle est totalement déséquilibrée. Prête à mentir, à simuler une effraction. Tout ça dans le but de m'intimider, de me faire croire que quelqu'un me traque. Elle avait pourtant eu l'air sincèrement terrorisée ce soir-là – alors qu'en fait elle savait depuis le début qu'aucun désaxé ne s'en prendrait à moi. La désaxée, c'était elle.

Il faut que je me tire d'ici le plus vite possible, mais allez savoir ce qu'elle est capable de faire. Il reste que je ferais peut-être mieux de prendre mes jambes à mon cou. Mes clés de voiture sont dans mon sac à main, lequel est accroché au pied du lit. Je n'aurai qu'à démarrer en trombe et… encore faudrait-il qu'elle ne ferme pas à nouveau la porte de la chambre à clé. Je réalise, horrifiée, que ça n'avait vraiment rien à voir avec ses « objets de valeur ». Il s'agissait en fait de me contrôler. Elle m'a manipulée de bout en bout.

J'arrive péniblement à me mettre à genoux et rampe jusqu'à mon sac. Si je me sauve maintenant, avant qu'elle ait le temps de verrouiller la porte, j'ai peut-être une chance.

Pas de clés dans mon sac. Mon portefeuille et mes cartes de crédit n'y sont pas non plus. Je mettrais pourtant ma main à couper que je les ai rangés là la veille du jour où je suis allée voir Kate.

J'ai l'impression de recevoir un nouveau coup de poing dans le ventre. Il est évident que c'est elle qui les a pris, comme mon portable.

« Tout va s'arranger, Eli. »

« Quoi qu'il arrive, je serai toujours là pour toi, Eli. »

« Pense à tout ce que j'ai fait pour toi et pour le bébé, Eli. »

Elle est complètement folle. Folle à lier. Et dangereuse.

Je suis terrorisée. Mon estomac se noue ; la nausée reprend de plus belle ; je sens que je vais vomir. Cette fois, impossible de lutter. Je me lève et cours en titubant jusqu'à la porte, puis je fonce à la salle de bains, où je rends le peu que j'ai réussi à avaler pendant le dîner. Je me tords de douleur sous l'effet des spasmes à répétition, alors même que je n'ai plus rien à régurgiter.

Je sens des gouttes de sueur froide couler le long de ma nuque, puis dans mon dos, entre mes seins et, très vite, je me retrouve en nage. Mes jambes et mes bras ne répondent plus. Sous l'effet conjugué de la violence des spasmes et de la pression exercée par le bébé, je perds le contrôle de ma vessie. Mortifiée de n'avoir pu me retenir, secouée par les convulsions, je sanglote au-dessus de la cuvette des toilettes. Je vais m'évanouir, c'est certain. Et si je perds connaissance, je risque de me cogner la tête en tombant. Ou le ventre. Je pourrais faire mal au bébé. J'ai envie de crier à l'aide, mais qui pourrait bien venir m'aider ? *Vraiment* m'aider. Ma mère ?

Un étourdissement diffus, mélange de chaleur et de picotements, monte lentement de ma nuque avant de s'emparer de ma tête. J'ai l'impression que les murs de la pièce se resserrent sur moi. Mes genoux se dérobent et je ne sens plus mes membres. Je m'efforce, dans ma chute, de me tourner sur le côté pour protéger le bébé. J'essaie de garder les yeux ouverts, mais je suis déjà partie.

Louise

Mon cœur battait à tout rompre quand je frappai à sa porte. Pas à cause de la peur, cela dit. Non, je n'avais aucune appréhension. Je brûlais juste d'impatience de voir mon bébé. De la prendre dans mes bras. C'était comme si je venais moi-même d'accoucher et que j'avais un besoin irrépressible de sentir sa peau contre la mienne.

J'avais ressenti exactement la même chose avec Noah. Dès que j'avais repris connaissance, après l'anesthésie, j'avais supplié pour qu'on me l'amène.

— Laissez-le-moi encore un peu ! avais-je hurlé, les bras serrés contre ma poitrine, tandis qu'ils l'emmenaient après m'avoir autorisée à le voir une dernière fois.

Quand elle ouvrit la porte, elle portait mon enfant dans ses bras – Eliana. C'était le plus beau des bébés. Elle était si petite, si délicate. Avec de minuscules lèvres roses et un petit nez en trompette. Elle était endormie et ses cils d'une infinie douceur effleuraient ses joues. La femme me regarda avec insistance, et un instant je crus qu'elle avait reconnu « la serveuse qui lui avait parlé au café ».

— Je viens vous voir pour savoir comment ça se passe avec le bébé, bafouillai-je en lui mettant mon classeur sous le nez. Je viens de la part des services de la protection maternelle et infantile, au cas où vous auriez besoin d'aide.

— Besoin d'aide ? répéta-t-elle en clignant des yeux, éblouie par la lumière du jour. Quel type d'aide ?

À l'évidence, elle me prenait au mot ; son sens critique était probablement altéré par le contrecoup et la fatigue de l'accouchement.

— Nous savons les difficultés que peuvent rencontrer les jeunes parents, répondis-je en affichant une mine compatissante. Pourtant, il est souvent tabou pour eux d'évoquer leurs angoisses. Je fais partie d'une équipe récemment mise en place pour se mettre à l'écoute des jeunes mamans. Si nécessaire, nous proposons également des services d'aide à domicile. Mais à ce que je vois, votre petite puce a l'air en pleine forme, ajoutai-je en indiquant d'un signe de tête le bébé endormi dans ses bras.

Elle baissa les yeux à son tour, et je décelai alors ce que je n'avais jamais pensé voir chez elle : de l'amour maternel. Malgré la fatigue, malgré sa grossesse difficile, on voyait qu'elle avait le désir d'être une bonne mère.

Mais je ne devais pas flancher. Je méritais ce bébé autant qu'elle, sinon davantage. Elle pourrait toujours avoir un autre enfant. Pas moi. Alors je tins bon et, comme elle, je couvai des yeux le nourrisson. Comme elle, je ressentis pour lui un profond attachement. Comme elle, je souhaitais que tout se passe au mieux.

Comme elle, je me sentais désormais mère.

— Si vous êtes d'accord, nous pourrions peut-être prendre quelques minutes pour discuter autour d'un thé, proposai-je. De façon tout à fait informelle, ne vous inquiétez pas.

Elle hocha la tête et me précéda dans le salon.

— Si vous voulez, ajoutai-je, vous pouvez m'indiquer où se trouvent le thé et la théière, et je m'en occuperai.

Comme je l'espérais, elle me répondit qu'elle allait s'en charger et m'invita à m'asseoir. Elle en aurait pour une minute, précisa-t-elle. Elle s'excusa d'être encore en robe de chambre. Je lui répondis de ne pas s'en faire, précisant que j'avais moi-même le souvenir d'être restée en pyjama pendant un mois entier après la naissance de mon premier enfant.

Je l'observai déposer le bébé dans son berceau avec une infinie délicatesse. Puis elle se tourna de nouveau vers moi, pour me demander comment je prenais mon thé. « Avec du lait mais sans sucre », répondis-je. « Je suis bien assez douce comme ça », ajoutai-je avec un sourire. Elle me décocha à son tour un large sourire.

À l'évidence elle me faisait déjà confiance, voire m'appréciait. Je voyais aussi qu'elle était contente d'avoir quelqu'un à qui parler. Dans d'autres circonstances, peut-être serions-nous devenues amies.

Mais ce ne serait jamais le cas. Tandis que je l'entendais s'affairer dans la cuisine, je sortis à pas de loup en emportant le bébé dans le grand sac que j'avais apporté, enveloppé dans une couverture.

Même si j'étais convaincue qu'avec le temps elle finirait par comprendre, je ne pouvais pas m'éterniser.

Je ne saurai jamais si ce sont vraiment ses hurlements que j'entendis, portés par le vent, au moment où je sortais, me hâtant de regagner ma voiture. Je préfère ne pas trop y penser.

En installant ma fille dans la voiture, je lui promis qu'elle ne manquerait jamais de rien. Mon Eliana chérie aurait tout ce dont elle aurait besoin.

Dans dix minutes, nous aurions quitté Derry et roulerions vers Belfast. Et deux heures plus tard, nous serions sur un ferry, en partance pour l'Écosse. C'était le mode de transport le plus sûr. Pas de fouilles. Pas de contrôle des passeports. En fin de journée, nous serions installées dans un meublé à Paisley.

J'avais pensé qu'ils se lanceraient peut-être à la recherche de celle que j'étais avant. Mais c'était peu probable. Louise Barr était partie refaire sa vie à Galway des semaines plus tôt. Elle avait complètement disparu de la circulation.

J'avais décidé de changer de nom. En Écosse, je réussis à déclarer la naissance d'Eliana au bout de quelques semaines. Je leur dis que j'avais accouché à la maison. Je n'avais pas réalisé que j'étais enceinte. J'avais eu mes règles jusqu'au bout. J'avais mis au monde ma fille dans la salle de bains, à même le sol. Ç'avait été un tel choc que je n'avais pas eu la présence d'esprit de venir déclarer la naissance plus tôt.

Ensuite, il suffirait de faire profil bas et de vivre notre vie. Il n'y avait aucune raison que les gens se posent des questions.

Quand elle m'interrogerait sur son père, je lui expliquerais qu'elle avait été conçue lors d'une soirée où les choses avaient dérapé. Je lui en dirais juste assez pour qu'elle s'imagine que c'était trop douloureux pour moi d'en parler et que je ne connaissais probablement pas son nom. Je lui en dirais assez pour qu'elle arrête de me poser des questions sur lui.

Personne ne se douterait jamais de ce que j'avais fait.

Pas même mon bébé.

Surtout pas mon bébé.

Eliana ne devait jamais le savoir.

Eli

Un linge froid sur mon front. Une lumière tamisée. Une voix douce. Le monde reprend peu à peu forme et, lentement, les sensations reviennent dans mes membres. Le contact du sol froid. Quelque chose sous ma tête. Une serviette. Mais je ne suis pas encore prête à rouvrir les yeux. L'humidité que je sens au niveau de mes cuisses vient me rappeler l'humiliation que je viens de vivre. Mes yeux clos sont soudain baignés de larmes. Ma main se porte à mon ventre ; je prie intérieurement pour que le bébé bouge.

— Je suis là, Eli, tente de me rassurer ma mère. Je suis là, mon Eliana chérie, tout va s'arranger. Maman est là.

Quelque chose en moi s'effondre et me donne envie de crier. Pas elle. Pas maintenant. Mais je m'efforce de rester calme. En même temps que je reprends mes esprits, le souvenir de ce que ma mère a fait affleure à ma conscience.

Il faut que je reste maître de moi-même. Du moins que j'en aie l'air. Je sens la main de ma mère sur mon épaule ; je sens son souffle, et même son haleine, tandis qu'elle murmure à mon oreille. Ma peau se hérisse.

— Mon pauvre bébé. Ma pauvre, pauvre petite fille. Ça va aller. On va faire ta toilette et après tu pourras te reposer. Ne t'inquiète pas, ça va aller.

Je suis toujours prise de nausées. Je me sens faible et j'ai envie de vomir.

Je repense à la journée que j'ai passée à dormir. Je suis peut-être tombée malade. Vraiment malade. Ou alors… ? Non. Ma mère n'irait pas jusque-là. Avait-elle mis quelque chose dans ma nourriture, ou dans ce que j'ai bu ?

— Je t'aide à te relever ? me demande-t-elle, la voix empreinte d'une inquiétude qui paraît sincère. Est-ce que tu peux te déshabiller ? Je vais faire couler l'eau si tu te sens un peu mieux. Tu n'auras qu'à te rincer rapidement, le temps que je mette tes vêtements à la machine.

— Je suis désolée, fais-je en bredouillant, me sentant humiliée malgré la peur et la nausée.

— Ne dis pas de bêtises, ma chérie, répond ma mère en m'aidant à me mettre debout, avant de me soutenir quand soudain une nouvelle vague de nausées me submerge.

Secouée par des spasmes qui contractent tous mes muscles, je sens mon estomac se soulever, en vain.

Peut-être que la solution est là : je pourrais profiter de sa nature excessivement protectrice…

— Maman, je ne me sens vraiment pas bien. Je me disais… Peut-être que tu devrais appeler un médecin, voire une ambulance.

Il faut que je trouve le moyen de sortir de là saine et sauve ; il faut que j'arrive à lui échapper.

— Mais non, c'est juste une affaire d'hormones, objecte-t-elle d'un ton neutre. Je vais m'occuper de toi, comme quand tu étais petite. Allez, déshabille-toi, qu'on fasse ta toilette.

— Je vais me débrouiller toute seule, dis-je d'une voix ténue.

Je ne veux pas qu'elle me touche.

— Allons, allons, Eli, tu viens de tomber dans les pommes. Et tu n'es toujours pas dans ton assiette. Si tu t'imagines que je vais prendre le risque de te laisser chuter une deuxième fois, tu te trompes.

Elle m'enlève le haut de mon pyjama, puis mon pantalon.

— Je vais prendre des serviettes, dit-elle en fermant l'abattant des WC avant de m'inviter à m'asseoir.

Tout en gardant ma chemise de pyjama serrée contre moi afin de conserver un semblant d'intimité, j'enlève ma culotte. Je suis mortifiée. J'ai honte de m'être fait pipi dessus. Honte de me retrouver dans cette posture devant ma mère. Et je ressens aussi de la tristesse – je suis triste de ne pas vraiment savoir qui elle est. De grosses larmes roulent sur mes joues tandis que ma mère revient et me tend une serviette de bain avant de faire couler la douche.

— Fais juste une toilette rapide. Tu en as fait un joli bazar, me dit-elle d'une voix attentionnée. Il ne faut pas pleurer. Ce sont des choses qui arrivent.

Elle m'aide à entrer dans la cabine de douche. Je suis écarlate et toujours chancelante.

— C'est bien, ma fille, dit-elle en commençant à me frotter avec une éponge, alors que je frissonne.

Elle me traite comme une enfant et me parle d'une voix chantante qui m'agace, comme si j'avais quatre ans.

— Je peux le faire moi-même, dis-je avec un peu plus d'assurance.

— Ce n'est pas la peine de me parler sur ce ton, Eli, réplique-t-elle, vexée. Je veux simplement t'aider. Comme je l'ai toujours fait.

Je refuse de pleurer. Je ne céderai pas aux sanglots qui me nouent la gorge. Il est hors de question que je lui laisse voir dans quel état je suis vraiment. Je ne réponds rien.

— OK, dans ce cas, je vais nettoyer ce bazar et tu n'as qu'à te laver toute seule ! me lance-t-elle sans ménagement, avant de refermer brusquement la porte de la douche.

Je la vois se mettre à genoux et éponger le sol avec une serviette de bain.

— Heureusement que tu n'es pas sortie ce soir, ma chérie, malade comme tu es, continue-t-elle toute seule. C'est à cause de la lettre ? Du bouton de manchette ? Je sais à quel point ça doit te retourner, mais c'est quand même mieux que tu saches dès maintenant à qui tu as affaire. Avant la naissance. Imagine, si tu avais dû improviser un déménagement avec le bébé dans les pattes… Tandis que là, tu n'as qu'à reprendre tes marques ici, et on recommencera à vivre comme une petite famille. Tu pourras toujours compter sur moi, mon trésor. Toi et ton bébé. On sera bien, toutes les trois.

Je me savonne les jambes. J'essaie de laver ma honte. Puis je frictionne mon gros ventre en essayant d'imaginer le petit être qui s'y trouve. Il va devoir encore attendre deux mois avant de venir au monde, et je me fais la promesse que malgré l'incertitude dans laquelle je me trouve pour le moment, quant à l'issue de ce cauchemar, jamais il ne lui sera fait le moindre mal.

Et il est absolument hors de question que je laisse ma mère s'approcher de ma fille.

Angela

Moi qui n'avais jamais suspecté Eli d'ingratitude, je l'ai trouvée insolente de refuser mon aide. Et ce ton qu'elle avait, en me disant : « Je peux le faire moi-même. » Elle m'a quasiment envoyée balader alors que je voulais seulement m'occuper d'elle.

Je sais qu'elle est toute retournée. Ce bouton de manchette a vraiment dû la secouer. Mais ce n'est pas une raison pour se passer les nerfs sur moi.

J'ai suffisamment de soucis comme ça pour ne pas devoir en plus devenir son punching-ball.

Certes, je n'oublie pas qu'elle a subi un choc. Elle ne peut plus être dans le déni vis-à-vis de lui. Qui aime bien châtie bien. Ce qui explique pourquoi elle s'en prend à moi en ce moment. Mais je suis son havre de paix, ce que j'ai toujours souhaité être.

Je n'aime pas la voir si mal – en même temps, je dois la détruire complètement pour ensuite pouvoir l'aider à se reconstruire.

À en juger par sa réaction quand je lui ai montré le bouton de manchette, je crois pouvoir dire que là, elle est vraiment détruite.

Pourtant, je ne veux plus jamais la voir dans un tel état. Plaise à Dieu que cela ne se reproduise pas. Il l'aidera à surmonter cette épreuve comme Il l'avait fait avec moi par le passé. Ce que j'ai demandé, je l'ai obtenu. Il en serait de même pour Eli, pour peu que je la convainque de Lui demander Son assistance. Je ferme les yeux, je serre mon crucifix entre mes doigts et récite une prière en silence pour qu'Il guide mes pas.

Elle est si vulnérable en ce moment que je dois veiller à ce qu'elle ne tombe pas en déprime ou ne cherche à se faire du mal. Je vais devoir redoubler d'efforts pour prendre soin d'elle, pour la protéger. Et pour ce faire, il va sans dire que je ne la quitterai pas des yeux un seul instant dans les jours qui viennent.

J'y pense… Je pourrais lui proposer de partir en week-end pour qu'on se change les idées. On pourrait même retourner en Écosse. On ferait la traversée en ferry et, qui sait, rien ne nous obligerait à revenir.

On pourrait penser qu'il était un peu excessif de ma part de subtiliser ses clés – ainsi que son portefeuille. Mais c'était dans son propre intérêt.

J'ai quand même un cas de conscience. J'ai bien l'intention de l'enfermer à nouveau dans sa chambre – pour sa propre sécurité, bien sûr –, mais que se passera-t-il si elle tombe encore malade ? Cela dit, c'est peu probable. Elle n'a pas dû garder grand-chose de ce que je lui ai donné à manger. Il suffirait peut-être que je lui laisse une cuvette près de son lit. Avec des serviettes, et un verre d'eau.

Et si elle s'évanouit à nouveau et se blesse pendant mon sommeil, et que je n'entends rien ? Jamais je ne me pardonnerais qu'il lui arrive quelque chose.

Non, le mieux serait que je reste près d'elle. Je dormirai à ses côtés, pour prendre soin d'elle, comme je le faisais quand elle était petite – les plus belles années de ma vie.

Je me rappelle quand elle avait eu la rougeole, à l'âge de quatre ans. J'étais restée toute la nuit à la veiller, pour m'assurer que sa température ne grimpe pas. Elle était très affaiblie et tout son corps la démangeait. Je l'avais entendue m'appeler dans son sommeil, et toute la journée qui avait suivi, elle s'était cramponnée à moi. Au point que je n'avais même pas pu aller aux toilettes sans l'emmener.

J'avais eu tellement peur que son état ne se dégrade… Je lui avais murmuré « Je t'aime » des centaines de fois, et elle aussi m'avait dit qu'elle m'aimait très fort. J'avais prié à son chevet jusqu'à ce que, sa fièvre redescendue, elle commence à récupérer et me déclare que j'étais la meilleure maman du monde.

Je donnerais n'importe quoi pour retrouver dans ses yeux tout cet amour. Si jamais je prends soin d'elle comme je l'avais fait à ce moment-là, peut-être le miracle se reproduira-t-il.

— Allez, viens, ma chérie, dis-je en l'aidant à sortir de la douche, lui tendant une serviette.

La devinant gênée d'être nue devant moi, je me tourne le temps qu'elle se sèche et enfile le pyjama sec que je lui ai apporté.

— J'ai mis l'autre pyjama à la machine, lui dis-je. On va t'installer confortablement au lit. Je t'apporterai une bassine, au cas où tu serais de nouveau malade. Si tu veux, je t'allumerai aussi un feu dans la cheminée. On pourrait aussi faire un brin de lecture. Sauf si tu trouves ça trop nunuche. Avant, tu aimais bien que je te fasse la lecture. Tu te souviens, Eli ?

— Oui, bien sûr maman.

— C'était le bon temps. Tous les soirs, tu m'en redemandais : « Encore un chapitre, maman ! Après, promis, je dors. » Sauf qu'un chapitre ne te suffisait jamais, hein ? Alors tu me disais : « Cette fois-ci, c'est sûr, c'est la dernière fois que je te demande. » Mais je continuais ma lecture jusqu'à ce que tu t'endormes. Tu te souviens, Eli ?

— Oui, maman.

— Pareil quand tu étais malade. Lorsque, plus âgée, tu attrapais un rhume, je me blottissais contre toi et, là aussi, je te faisais la lecture. *Orgueil et Préjugés*. C'était ton livre préféré. « C'est une vérité universellement admise qu'un célibataire… »

J'attends qu'elle termine la phrase. J'entends sa respiration – saccadée, fébrile. Ma poitrine se serre. Quelque chose ne tourne pas rond.

Je répète, en haussant un tout petit peu la voix.

— « C'est une vérité universellement admise qu'un célibataire… » Oh, Eli, quelle est la suite ? Aide-moi, je ne m'en souviens pas. Je suis sûre que tu sais ce qui vient après.

Et, d'une voix douce et ténue, Eli me répond :

— « … pourvu d'une belle fortune doit être en quête d'une épouse. »

— Voilà, c'est ça ! dis-je en applaudissant avec entrain, avant de me retourner et de la voir debout devant moi, pâle, vêtue d'un pyjama en coton blanc davantage indiqué pour l'été que pour une nuit d'hiver pluvieuse à Belfast.

Elle a les yeux rougis et ses lèvres forment un faible sourire dont je décèle aussitôt qu'il est factice. Je connais ce sourire. Je sais quand ma fille me cache quelque chose. Je sais quand elle me ment, et qu'elle a peur.

Je lis tout ça sur son visage et, à cet instant précis, je comprends. Il s'est passé quelque chose durant ces dernières heures. Elle sait. Le bouton de manchette n'a pas suffi. Je suis en train de la perdre.

Il est impossible que je la perde. Je m'y refuse. Alors, je décide de croire que son sourire est sincère. Je ne suis pas encore prête à admettre l'existence de fissures dans mon scénario. Je soutiens son regard.

– Je suis sûre d'en avoir gardé un exemplaire quelque part. Je vais aller le chercher et je t'en lirai un passage.

– Maman, si tu n'y vois pas d'inconvénient, je pense que je vais retourner me coucher. Je me sens encore un peu patraque et j'ai juste envie de m'allonger. Tu n'as pas besoin de rester avec moi. Je vais probablement me contenter de dormir.

Pendant un quart de seconde, ses yeux sont fuyants. Les fissures se font plus larges, plus profondes. Que sait-elle au juste ? Qu'est-ce que cette Kate a bien pu lui mettre dans la tête ?

Je secoue la tête. Il n'est pas question que je la laisse seule. Quoi qu'elle veuille.

– Ma chérie, vu comme tu as été malade, je ne vais sûrement pas te laisser seule cette nuit. Je veux m'assurer que tout va bien. Tu as dormi toute la journée. J'aimerais être certaine que tu n'as pas attrapé quelque chose. Va te coucher si tu veux. Je lirai, ou alors je me contenterai de regarder le feu dans la cheminée. Si ça se trouve, c'est tout ce stress qui t'a rendue malade, et rien de plus. Les hormones font parfois des ravages.

Je m'attends à ce qu'elle proteste, mais non. Elle a l'air défaite. Je remarque pour la première fois combien ses joues sont creusées. Elle ne s'est pas du tout épanouie pendant sa grossesse. Au contraire, elle dépérit. Exactement comme sa mère avant elle.

Et, comme sa mère, elle finira par me détester.

Peter avait tort quand il me disait que tout ça pourrait s'arranger. C'est faux. Il est impossible que je la rende aux Kearney. À ce propos, faut-il que je réponde à ses fichus e-mails – ses « Il faut que je te parle » à répétition –, et que je lui dise une bonne fois pour toutes qu'il n'a fait qu'empirer les choses ?

Angela

Le premier mail avait été bref et allait droit au but. Il cherchait à me retrouver. Vite.

« Je cherche à contacter Angela Johnston, de toute urgence. Elle s'appelait autrefois Louise Barr, ou Louise McLaughlin. Si vous êtes bien cette personne, pourriez-vous me répondre par retour de mail ? Si ce n'est pas le cas, je vous prie de m'excuser d'avoir pris un peu de votre temps. »

Je m'étais demandé ce qu'il pouvait y avoir de si urgent. J'ai ouvert le deuxième mail en espérant en apprendre un peu plus. Il disait peu ou prou la même chose.

En revanche, le troisième était différent. Il réveillait toutes les angoisses avec lesquelles je vivais depuis trente-trois ans.

En le lisant, j'en avais eu la nausée.

« Angela,

Je suis désolé de te déranger à nouveau. Mais j'ai dans l'idée que ce mail sera lu par la bonne personne. C'est-à-dire par toi, Louise.

J'ai besoin de te parler. Je m'inquiète pour toi, même après toutes ces années. Je suis vraiment désolé de ne pas avoir été d'un grand soutien à l'époque, mais s'il te plaît, il y a une question que je dois te poser.

Peut-être penseras-tu que je me mêle de ce qui ne me regarde pas et refuseras-tu de me répondre, néanmoins je dois te le demander.

Tu trouveras en pièce jointe le scan d'un article paru dans le *Derry Journal* il y a quelques mois. Il s'agit d'un reportage sur le centre de soins palliatifs et sur son personnel.

Louise, on y voit une jeune femme de trente-trois ans. Une infirmière prénommée Eliana.

Eliana ? Un prénom peu banal. Jusque-là je ne l'avais entendu qu'une seule fois, le jour où tu m'en avais donné la signification : "Dieu a entendu mes prières." Tu m'avais alors confié que tu aimerais beaucoup appeler ta fille Eliana.

Dans l'article, cette infirmière parle de son enfance et de sa mère. Peut-être que mon grand âge me joue des tours, ou alors mon imagination. Mais il se trouve que j'ai jeté un œil à son Facebook – en raison de son prénom, ou parce qu'elle disait que sa mère s'appelait Angela et qu'elle avait grandi à Paisley.

J'ai vu sa photo de profil : deux femmes assises l'une à côté de l'autre sur une couverture, à la plage. Je te reconnaîtrais entre mille, Louise. Jamais je n'oublierai ton visage. D'ailleurs, tu as à peine changé. J'ai également trouvé ton profil : il ne montre pas de photo publique, mais je n'ai eu aucune difficulté à trouver l'adresse mail à laquelle il est rattaché.

Je sais que tu ne me dois rien, mais je t'implore de me dire la vérité.

Je ne fais pas fausse route en évoquant l'enfant Kearney, n'est-ce pas ? Elle aussi aurait trente-trois ans.

J'ai toujours regretté que nous n'ayons pas réussi à surmonter l'horrible tragédie qui s'est abattue sur nous. Louise, même si j'ai eu une belle vie, j'ai porté cette souffrance en moi chaque jour de mon existence. Si je pouvais revenir en arrière et changer le passé, je le ferais. Si nous avons échoué à arranger les choses entre nous, il n'est pas trop tard pour le faire avec la famille Kearney.

S'il n'y a pas eu de fin heureuse nous concernant, c'est encore possible pour eux. »

Ce mail m'avait terrorisée. Je le suis encore aujourd'hui. Il sait tout. Il pourrait contacter les Kearney, ou alors la police, et même Eli. Je me maudis de ne pas avoir fait en sorte qu'Eli quitte Derry plus tôt. Il fallait qu'elle s'éloigne de cette ville où, il y a des années de cela, ma vie était partie à vau-l'eau. Une ville où, tôt ou tard, tout finissait par se savoir.

Je me maudis aussi d'avoir été si faible à l'époque. J'avais écrit à Peter. J'avais eu besoin de m'assurer que quelqu'un s'occupait de Noah. Le savoir seul là-bas était une telle souffrance que j'avais failli en crever. Eli devait avoir dans les trois ou quatre ans, le jour où j'avais cédé à la tentation de recontacter Peter. Je m'étais rappelé combien il m'avait aimée, même dans les dernières semaines de notre drame.

Je lui avais dit que j'avais tout recommencé à zéro, et que j'étais heureuse. Je lui avais fait promettre de me faire savoir si la tombe de Noah était bien entretenue. J'avais été obligée de lui dire que j'avais changé de nom. Pas le choix. Nous vivions encore dans notre meublé et, s'il m'avait écrit en utilisant mon ancien nom, je n'aurais jamais reçu son courrier.

Je ne l'avais contacté qu'une seule fois. Après j'avais pris peur, mais nous avions déménagé et je n'avais plus entendu parler de lui. J'avais supposé que nous étions en sécurité.

Mais je m'étais trompée.

Sur Peter.

Sur Martin.

Sur Kate.

Sur tout.

Eh bien, aucun d'eux – pas même Eli – n'aurait la moindre chance de m'enlever ma fille ou ma petite-fille.

Il faudrait d'abord qu'ils me passent sur le corps.

Eli

Voilà à quoi j'en suis réduite. Je fais semblant de dormir, avec ma mère allongée à côté de moi, qui semble déterminée à ne plus me quitter d'une semelle.

Après avoir placé une bassine au pied du lit et un verre d'eau sur la table de chevet, elle m'a bordée et a déposé un baiser sur mon front. Elle m'a dit qu'elle m'aimait très fort, et mon cœur s'est brisé en deux quand je me suis entendue lui répondre que moi aussi je l'aimais, car je réalisais que je disais cela uniquement parce qu'elle me terrorisait.

Il y a encore quelques semaines, je l'aurais pensé. Mon amour pour elle était alors indiscutable. Inconditionnel.

Aujourd'hui, je ne sais même plus qui elle est.

Il n'est absolument pas question que je m'endorme, je dois rester sur mes gardes. Mes pensées se bousculent dans ma tête. Je n'ai qu'une envie : retrouver Martin au plus vite. Si au moins j'arrivais à aller chez Kate, je pourrais l'appeler et il viendrait me chercher.

Une chose est sûre, ma mère a besoin de se faire aider. Peut-être est-ce possible. Peut-être. Pour autant, je ne suis pas certaine de réussir à lui pardonner un jour.

Pendant des heures, je garde les oreilles aux aguets tandis que ma mère lit sur son Kindle, à la lumière de la lampe de chevet, laissant de temps en temps échapper un soupir. De mon côté, je m'efforce de maintenir une respiration régulière et de rester immobile, les yeux clos. Il me faut simuler un sommeil profond, ce qui n'est guère facile dans la mesure où je sens l'adrénaline pulser dans mes veines et que j'ai des fourmillements dans tout le corps.

Au moment où elle se lève pour aller aux toilettes, j'envisage un instant d'en profiter pour prendre mes jambes à mon cou. Pieds nus, s'il le faut. Il suffirait que je sorte de la chambre en courant puis que je gagne la rue. Avec un peu de chance, je trouverais un taxi au prochain carrefour. Encore faudrait-il qu'un taxi accepte de prendre en charge une femme enceinte se baladant la nuit pieds nus et en pyjama, en plein mois de novembre.

Je finirais bien par en trouver un, non ? On ne me laisserait quand même pas ainsi au bord de la route.

Au moment où j'ai enfin réussi à me convaincre que le jeu en valait la chandelle, j'entends le bruit de la porte qui s'ouvre à nouveau, suivi des pas de ma mère sur le palier. Je referme aussitôt les yeux et essaie de reprendre une respiration régulière, en espérant qu'elle ne mette pas trop de temps à s'endormir. S'il y a bien une chose que je sais sur ma mère, c'est qu'elle a un sommeil de plomb. Une fois endormie pour de bon, il n'y a pas grand-chose qui puisse la réveiller. Surtout si je ne fais aucun bruit.

Elle éteint la lumière. J'attends d'abord ses premiers ronflements puis laisse encore s'écouler une dizaine de minutes, pour être sûre.

Je m'extirpe lentement du lit, enfile mes baskets et m'empare de mon gilet, posé sur la chaise près de la porte. Il fait frisquet à l'extérieur de la chambre. Le chauffage est éteint et je ne peux plus compter sur la cheminée pour me réchauffer. Je tremble – il n'est pas certain que le froid soit seul en cause.

Je descends l'escalier sur la pointe des pieds, aussi délicatement que me le permettent mes sept mois et demi de grossesse, et me dirige vers la porte d'entrée. J'entends la pluie qui fouette les vitres. Tout m'indique que je dois m'enfuir d'ici au plus vite.

Il me faut faire attention en ouvrant la porte car comme la serrure bec-de-cane est vieille, elle force un peu et il lui arrive de grincer. Je tourne doucement le bouton et tire – en vain. Je fulmine intérieurement, me souvenant que ma mère a fait rajouter il y a quelques mois une serrure traditionnelle. Je baisse les yeux et, évidemment, je constate que la clé n'y est pas. La porte est verrouillée.

Je balaye la pièce du regard, passe en revue les crochets fixés au mur au-dessus du guéridon, regarde sur la table, inspecte le pot de fleurs et vérifie même les poches des vestes accrochées au portemanteau, mais ne trouve aucune clé. Gagnée par un sentiment de panique, je sens mon cœur s'emballer. Je prends deux grandes respirations, histoire de retrouver mes esprits.

J'ouvre la porte du séjour avec précaution et dirige mon regard vers le buffet. Bon sang, il fait trop sombre pour distinguer quoi que ce soit ! Il me faut de la lumière. Je choisis d'allumer une petite lampe de table puis ouvre tous les tiroirs les uns après les autres, restant à l'affût du moindre bruit qui pourrait trahir le réveil de ma mère.

Aucune trace des clés. Aucune trace de mes affaires.

Je commence à désespérer. Les fenêtres étant de petite taille et placées en hauteur, je n'ai aucune chance de pouvoir sortir par là, même si je n'étais pas enceinte de sept mois. Quant à la porte de derrière, elle ouvre sur une courette sans aucun accès vers l'extérieur. Je suis donc coincée.

Je rejoins la cuisine à pas de loup et ouvre les tiroirs où ma mère range tout un bric-à-brac d'objets dont elle ne sait que faire. J'espère y trouver quelque chose, par exemple un double de clés oublié là. Mais je fais chou blanc.

J'inspecte les placards à tâtons, fouillant jusqu'au fond. J'ouvre la trousse de secours, au cas où. Je regarde dans les bocaux, dans le frigo, au-dessus des placards. Rien non plus là-haut n'attire mon attention, jusqu'à ce que ma main bute sur une boîte en plastique – un Tupperware. Je me hisse sur la pointe des pieds, entravée par mon ventre. Parvenant à effleurer la boîte du bout des doigts, j'essaie d'en trouver le coin et de la rapprocher en la tapotant, mais ma main dérape et je trouve le moyen de la repousser juste ce qu'il faut pour qu'elle me soit désormais inaccessible. Je lâche un juron à voix basse et me remets sur mes talons, frottant mon ventre à l'endroit où il a été comprimé par la bordure du plan de travail. Ma fille m'envoie un léger coup de pied tout à fait opportun. Elle m'encourage à continuer, je le sens.

Je regarde autour de moi. Mes yeux tombent sur le petit escabeau qu'utilise ma mère pour faire les vitres. Je monte dessus et réussis enfin à saisir le Tupperware. Il contient plusieurs petites boîtes en carton ; des feuilles sorties d'une imprimante ; quelques clés – trop petites pour qu'il s'agisse des clés de maison.

Je regarde plus attentivement. Les boîtes contiennent des comprimés. Des médicaments que ma mère a délibérément soustraits de son armoire à pharmacie pour les cacher. Je lis l'inscription se trouvant sur la première boîte. Zolpidem. Un sédatif utilisé pour lutter contre l'insomnie. L'ordonnance ne date que de quelques jours. J'ouvre la boîte et compte le nombre de comprimés manquants. Mon estomac se noue encore plus. Je repense à la fatigue intense qui m'a fait dormir toute la journée. Je m'étais sentie ensuquée, shootée, même. C'était bien plus qu'une fatigue normale de grossesse. Au point que j'avais été persuadée d'avoir attrapé la grippe. En fait, avais-je été droguée ?

Je sors la deuxième boîte. À l'intérieur se trouve un flacon d'Ipeca, un sirop vomitif. Je saisis les feuilles imprimées et vois qu'elles sont recouvertes d'informations téléchargées sur Internet concernant le bon usage pendant la grossesse des sédatifs et des émétiques naturels.

Je dois prendre une grande respiration.

Ma mère me drogue. En plus du reste. Elle est vraiment prête à tout, et même à mettre le bébé en danger – ce bébé qu'elle dit aimer. Je sais maintenant qu'il me faut sortir d'ici par tous les moyens.

Angela

Quelque chose me fait me réveiller en sursaut. J'ai les synapses en ébullition. Tous mes sens sont en alerte maximale. Je comprends aussitôt qu'Eli n'est plus à côté de moi.

Elle est peut-être tout simplement allée aux toilettes. C'est encore l'explication la plus logique.

J'essaie de me convaincre de ne pas m'inquiéter, tout en me maudissant de m'être endormie. J'aurais dû lutter davantage pour rester éveillée. Mais je suis tellement fatiguée – ça m'épuise de vivre les nerfs à fleur de peau.

Je tends l'oreille en essayant de repérer les sons familiers de ma maison. Le bruit du rouleau de papier-toilette sur son dévidoir. Les gargouillis des vieilles canalisations quand on utilise les robinets de la salle de bain. Le craquement de la latte de parquet à gauche de la baignoire, juste à côté de l'étendoir à serviettes. Mais je n'entends absolument rien.

Je m'assieds au bord du lit et tends le cou pour regarder dans le couloir. La porte de la salle de bains est entrouverte, lumière éteinte. J'aurais dû nous enfermer dans la chambre pendant qu'Eli dormait. La clé est avec moi, dans la poche de ma robe de chambre. J'entends une porte grincer, puis un gros soupir. Ça vient d'en bas.

Je tente de mobiliser le peu de calme qui subsiste en moi. Elle a pu descendre pour une multitude de raisons. J'aurais dû lui donner davantage de sédatif avant qu'elle ne se couche, mais j'avais pris peur en la voyant tellement malade. C'était la première fois que j'utilisais ce sirop; je ne m'attendais pas à ce qu'il agisse si vite, et si violemment. J'avais juste voulu la rendre un peu patraque pour qu'elle s'imagine que ses nausées gravidiques la reprenaient. Histoire qu'elle ait un peu besoin de moi – mais pas trop.

Si ça se trouve, elle avait juste faim. Ou soif. Ou alors, insomniaque, elle est descendue regarder la télé. Il n'y a pas forcément de raison de s'inquiéter…

Sauf que… si. Je le sens. Et de ce qui va se produire maintenant dépendra toute la suite.

Après avoir enfilé mes pantoufles, je me lève et passe ma robe de chambre. Je songe à l'endroit où j'ai caché les clés et le portefeuille d'Eli: dans la boîte à gants de ma voiture. Si jamais elle les cherche, comme je le pressens, elle n'est pas près de les trouver.

D'ailleurs, elle ne risque pas de sortir. Les clés de la porte d'entrée aussi sont bien en sécurité, au fond de ma poche de robe de chambre.

Je sors de la chambre sans faire de bruit et m'immobilise en haut de l'escalier, ouvrant grand les oreilles. J'entends la porte de mon bureau s'ouvrir. Elle ne trouvera rien de ce côté-ci. J'ai effacé toutes les données qui pourraient me relier à des événements récents, et placé les e-mails de Peter dans un fichier secret en ligne.

J'entends un nouveau gros soupir puis ses pas dans l'entrée. Je me recule pour me dissimuler derrière l'angle du mur et l'entends qui décroche le téléphone fixe de sa base.

Mon sang ne fait qu'un tour. Qui peut-elle bien appeler et pourquoi n'ai-je pas songé à retirer le téléphone de son socle pour le cacher ? Je l'entends composer le numéro. Je n'ai que quelques secondes pour l'empêcher de contacter qui que ce soit. J'ai le choix. Soit je reste là et j'attends de voir qui elle appelle et j'écoute ce qu'elle a à dire – alors je l'entendrai me trahir et mon monde s'écroulera ; et elle me quittera.

Soit je passe à l'action.

Je décide que je ne peux plus prendre le moindre risque. Je ne peux plus faire comme si elle ne savait pas que quelque chose ne tourne pas rond. Il n'y a aucune chance pour que celui ou celle qui se trouve à l'autre bout du fil lui dise que j'ai eu raison d'agir comme je l'ai fait. C'est pourtant le cas, non ? J'ai agi par amour maternel…

Une bombe est sur le point de faire voler ma vie en éclats. Il faut que j'intervienne.

Elle ne m'en laisse pas le choix.

— Eli ! hurlé-je, la voix tremblante. Arrête.

Je la vois sursauter puis se tourner vers moi, les yeux écarquillés. Je lis, pour la première fois, de la terreur dans son regard. De la terreur pure. La main avec laquelle elle tient le combiné se met à trembler.

— Repose ce téléphone, Eli, dis-je aussi fermement que possible.

Je puise dans mes dernières forces pour empêcher ma voix de trembler à nouveau. Oh, Eli, me dis-je, pourquoi m'obliges-tu à faire cela ?

Je devine une marque d'hésitation sur son visage. Elle reste immobile, le téléphone en main.

— Pose ce téléphone, dis-je encore, avec plus de dureté dans le ton.

Elle soutient mon regard sans ciller. Mon cœur bat à tout rompre. Je l'adjure intérieurement de lâcher le téléphone. De me répondre quelque chose. De ne pas avoir l'air si terrorisée, si horrifiée, en me regardant. Je n'ai aucune envie de crier. Je ne tiens pas à ce que les choses dégénèrent.

Cela dit, s'il le faut…

Rien ni personne ne pourra me l'enlever.

Elle a le souffle court et la respiration haletante. Je la vois qui esquisse un hochement négatif de la tête. Mais elle finit par reposer le téléphone et je suis momentanément soulagée.

— Qu'est-ce que tu as fait, maman ?

J'entends de la peur dans ses mots, mais aussi de la colère. De la tristesse. De la souffrance. Alors je réalise qu'il n'est plus possible de faire marche arrière.

— D'abord, Eli, il faut que tu saches que tout ce que j'ai fait, je l'ai fait pour toi, parce que je t'aime.

Une larme coule sur sa joue. C'est son moment de faiblesse. Elle baisse la garde, il faut que j'en profite.

Je commence à descendre l'escalier.

Sa voix s'élève aussitôt et je suis surprise par la violence et l'intensité de son cri :

— *Arrête-toi !* hurle-t-elle, sa voix se réverbérant sur les murs de l'entrée. Ne fais pas un pas de plus !

— Eliana…

— Arrête avec tes « Eliana », continue-t-elle, le visage déformé par le chagrin.

— Je t'aime, dis-je, la voix brisée.

— Non ! crie-t-elle. Non, tu ne m'aimes pas. Comment pourrais-tu m'aimer alors que tu m'as droguée, moi et mon bébé !

Elle pointe l'index sur moi, la main frémissante.

— Mais, non, bien sûr que non. Comment aurais-je pu faire ça ? C'est absurde, Eliana.

— *Arrête de mentir !* Pourquoi tous ces mensonges ? J'ai trouvé les comprimés. J'ai trouvé le sirop, bon Dieu ! Tu m'as fait prendre un vomitif ? Comme si je n'avais pas assez la nausée comme ça ! Comme si tout n'était pas déjà assez compliqué. Et Martin ne m'a jamais trompée, n'est-ce pas ? Personne n'a balancé de pierre dans notre fenêtre. Si, toi ! C'était toi ! Et le bouton de manchette, on en parle ? Je sais très bien qu'il se trouvait chez moi quand nous y sommes passées. Personne d'autre que toi n'aurait pu le prendre. Dès le début, c'était toi. C'est à cause de toi que j'ai les nerfs à fleur de peau, que je suis malade comme un chien, que je vis dans la terreur et que j'ai l'impression que ma vie n'est qu'une succession de catastrophes. Que ce soit mon mariage… ou mon travail…

À chacune de ses accusations, je la vois secouée comme par des contractions qui la font se tordre de douleur. Ma fille, sous mes yeux, se détache peu à peu de moi, dans la douleur. C'est encore plus douloureux que lorsqu'on coupe un cordon ombilical ; plus douloureux qu'une naissance.

Mais elle ne comprend pas. Si seulement je pouvais lui faire comprendre. Alors elle serait de mon côté. Elle verrait combien je l'aime. Elle comprendrait que je me comporte simplement en bonne mère.

— J'ai agi par amour pour toi, laisse-moi t'expliquer, dis-je en avançant d'un pas supplémentaire.

— Tu ne pourras jamais m'expliquer ça, maman. C'est inexcusable, impardonnable, même. Tu es folle, c'est ça ? Tu as perdu la tête ? Agir comme tu l'as fait est…

Ne sachant que penser de ce qu'elle a découvert, elle ne termine pas sa phrase.

— Il faut quand même que tu saches… J'avais affreusement peur…

Je dois jouer cartes sur table. Miser sur la franchise. En espérant qu'elle voie à quel point j'ai peur. Il faut qu'elle comprenne que l'idée de la perdre me terrorise.

— Peur ? Peur de quoi ? Tu avais peur que je sois heureuse ? Que j'aie une vie indépendante de la tienne ? Bon sang, maman. C'est le fait que je devienne mère qui te faisait peur ? Et que mon mariage soit heureux ?

— Ce qui me faisait peur, c'est que tu fondes une nouvelle famille, loin de moi. Tu m'avais promis de ne jamais me quitter. Tu m'avais dit que tu continuerais d'habiter chez moi…

— Et tu penses que ça t'autorisait à lancer une bombe nucléaire dans ma vie ?

— Eliana, je t'en supplie.

Je fais un pas de plus. Je suis en train de la perdre.

— *Non !* Je ne veux rien savoir de plus. Dis-moi juste où sont mes clés et laisse-moi partir. Je ne veux pas rester une minute de plus ici. J'en ai assez de tes mensonges.

Non. Ça n'arrivera pas. Je descends encore une marche. Elle ne peut pas me quitter. Pas maintenant.

— C'est impossible, Eli, dis-je en faisant un pas supplémentaire, suivi d'un autre, puis d'un autre encore.

Eli

Je ne sais plus qui elle est. Je ne reconnais ni le ton de sa voix, ni l'expression de son visage. Ce n'est plus ma mère que j'ai en face de moi, mais une étrangère.

Elle descend l'escalier en me foudroyant du regard.

— Je ne te donnerai pas tes clés, Eli. Je ne te laisserai pas me quitter.

Je lui tiens tête.

— Tu ne peux pas me retenir ici. S'il le faut, je casserai une vitre.

— Et après, Eli ? Tu comptes passer, avec ton gros ventre, à travers une fenêtre cerclée de verre brisé ? Allons, c'est ridicule. Va plutôt t'asseoir le temps que je nous prépare un thé. On va discuter.

Elle parle désormais sur un ton différent. Sa voix ne tremble plus. Elle est calme, et c'est encore plus terrifiant que lorsqu'elle me hurlait dessus.

Elle ne pense tout de même pas s'en tirer avec une tasse de thé et un brin de causette ! Comme si je pouvais encore accepter d'avaler quelque chose qu'elle m'ait préparé. Cette folle m'a *droguée* ! Comment pourrais-je encore avoir la moindre envie de me trouver dans la même pièce qu'elle ?

Des gouttes de sueur froide coulent dans mon cou et j'ai les jambes en coton. Il faut que je sorte d'ici avant de retomber dans les pommes. Il faut que je sorte tout court. Je dois réussir à joindre Martin, ou Kate, ou quiconque pourra me protéger d'elle.

J'avais eu le temps de composer le numéro de Martin avant que ma mère ne me surprenne. N'ayant pas appuyé sur la touche « ANNULATION », je ne sais si l'appel est toujours en cours. Je ne sais non plus si son portable est allumé et si Martin peut suivre notre conversation, ou alors si nos échanges sont en train de s'enregistrer sur sa messagerie pendant son sommeil.

Je tends le bras en direction du téléphone pour vérifier s'il est en ligne ou, à défaut, tenter de presser la touche « BIS ». Au moment où je saisis le combiné, ma mère, regard noir et voix vociférante, surgit devant moi, la main levée. Je ferme les yeux et m'attends à recevoir une gifle, mais c'est sur ma droite que sa main finit sa course avec fracas.

Quand j'ouvre les yeux, le téléphone est par terre, le combiné en miettes. Malgré tout, dans l'éventualité où mes chances de contacter le monde extérieur ne seraient pas déjà réduites à néant, ma mère débranche la prise téléphonique.

— Je te l'ai dit, Eliana, je ne te laisserai pas partir. C'est impossible.

— Tu ne peux pas m'en empêcher !

Je hurle en m'acharnant à nouveau sur la poignée de la porte, la futilité de mon geste n'entamant pas ma détermination.

Il faut absolument que je sorte d'ici.

Quand je sens sa main sur mon épaule, je tente de me dégager en ayant un mouvement de recul.

— Ne me touche pas ! dis-je en essayant de la repousser.

Le coup que je reçois à la tempe arrive par surprise. Je n'ai pas eu le temps de me tourner totalement pour lui faire face quand je sens un objet lourd et contondant s'écraser sur le côté gauche de mon crâne. J'entends un craquement sourd suivi d'un bourdonnement diffus. Dans ma chute j'aperçois son visage. Je lis de l'effroi dans son regard. Elle sait qu'elle m'a blessée.

Car elle m'a blessée.

Ensuite, tout est confus. La douleur se mêle au brouillard noir dans lequel je suis plongée. Une voix distante me dit dans un murmure que c'était pour mon bien. « Je suis désolée. Tellement désolée. »

D'une main, j'essaie de m'appuyer au mur pour reprendre mon équilibre et éviter de chuter, mais je suis déjà à genoux. Je porte l'autre main à mon ventre. Ma fille. Tiens bon, mon bébé. Il faut à tout prix que je protège ce bébé auquel j'ai eu tant de mal à m'attacher. Cet enfant à qui j'en avais parfois voulu. Il ne doit rien lui arriver. Maman Ourse se doit de protéger Bébé Ours.

Ensuite, c'est le noir total.

Angela

Je n'ai que quelques minutes pour agir. Je n'avais pas voulu frapper Eli si fort. En fait, je n'avais pas vraiment eu l'intention de la frapper. Seulement, quand elle s'était mise à tirer sur la porte comme une forcenée, j'avais eu peur que ce raffut réveille les voisins et qu'ils se rendent compte que quelque chose de pas tout à fait normal se produisait. Il fallait que je gagne un peu de temps pour arranger la situation.

J'étais alors convaincue d'y parvenir. Or, la situation est désormais tout autre : ma fille gît inconsciente sur le sol de l'entrée, la main posée sur son ventre dans une attitude protectrice, et le pied de la lampe avec laquelle je l'ai frappée est couvert de sang. Là, je ne suis plus si sûre de pouvoir arranger les choses. Oh, Eli, pourquoi m'as-tu poussée à te faire ça ?

Je tombe à genoux, osant à peine m'approcher d'elle. Il me faut pourtant m'assurer qu'elle respire encore. Mon Dieu, et si jamais elle ne respire plus, que devrai-je faire ? Serai-je en mesure de faire sortir le bébé avant que son sang ne cesse complètement de circuler ? Les perdrai-je tous les deux ? Le bébé est encore si petit. Beaucoup trop petit. Comme Noah.

Des images de lui flottent devant moi. Mon tout-petit. Je revois ses mains minuscules, sa peau diaphane, ses ongles microscopiques. Le destin en avait peut-être décidé ainsi. Dès le début, tout s'était enchaîné. J'avais volé Eli à sa famille et la loi du karma voulait aujourd'hui que je la perde, elle et son enfant, puis que je vive avec ça sur la conscience.

Une fois encore, je devrai enterrer un bébé.

À moins qu'il ne soit pas trop tard. Je m'approche du visage d'Eli pour tenter d'entendre ou de sentir sa respiration, mais avec mon cœur qui bat à tout rompre j'ai du mal à distinguer quoi que ce soit. Et je tremble tellement que je serais bien incapable de dire si c'est son souffle ou ma propre hyperventilation que je perçois.

— Je suis désolée, Eli. Je suis tellement désolée. Mais tu n'as pas voulu m'écouter. Réveille-toi, tu entendras ce que j'ai à te dire et tu verras, je saurai me faire pardonner. Ne meurs pas, Eli, je t'en supplie…

Alors que je l'implore de revenir à elle, je suis presque certaine de déceler un très ténu filet d'air sur mon visage.

Je place deux doigts sur son poignet pour chercher son pouls. Dans un premier temps je panique car je ne trouve rien, puis je sens monter des larmes de soulagement quand j'arrive enfin à le percevoir. Il est certes faible, mais bien là. Eli est avec moi. Quand je caresse sa tête, mes doigts sont maculés de sang.

— Ça va aller, mon trésor. Je vais tout faire pour que ça s'arrange.

Je me retourne pour prendre le téléphone et appeler les secours, oubliant que je l'ai fracassé contre le mur quelques minutes plus tôt. Je laisse échapper un long sanglot de désespoir en le voyant par terre.

— Je vais chercher de l'aide, lui dis-je. Je vais chercher de l'aide, ne t'inquiète pas, ma chérie. Ne t'inquiète pas, ma fille adorée. Je suis là. Maman est là.

Je me penche sur elle, tiraillée entre ma volonté d'aller chercher des secours et l'angoisse de la laisser seule. Elle a tant besoin de moi, voyez-vous. Jusqu'ici, elle n'avait jamais vraiment réalisé à quel point elle avait besoin de moi. Mais c'est un fait. Et la réciproque est vraie.

Je me redresse et me hisse sur les pieds pour aller prendre des torchons dans le placard d'angle de la cuisine. J'en passe un sous l'eau froide et, quand je reviens auprès d'Eli, j'en glisse un autre délicatement sous sa tête tandis que je tamponne la blessure avec celui que j'ai humecté.

Je murmure à nouveau :

— Reste avec moi, je t'en prie.

Je sais que je devrais appeler de l'aide. Mais je sais aussi ce que cela impliquerait. Le chagrin me submerge quand je réalise que je ne parviendrai jamais à lui faire comprendre. Je serai arrêtée et la vérité éclatera au grand jour. Avec ce que sait Peter, il n'y aura aucun moyen de faire machine arrière…

Sauf que je dois tout tenter pour que cela n'arrive pas. Quoi qu'il m'en coûte.

Si je n'étais pas auprès d'elle lors de sa venue au monde, il m'appartient peut-être de l'accompagner au moment où elle s'apprête à le quitter…

Je dois l'épauler. Prendre soin d'elle. La soutenir et lui éviter de souffrir – exactement comme elle le fait pour ses patients. Tout compte fait, n'avait-elle pas aidé Mme Doherty à mourir d'une mort plus paisible ? Je peux faire pareil. Je peux épargner à Eli des souffrances inutiles – et lui éviter d'apprendre la vérité sur moi. Sur nous. Ainsi, elle n'aura jamais à connaître ce mélange contradictoire de joies et de peines qui est le lot de tout parent. Et jamais, au grand jamais, elle ne sera obligée de me quitter, voyez-vous. Son enfant non plus… Nous resterons ensemble. Toutes les trois.

Noah aussi sera avec nous.

Ainsi que chacune des petites âmes qui se sont envolées.

Je sens tous mes muscles se détendre. On est toujours apaisé après avoir pris une bonne décision.

Je songe aux boîtes de calmants que j'ai cachées dans la cuisine. Je pourrais bientôt être plongée dans un profond sommeil. Comme elle.

Convaincue d'avoir choisi la meilleure voie, je m'agenouille près de ma fille et embrasse son front. Je ferme les yeux et me remémore notre arrivée en Écosse. À partir de cet instant, j'avais enfin pu souffler. Je la prenais dans mes bras, devant la petite fenêtre de cette pièce qui allait devenir notre royaume, et je la couvrais de baisers. Mes lèvres ne se lassaient pas de la peau si douce et si chaude de son front. Dès lors, je l'avais aimée plus que tout au monde. Je lui avais promis que je serais sa mère et que je ne laisserais personne briser les liens qui nous unissaient.

— Je t'aime, Eliana Johnston, dis-je en chuchotant. Je t'aime de toute mon âme.

En caressant ses cheveux, j'observe sa peau qui pâlit à vue d'œil, puis je me redresse et me mets debout. Je me dirige vers la cuisine, où je trouve les comprimés à l'endroit où Eli les a laissés, sur le plan de travail.

Je prends une vieille chope à bière dans le placard, la remplis d'eau et retourne dans l'entrée. Le torchon est gorgé du sang de ma fille. Je le remplace par un propre, m'assieds à côté d'elle, et, un à un, avale tous les comprimés que j'ai posés devant moi en lui redisant une fois de plus à quel point je l'aime. Elle était – et elle l'est toujours – mon trésor miraculeux. Mon arc-en-ciel après la tempête. Je sais que je ne suis pas parfaite et que j'ai fait des erreurs que je n'ai pas réussi à toutes réparer, mais chacun de mes actes était porté par le plus pur des amours. Elle est mon rayon de soleil. Mon étoile. L'amour de ma vie. La prunelle de mes yeux.

Ensuite je m'allonge sur le sol à ses côtés et place ma main sur la sienne, celle qui repose sur son ventre. Tandis que mes paupières se ferment, je me sens partir…

Eli

Quelque chose m'échappe. Tout est flou. La lumière. Les couleurs. Les sons. Les voix. Tout n'est qu'un brouillard informe. Je ne perçois que des touches de couleur – blanc vif, vert, jaune – qui se mêlent les unes aux autres pour se fondre en un bleu intense. Je sens des mains chaudes sur moi.

J'essaie de tendre le bras, je voudrais bouger. Les flashs de couleur resurgissent. Bleu. Jaune. Vert. Blanc vif. Suivis d'une douleur aiguë, des élancements violacés qui me font regretter les ténèbres dans lesquelles j'étais jusque-là plongée. Je veux juste qu'on me laisse partir. Qu'on me fiche la paix. Mais les élancements reprennent de plus belle ; j'ai l'impression qu'on m'écrase, puis qu'on m'écorche et, pour finir, je sens quelque chose sur mon visage qui m'empêche de respirer. La douleur occupe toutes mes pensées. La douleur, et mon bébé.

Je tente de crier : « Occupez-vous du bébé ! Sauvez le bébé, ne vous inquiétez pas pour moi. Pensez juste au bébé. »

Mon bébé.

Mais les mots ne sortent pas, je reste pathétiquement muette. Mes yeux ne veulent pas s'ouvrir. Je suis incapable de crier, la douleur est trop forte. Mon corps, inerte, ne répond plus. Plus rien ne fait sens. J'entends bien des voix mais je n'ai aucune idée de ce qu'elles disent. Tout n'est que bruit informe.

Et terreur.

Puis c'est à nouveau le noir total.

*

Je suis en vie. J'arrive à respirer. Je vois toujours les taches de couleur mais leurs contours ont commencé à se préciser. J'ai mal à la tête. Je voudrais me masser les tempes mais mes mains ne répondent pas. C'est encore trop tôt. J'ouvre les yeux dans un clignement de paupières, aveuglée par les couleurs vives. Je dois lutter pour ne pas les refermer aussitôt. J'essaie de remuer les mains, persuadée de sentir mes doigts bouger. Si seulement j'arrivais à parler…

Les sons se font plus nets. Je perçois des bruits de pas. Des bribes de conversations. Des machines qui font bip-bip…

Ce sont les bips d'un appareil médical. Je suis à l'hôpital. Quelque chose de grave a dû arriver. Je sens les larmes me monter aux yeux sans toutefois me rappeler ce qui s'est passé. Tout ce que je sais, c'est que ma tête me fait souffrir et que mes mains ne bougent pas comme elles le devraient. Je veux parler. J'ai la bouche très sèche et les lèvres gercées. J'entends des voix qui me semblent lointaines.

Je sens qu'on me prend la main. Je sens la chaleur et la pression émanant de cette main étrangère sur la mienne. J'essaie de tourner la tête pour voir à qui elle appartient.

— Maman ? dis-je dans un murmure, mais c'est Martin qui a le regard baissé sur moi.

Il a le visage marqué par l'inquiétude. Cernes. Barbe de trois jours. Les yeux injectés de sang.

— Tu es réveillée, Eli ? demande-t-il en retenant ses larmes d'un battement de cils.

J'en vois une tomber avant de la sentir sur ma joue. Elle se mêle aux miennes.

— Martin ?

Ma voix, quoique ténue, est bien là. Je reviens petit à petit à moi.

— Je suis là, ma chérie. Je suis là. Ça va aller, ne t'inquiète pas, dit-il d'une voix brisée.

Je ne parviens toujours pas à me souvenir de ce qui est arrivé… Puis, soudain, dans un éclair de lucidité, je pense à mon bébé. Mon Dieu, mon bébé. Je tente de porter la main à mon ventre mais mes bras sont toujours ankylosés. D'une voix faible, je demande à Martin :

— Et le bébé ?

— Elle va bien. C'est une battante, elle s'en sort vraiment très bien.

Ma fille est née ? Je n'ai pas réussi à la garder avec moi jusqu'au bout… Je fonds en larmes. C'est trop tôt, elle est trop petite. Ça ne devait pas du tout se passer ainsi.

— Que s'est-il passé ? Où est maman ? Que s'est-il passé ?

Je hurle, consciente de devenir de plus en plus hystérique.

Je vois Martin secouer la tête puis s'écarter.

— Je ne…, commence-t-il avant d'étouffer un sanglot.

Kate apparaît alors dans mon champ de vision. Je sens sa main prendre la mienne. Oh, mon Dieu… Des souvenirs commencent à me revenir à la mémoire. Ma mère. Je me rappelle ce qu'elle m'a fait. À moi, et à mon bébé. À ma fille. À Martin. À mon Martin adoré. Sont-ils au courant ? Est-elle ici ?

Il faut qu'ils l'empêchent de venir. Elle ne doit surtout pas s'approcher de moi. Je sens la panique monter en moi et tente de me redresser dans le lit.

— Tu dois éviter de t'agiter, dit Kate. Le principal, c'est que tu sois en sécurité.

Mais la panique ne fait qu'accroître la douleur. J'entends un médecin s'approcher de moi, accompagné, je le suppose, d'une infirmière avec qui il échange quelques mots. Toutefois, seuls les mots de Kate parviennent à mes oreilles. Elle me répète que tout ira bien, que je suis en sécurité. Mes paupières tremblent à nouveau et je sombre dans les ténèbres.

*

Quand je rouvre les yeux, il fait nuit. On parle toujours autour de moi, mais en chuchotant. Le bip des machines aussi est toujours là. Je sens la chaleur d'une main sur la mienne. J'esquisse un mouvement, cette fois mes doigts me répondent. La voix de Martin s'élève :

— Tu es réveillée.

— Je crois, dis-je.

J'ai toujours la bouche aussi sèche. Je réclame de l'eau et Martin me tend un verre muni d'une paille pour que je puisse boire plus facilement. Le moindre mouvement de ma tête provoque de nouvelles douleurs, mais ma main peut désormais atteindre mon crâne. Il porte un bandage. J'ai le souvenir d'avoir reçu un coup. Ma mère. Mon bébé. Mon cerveau s'efforce de recoller les morceaux. Je porte à nouveau la main à mon ventre, et me tourne vers Martin.

— Comment va-t-elle ?

Martin hoche la tête.

— Les médecins disent qu'elle s'en tire très bien. *Vraiment* très bien. Ils vont diminuer son oxygène dès demain, pour voir comment elle réagit.

— Je suis désolée, dis-je. J'ai mis notre enfant en danger. Je n'ai pas été à la hauteur. J'ai cru ma mère sur parole et pris tout ce qu'elle me disait pour argent comptant. Je suis tellement désolée.

— Ce n'est pas ta faute, Eli, me dit Martin sur un ton qui paraît sincère. Tu n'as rien fait de mal. Et tu es là. Vous êtes toutes les deux saines et sauves, c'est ce qui compte pour moi. C'est tout ce qui compte, point final.

— Maman ?

Je suis incapable d'en dire plus.

Il prend une grande inspiration.

— Elle est en vie. Elle a été placée sous surveillance policière.

— Que s'est-il passé ?

Son visage se rembrunit, mais j'ai besoin qu'il me fournisse les pièces manquantes du puzzle.

— C'est moi qui ai appelé la police, m'explique-t-il. J'ai reçu ton appel ; j'ai tout entendu – enfin, jusqu'au moment de l'énorme fracas… Tu avais l'air si terrorisée, Eli. J'étais mort d'inquiétude. À une heure et demie de route de Belfast, je me sentais tellement impuissant. Je n'avais aucune idée de ce que je trouverais en arrivant chez ta mère – ni de ce que la police découvrirait. Ils t'ont trouvée allongée sur le sol. Tu avais la tête… Elle t'avait fracassé le crâne, Eli. Puis elle t'a laissée pour morte. Tu saignais beaucoup et ton pouls était faible. Ils ne savaient pas si tu t'en sortirais. Pareil pour le bébé. Ils ont dû t'opérer, et moi je n'avais rien d'autre à faire que d'attendre, essayant vainement de comprendre ce qui s'était passé. Eli, je ne savais pas si j'étais sur le point de tout perdre. Tu avais un hématome au cerveau. Le bébé était en danger, ils n'ont eu d'autre choix que de provoquer l'accouchement. Tu es restée inconsciente pendant trois jours, Eli. Notre petite fille a trois jours.

Je cligne des yeux pour retenir mes larmes. Je lis sur son visage de la souffrance, mais aussi beaucoup d'amour. Et je me demande comment j'ai pu douter de lui. Comment ma mère a-t-elle réussi à me faire douter de cet homme qui ne m'a jamais témoigné autre chose que de l'amour ? Je n'ose imaginer ce qu'il a vécu ces derniers jours – et ces dernières semaines.

Parviendrai-je jamais à ce qu'il me pardonne ?

— Je suis tellement désolée, dis-je en mobilisant le peu d'énergie dont je dispose pour serrer sa main.

— Ma chérie, tu n'as pas à l'être. Elle… elle était vraiment perverse. Une vraie manipulatrice.

— Elle n'a pas appelé les secours ? Où était-elle quand la police est arrivée ?

Son visage change d'expression. Il gigote sur son siège et me caresse la main tendrement. Je sens mon cœur s'emballer.

— Ils l'ont trouvée inconsciente, dit-il. Elle avait pris une surdose de médicaments, Eli. Au lieu de vous venir en aide – à toi et à la petite –, elle a avalé des comprimés et s'est allongée à côté de toi pour se laisser mourir.

Je suis prise de violentes crampes à l'estomac. Elle nous aurait laissées mourir ? Toutes les trois ? Mais pourquoi ? Parce qu'elle ne voulait pas que je vive ma propre vie ? Parce qu'elle était jalouse de Martin et moi ? Parce qu'elle aurait voulu notre bébé pour elle-même ?

– C'est une personne vraiment dérangée, Eli, poursuit Martin, interrompant mes pensées. Mais elle se rétablira. Physiquement du moins. Essaie de ne pas trop penser à elle. Pensons d'abord à nous, et à notre fille. Elle est minuscule, mais magnifique. Tu veux la voir en photo ? J'en ai une dans mon téléphone.

Jamais je n'aurais imaginé que je ferais connaissance avec ma fille sur un écran de portable.

Pour être honnête, je n'imaginais pas non plus tomber passionnément amoureuse d'elle au premier regard que je lui porterais. Mais c'est le cas. Je sens que nous sommes unies par un lien si puissant et si primitif que mon cœur déborde aussitôt d'amour pour elle et que je brûle de la prendre dans mes bras.

À cet instant précis, je sais avec certitude que jamais je ne pourrai comprendre comment ma mère a pu agir comme elle l'a fait.

Angela

Je ne peux pas faire le moindre mouvement sans être surveillée. Quand je vais aux toilettes, je dois laisser la porte ouverte. Quand je m'assieds dans le fauteuil situé à côté de mon lit d'hôpital, quelqu'un déboule illico pour s'assurer que je ne ferai pas de bêtises. Ils vont bientôt pouvoir me transférer dans une unité sécurisée.

À l'asile, je suppose.

Personne ne semble comprendre que je suis tout sauf folle. Je suis juste une maman qui aime sa fille. Je n'ai jamais voulu la blesser. Bien sûr que non. Et je ne l'ai pas abandonnée. J'ai pris soin d'elle jusqu'à ce que je ne sois plus en mesure de le faire.

C'est avec un mélange de stupeur et de colère que je me suis réveillée à l'hôpital, la gorge irritée à cause de mon lavage d'estomac. On m'avait branché quantité de tubes et de fils et j'avais le poignet endolori par les menottes qui me retenaient attachée au lit, vêtue de ma blouse d'hôpital.

J'ai porté ma main libre à mon cou pour y chercher mon crucifix, mais il n'y était plus. J'aurais pu m'en servir pour me blesser, ou blesser quelqu'un, m'a-t-on dit plus tard. Comme c'était cruel de leur part de me retirer mon unique réconfort.

Alors j'ai fondu en larmes. Je n'ai plus rien à faire ici. J'aurais déjà dû rejoindre Eli et son bébé. Et Noah. Et tous mes autres petits, qui n'avaient jamais eu leur chance. Pourquoi ne m'avaient-ils pas laissée avec eux ?

J'ai interrogé les infirmières pour tenter de savoir où se trouvait Eli. Je redoutais fortement que Martin choisisse de l'enterrer à Derry, loin de moi. Beaucoup trop loin.

Au bout d'un jour et demi, quelqu'un a fini par me laisser entendre qu'elle avait survécu. Ma petite-fille était vivante. Mais j'ai eu beau les supplier, ils refusaient de m'en dire plus. Et quand je m'énervais avec trop de virulence, ils me donnaient des sédatifs, histoire de me calmer – provisoirement.

Ensuite, j'ai eu la visite de policiers. Ils voulaient me poser des questions sur ce que j'avais fait. De toute évidence, ils ont pu compter sur Martin pour leur fournir un maximum de détails. J'ai eu droit aux questions d'un gros agent roux dont la tignasse partait dans tous les sens, qui m'a demandé un nombre incalculable de fois de lui expliquer ce qui s'était passé. Il m'a balancé son jargon juridique à la figure : entrave à l'exercice de la justice, atteinte à l'action des forces de l'ordre, effraction, harcèlement, tentative de meurtre.

Tentative de meurtre ? L'accusation m'a fait bondir. C'est tout à fait hors de propos. J'ai fait non de la tête.

Son agacement a atteint son comble quand j'ai cessé de répondre à ses questions pour me retrancher dans le silence en scrutant la fenêtre.

Ils m'ont ensuite envoyé un autre agent. Une femme. Elle s'est assise devant moi, sanglée dans son uniforme parfaitement repassé, cheveux lissés, rouge putassier aux lèvres, et m'a annoncé d'emblée qu'elle aussi était maman. Elle m'a dit comprendre que l'amour maternel puisse être dévorant, mais pour pouvoir m'aider, elle avait besoin de davantage d'éléments.

Elle mentait. Elle n'avait aucunement l'intention de m'aider. Elle devait penser que j'étais non seulement folle, mais aussi stupide. Quand elle m'a fait la lecture de toutes les allégations portées contre moi, sa voix trahissait son indignation malgré ses efforts pour rester impassible.

Je ne quitte plus la fenêtre des yeux. Il est évident qu'on ne me comprendra pas. Il est tout aussi évident qu'on me croit déjà coupable.

*

Un autre jour s'est écoulé et j'ai la visite d'un nouveau policier. Grand. Bel homme. Cheveux poivre et sel. Un teint hâlé qui signale son amour du grand air. Pattes-d'oie autour des yeux. Mains bronzées. Je prête toujours attention aux mains d'un homme. Une alliance en or toute simple brille à sa main gauche. Son costume est élégant et fraîchement repassé.

Il s'assied à côté de moi, l'air bienveillant. Quand il s'adresse à moi en m'appelant Mme Johnston – et pas mademoiselle –, il marque des points d'entrée de jeu.

Il se présente : inspecteur-chef Bradley, du commissariat de Strand Road, à Derry. Il doit être venu pour m'interroger au sujet de l'effraction ayant eu lieu au domicile d'Eli – et dont je suis l'auteur.

— Je suis vraiment navrée que vous ayez fait tout ce chemin, lui dis-je. Mais j'ai déjà dit à vos collègues tout ce que j'avais à déclarer sur ce sujet. Le reste, eh bien, ça ne regarde que ma fille et moi.

Je le vois remuer sur son siège.

— En fait, madame Johnston, je ne suis pas là pour vous parler d'événements récents. Plutôt d'une histoire ancienne.

Je sens ma nonchalance battre de l'aile.

— Dites-moi, est-ce que le nom de Louise Barr vous dit quelque chose ?

Je hoche la tête négativement, espérant ne pas être trahie par mon hésitation et mon léger haussement de sourcils. Mes mains sont moites. Oh, Peter, qu'as-tu fait ?

— Et est-ce que le nom de Carys Kearney vous évoque quelque chose ?

Voilà bien longtemps que je n'avais pas entendu son nom. La dernière fois, c'était le jour où j'avais débarqué chez elle avant d'en repartir les bras chargés et le cœur rempli d'amour.

Je fais non de la tête.

Tout nier en bloc. N'est-ce pas la stratégie recommandée ? S'ils étaient en possession d'éléments probants, ils ne se contenteraient pas de m'interroger. Ils m'arrêteraient.

— Êtes-vous au courant que le 24 novembre 1984, la fille de Mme Kearney – un nourrisson – a été enlevée au domicile de cette dernière par une femme qui s'était fait passer pour une assistante maternelle ?

— Vous n'imaginez quand même pas que je me souviens de toutes les disparitions d'enfants de ces trente dernières années, si ?

— Certes non, madame Johnston. Mais nous avons des raisons de penser que vous pourriez avoir le souvenir de ce cas en particulier. De même que nous avons des raisons de penser que vous connaissez Louise Barr, née McLaughlin.

— Je vivais en Écosse en 1984, dis-je. Je peux le prouver. D'ailleurs, c'est là que ma fille a été enregistrée à l'état civil.

Il remue à nouveau sur son siège et s'éclaircit la gorge.

— Pour être tout à fait franc, madame Johnston, ce serait plus simple pour tout le monde, y compris pour votre fille, si vous nous disiez la vérité. La vie des Kearney a déjà été suffisamment bouleversée par ce traumatisme, et votre fille, d'après ce qu'on m'en a rapporté, a également vécu des choses très difficiles ces dernières semaines. J'ai bien conscience que la vie n'a pas été tendre avec vous à l'époque. Je vois difficilement comment on pourrait ne pas être sensible aux souffrances que vous avez endurées.

— Avez-vous des enfants ?

Il secoue la tête.

— Pas encore.

— Un jour, peut-être ?

— Je ne suis pas là pour parler de moi, mais du bébé Kearney… Olivia. C'est le prénom qui lui avait été donné à sa naissance.

— Je ne vois pas en quoi cela me concerne, dis-je.

J'ai beau mentir, je sens les mailles du filet se resserrer autour de moi. Il est clair que Peter leur a parlé.

— Nous avons procédé à des analyses sanguines, répond-il. Dans peu de temps, nous aurons une réponse définitive, que ce soit dans un sens ou dans l'autre. Il serait dans votre intérêt que vous nous disiez la vérité avant que les preuves ne vous soient présentées. Eliana est bien l'enfant Kearney, n'est-ce pas ? Et vous êtes – ou étiez – Louise Barr. En vérité, Eliana n'a jamais vraiment été votre fille.

« Bien sûr que si ! », ai-je envie de hurler. Elle est à moi, Dieu m'en a fait don. Elle est à moi bien plus qu'à Carys Kearney. Ou à Martin. Elle m'appartient davantage qu'au bébé actuellement en soins intensifs au service néonatal. Elle est la seule chose au monde qui m'ait jamais vraiment appartenu.

Mais personne ne le comprendra jamais. Ni l'inspecteur Bradley, ni les médecins. Sans parler de tous les Martin, Kate, amis, ou parents de ce bas monde.

Il n'empêche, c'est la vérité vraie, aussi vrai que le ciel est bleu et la mer immense.

— Elle a toujours été ma fille, dis-je.

Je sens mon cœur déjà brisé se réduire en miettes, et je me tourne à nouveau vers la fenêtre.

Ce que dit la biologie est une chose. Mais quand bien même la loi serait de mèche avec la biologie, Eliana reste ma fille.

Eli

« Ça risque de vous faire un choc », m'avait dit l'infirmière sur un ton bienveillant avant qu'un policier n'entre dans ma chambre d'hôpital pour me révéler toute la « vérité » sur ma mère.

Sauf qu'elle n'est plus ma mère. Pas au sens biologique du terme en tout cas. Martin me tient la main tandis que les mots de l'inspecteur déferlent sur moi. Je suis totalement sonnée par ce flot d'informations.

Olivia Kearney. Tel est donc mon nom. Mon vrai nom. J'ai une autre mère, Carys. Ainsi qu'un père, Tom. Angela m'avait enlevée et ma vraie famille vivait à Derry. La ville où – ironie du sort – j'avais moi-même choisi de m'installer. Ma vraie mère était donc originaire de là-bas. Ainsi que toute sa famille.

— Nous avons été contactés par l'ex-mari de Mme Johnston. Après avoir lu un article sur vous dans la presse locale, il avait fait le lien.

Ma « mère » avait donc été mariée. Quelle vie avait été la sienne avant de m'enlever ?

— Il a essayé de joindre directement son ex-femme, continue le policier, mais comme elle ne lui a jamais répondu, il s'est tourné vers la police. On a fait une recherche dans notre base de données et l'affaire de coups et blessures dont vous avez été la victime à son domicile est aussitôt apparue. C'est ce qui nous a incités à mener l'enquête.

Pendant toutes ces années, l'univers que ma mère avait soigneusement échafaudé pouvait à tout instant s'effondrer à cause d'une seule personne.

— Est-ce que je peux la voir – Angela ?

L'inspecteur paraît surpris par ma demande. Quant à Martin, il proteste avec véhémence, refusant catégoriquement l'idée qu'elle s'approche à nouveau de moi. Ils ne comprennent pas : j'ai besoin de voir sa tête, de lire sur son visage la vérité de ce qu'elle a fait. Qui sait, j'espère peut-être aussi qu'elle me présentera des excuses.

— Elle a été transférée dans une unité sécurisée, me répond l'inspecteur Bradley. Elle va faire l'objet d'une expertise psychiatrique pour vérifier si elle est apte à être jugée. Plus tard éventuellement, au bout de quelque temps…

— Je voudrais juste comprendre, dis-je au policier, qui me regarde avec compassion.

— Nous sommes toujours en train de reconstituer ce qui s'est passé, poursuit-il. Mais il semble qu'elle ait perdu un enfant, un petit garçon, au cours de l'année précédant votre naissance. À un stade très avancé de sa grossesse. Elle avait déjà fait plusieurs fausses couches auparavant, la plupart intervenues durant les premières semaines. Celle-ci l'avait beaucoup plus affectée que les autres… Elle a demandé à l'un des fonctionnaires de police qu'on lui apporte une boîte de rangement se trouvant dans son bureau, en disant qu'elle en avait besoin. Nous avons bien sûr refusé d'accéder à sa demande, mais nous avons réussi à ouvrir l'objet – s'y trouvaient un médaillon contenant une boucle de cheveux de bébé, un petit pot rempli de terre, ainsi que des empreintes de pieds de nourrisson…

Je pense à mon bébé. À notre petite Clara. L'idée qu'il puisse lui arriver quelque chose m'est insupportable. Même si je n'ai pas encore repris assez de forces pour pouvoir la tenir dans mes bras, et même si jusqu'ici je n'ai pu lui caresser la main qu'à travers les ouvertures de la couveuse, en observant les mouvements de sa poitrine minuscule qui lutte pour sa survie, je sais que moi aussi cela me tuera s'il lui arrive malheur.

L'amour que j'éprouve pour elle est sans commune mesure avec ce que j'avais pu m'imaginer sur la maternité. Mon cœur se serre en songeant à la tragédie qu'a vécue ma mère – Angela, ou Louise, ou qui qu'elle soit vraiment.

Mais de là à comprendre comment elle a pu infliger le même supplice à une autre femme…

— Nous avons pris contact avec vos parents biologiques, reprend l'inspecteur Bradley d'une voix douce. Ils savent désormais que nous pensons que vous êtes leur fille disparue. Je n'ignore pas le bouleversement que cela doit représenter pour vous, aussi mettrons-nous à votre disposition un médiateur ainsi que des assistants sociaux pour vous aider dans cette épreuve.

— Souhaitent-ils me rencontrer ?

Je suis terrorisée. Tout est chamboulé.

Je me demande si je parviendrai un jour à accepter l'idée que ma vie entière ait pu reposer sur un mensonge. Et ces pauvres gens… Les souffrances qu'ils ont dû endurer pendant toutes ces années.

Je sens la main de mon mari presser délicatement la mienne. Je le regarde. Ses yeux sont remplis d'amour, malgré tout ce qu'il a subi ces derniers temps. Je sais que je pourrai toujours compter sur lui. Il sera à mes côtés à chaque étape de notre chemin. Nous traverserons ensemble chacune des épreuves que la vie mettra sur notre route. Et je sais que Clara nous aidera à guérir nos plaies et à aller de l'avant.

Eli

Je me tiens debout en plein soleil, une petite brise me caresse le visage. Clara a beau être bien calée dans son porte-bébé, blottie contre moi, je ressens néanmoins le besoin de l'entourer de mes bras.

Martin attend dans la voiture, vitre baissée. Il a les yeux tournés vers moi, mais nous savons lui et moi que je dois y aller seule. D'ailleurs, ce n'est pas seulement une question de devoir : je préfère qu'il en soit ainsi.

Bien que ce lieu soit chargé d'énormément de tristesse, il s'en dégage aussi une certaine tranquillité. Je baisse les yeux vers la petite pierre tombale blanche et lis l'inscription gravée sur la stèle : « Noah Barr – Envolé trop tôt. »

Je ne le connaîtrai jamais ; il est mort bien avant ma naissance. Pourtant, nos existences resteront à jamais intrinsèquement liées. S'il avait survécu, Angela aurait-elle plongé dans la folie ? Aurais-je eu une vie heureuse avec Carys et Tom ?

Eux et moi, nous nous sommes déjà vus à deux reprises. Lors de ces rencontres aussi étranges qu'émouvantes, nous faisons peu à peu connaissance. Je ressemble à ma mère, Carys, et je suis certaine que Clara a les yeux de mon père. Mais ce sera long et difficile. Nous nous efforçons tous les trois de nous adapter à la situation. J'espère qu'un jour, lors de futures retrouvailles, nous parviendrons à nous parler sans garder à l'esprit tout ce dont nous avons été privés.

Je m'agenouille sur le petit carré d'herbe soigneusement entretenue où repose Noah. Sa tombe est ornée d'un bouquet de roses jaunes fraîches, à côté duquel je dépose les fleurs que j'ai apportées, des roses blanches mêlées à des gypsophiles.

Je me recueille un moment. Je pense à Clara. À Noah. Mais aussi, bien sûr, à Angela, qui est encore internée dans un service psychiatrique. Elle n'est toujours pas apte à être jugée, et refuse de parler, sauf pour demander où je me trouve.

J'ai changé d'avis ; je ne me sens pas encore le courage de la voir. À moins que je ne sois trop en colère, sachant ce qu'elle a tenté de faire. Je ne sais pas si je serai prête à la revoir un jour.

En revanche, j'ai rencontré son ex-mari, Peter. Un homme charmant et attentionné. Et en proie aux remords. Il semble se reprocher de ne pas avoir davantage cherché à lui venir en aide, à l'époque.

Il a depuis eu deux autres enfants, deux filles qui ont chacune eu leurs propres enfants. Pour autant, lorsqu'il en est venu à évoquer Noah, un voile de tristesse est tombé sur son visage.

– Cette fois c'en était trop, elle ne l'avait pas supporté. Personne ne devrait avoir à vivre une chose pareille. Non seulement elle perdait son enfant, mais aussi son utérus. Elle qui ne souhaitait rien tant que devenir mère.

— Elle fut une bonne mère, ai-je dit.

J'étais sincère, elle l'avait été – jusqu'à ce que tout dérape de manière horrible.

— Une seule fausse couche, je pense qu'elle aurait réussi à s'en remettre, a-t-il repris. Mais elle avait perdu tant de bébés. Noah était le dernier d'une longue série. Peut-être aurait-elle accepté de le perdre s'il n'y avait pas eu tous les autres avant lui. Pour lui, nous étions convaincus que la grossesse aboutirait. Après tout, il s'était accroché quasiment jusqu'au bout. Ce qui avait été loin d'être le cas pour les autres, même… même pour notre fille.

— Vous avez aussi perdu une fille ?

Personne ne m'en avait parlé jusque-là. Oui, je savais qu'il y avait eu d'autres fausses couches, mais on ne m'avait donné aucun détail. J'avais supposé qu'elles étaient toutes survenues en début de grossesse.

Peter a eu l'air mal à l'aise.

— Une petite fille. À cinq mois. Un an avant Noah. Elle n'a jamais eu sa chance. Louise ne pouvait même pas parler d'elle. Elle s'y refusait. Pour Noah, elle est tombée si vite enceinte qu'elle se disait persuadée qu'avec ce bébé Dieu entendait se faire pardonner le malheur qu'il nous avait infligé avec la perte de notre fille. Elle avait toujours voulu avoir une fille.

J'ai pleuré avec lui. Je l'ai quitté bouleversée. Horrifiée. Submergée par l'émotion.

Après cela, il m'a fallu deux mois pour trouver la force de venir ici.

Une larme roule sur ma joue avant d'échouer sur les cheveux duveteux de ma fille, tandis que de la pointe de mon index je dessine les lettres d'un deuxième nom sur la stèle blanche : « Eliana Barr – Envolée trop tôt. »

CHEZ LE MÊME ÉDITEUR

Ruth Rendell

SAGE COMME UNE IMAGE

Ils sont jeunes et viennent de se rencontrer. Leur histoire d'amour pourrait être idyllique, mais chacun d'eux cache de profondes fêlures. Teddy Brex n'a reçu dans son enfance aucun amour. Il a appris qu'il ne fallait pas se fier aux autres. Seules comptent pour lui, qui exècre la laideur, les œuvres d'art et la beauté.
Jusqu'au jour où il rencontre Francine, belle comme un tableau, sage comme une image, et qui, à sept ans, a été témoin du meurtre de sa mère.
Ces deux êtres traumatisés pourront-ils s'aimer sans se détruire ?
Dans ce roman superbe et inquiétant, Ruth Rendell « dépeint avec une précision clinique les rapports familiaux et dresse un bilan désastreux des conséquences des traumatismes de l'enfance. Des meurtres et une chute finale d'une noire ironie complètent ce suspense haut de gamme qui ravira les amateurs de psychologie » (Claude Mesplède).

Récompensée de nombreux prix, dont un Edgar Award et un Gold Dagger, Ruth Rendell (1930-2015) est la grande dame britannique du mystère. Plusieurs de ses quelque quarante suspenses psychologiques ont été adaptés au cinéma, notamment par Pedro Almodovar, Claude Chabrol et François Ozon.

ISBN 979-1-0392-0009-7 / 8,95 €

Sally Hepworth
LA BELLE-MÈRE

Avocate appréciée pour son dévouement, Diana se bat pour améliorer le sort des réfugiés, mais elle se montre froide et distante, sinon blessante, envers les siens. Ce dont souffre Lucy, sa belle-fille, qui rêvait de trouver en elle une mère de substitution.
Dix années ont passé, et Diana vient de mourir. Elle se serait suicidée. Mais, à l'autopsie, nulle trace d'un cancer… Qu'est-il donc arrivé à Diana, dont le testament a été modifié peu de temps avant sa mort ?
Avec ce suspense psychologique, dans la lignée des succès de Liane Moriarty, Phoebe Morgan ou B. A. Paris, Sally Hepworth livre le portrait glaçant d'une famille en apparence harmonieuse. En apparence seulement…

Après avoir vécu au Canada, au Royaume-Uni et à Singapour, Sally Hepworth s'est installée avec son mari et leurs trois enfants à Melbourne, en Australie, pour se consacrer à l'écriture. Elle est l'auteure de trois suspenses psychologiques traduits dans huit pays, dont Mères et filles *(Belfond, 2015).*

« Les fans de *Big Little Lies*,
la série vedette de HBO, vont adorer. »
Harper's Bazaar

« Un suspense hypnotique. »
Kirkus Reviews

ISBN 979-1-0392-0011-0 / 8,95 €

Phoebe Morgan
PIÈCES DÉTACHÉES

Corinne, 34 ans, a déjà eu recours à trois FIV. Mais cette fois, elle en est sûre, elle va tomber enceinte. Cette cheminée miniature, qu'elle découvre un matin sur le pas de sa porte, n'est-elle pas un signe du destin ?
Cette cheminée coiffait le toit de la maison de poupée que son père adoré – célèbre architecte décédé il y a bientôt un an – avait construite pour elle et sa sœur quand elles étaient enfants.
Bientôt, d'autres éléments de cette maisonnette réapparaissent : une porte bleue sur le clavier de son ordinateur, un minuscule cheval à bascule sur son oreiller…
Corinne prend peur. Qui s'introduit chez elle ? Qui l'espionne ? Y a-t-il encore quelqu'un, même parmi ses proches, en qui elle puisse avoir confiance ?

« Un roman intense, sur fond de secrets de famille. »
Télé Loisirs

« Un premier roman habilement construit qui vous fera frissonner. »
Journal de France

ISBN 978-2-3773-5985-1 / 8,95 €

Siobhan Macdonald

ÉCHANGE FATAL

Pour les vacances de la Toussaint, Kate et Hazel décident d'échanger leurs domiciles.
Kate est irlandaise et pense qu'une semaine à New York sera salvatrice pour son couple et sa famille.
Hazel vit à Manhattan et rêve de retourner à Limerick, sur les terres de son enfance, avec son mari et leurs deux enfants.
Mais les vacances idylliques virent au cauchemar. Quand s'ouvre ce roman, un coffre de voiture se referme. À l'intérieur, le cadavre d'une femme…
Il peut être hasardeux d'échanger sa maison avec des inconnus !

Siobhán MacDonald vit à Limerick (Irlande) avec son mari et leurs deux fils. Échange fatal, *son premier roman, a été un best-seller international.*

« Infidélité, trahisons, meurtre… : tous les ingrédients d'un excellent thriller qui ébranle nos certitudes. »
Kirkus Reviews

ISBN 978-2-37735-191-6 / 8,80 €

Cet ouvrage a été composé
par Soft Office à Eybens (Isère)

Impression réalisée par
CPI France
en mars 2022
pour le compte des Éditions Archipoche

Imprimé en France
N° d'édition : 725
N° d'impression : 3046881
Dépôt légal : avril 2022